Die Rubenow-Bibliothek

SALZWASSER VERLAG

Th. Pyl

Die Rubenow-Bibliothek

Unveränderter Nachdruck der Originalausgabe von 1865.

1. Auflage 2022 | ISBN: 978-3-37500-946-5

Verlag: Salzwasser Verlag GmbH, Zeilweg 44, 60439 Frankfurt, Deutschland
Vertretungsberechtigt: E. Roepke, Zeilweg 44, 60439 Frankfurt, Deutschland
Druck: Books on Demand GmbH, In de Tarpen 42, 22848 Norderstedt, Deutschland

Die Rubenow-Bibliothek.

Die Handschriften und Urkunden

der von Heinrich Rubenow 1456 gestifteten

Juristen- und Artisten-Bibliothek

zu

Greifswald,

aus der Bibliothek

der Nicolai-Kirche zu Greifswald

herausgegeben

von

Dr. Th. Pyl,

Vorstand der Greifswalder Abtheilung
der Gesellschaft für Pommersche Geschichte und Alterthumskunde.

Greifswald,

1865.

Inhalt.

Druckfehler: p. 78, Nr. 28 c. lies Johannis XXII statt XII.
p. 132, Nr. 8 u. 9 lies super Sextum statt textum.

Geschichte der Bibliothek.

Die ältesten Nachrichten über die Bibliothek der Nicolaikirche zu Greifswald finden wir in einem Pergamentband mit Verzierungen und Goldschnitt in Quart, welcher einen Inventar-Catalog der Bücher enthält. Auf dem Einbande ist gedruckt: Jnventarium bibliothecae ecclesiasticae anno 1602.

Das erste Blatt enthält eine Abschrift aus der Pommerschen Kirchenordnung vom Jahre 1535 über den Abschnitt: Van Liberyen, in welchem die erste Erwähnung von Bibliotheken nach der Reformation geschieht[1]).

In Folge des Visitations-Recesses vom Jahre 1558 wurden die meisten damals in der Stadt Greifswald und dem Kloster Eldena vorhandenen Bücher in das graue oder Minoriten-Kloster gebracht, das damals schon eine größere Bibliothek besaß. Aus dem Kloster wurden die Bücher am 19. Mai 1599 in die Nicolai-Kirche gebracht, nachdem sie in Gegenwart der Rathsherren Joachim Westphal und Johannes Erich inventirt waren. Der Diaconus erhielt die Stelle eines Bibliothekars[2]). Im Jahr 1602 wurde ebenfalls eine große Anzahl von Büchern aus der Marienkirche der Bibliothek einverleibt.

---

1) Vergl. Pomm. Kirchenordn. von 1535. 8. Aufl. f. 1731. p. 75 und den Visitations-Receß v. J. 1558 in Gesterding Beitr. z. Gesch. d. St. Greifswald. I. Urk. Nr. 575 u. 577. p. 179—181.

2) Vergl. Gesterding a. a. O. p. 181. Biederstedt, Denkwürd. d. Nicolaikirche zu Greifswald. 1812. p. 19.

Ein Verzeichniß dieser aus dem grauen Kloster und der Marienkirche stammenden Bücher finden wir in dem oben erwähnten Pergamentband f. 1—15, welches wir hier mittheilen:

A. Bibliothek des grauen Klosters.

I. Theologici.

a) Patres.

Folio.

1. Opera Dionysii (Areopagitae), 1 Vol. Argent.
2. Opera Tertulliani, 1 Vol. Basil. 1521.
3. Opera Origenis, 1 Vol. Paris. 1512.
4. Opera Hieronymi, 4 Vol. Basil. 1516.
5. Jndex operum Hieronymi (Oecolampadii). Basil. 1520.
6. Opera Ambrosii, 2 Vol. Basil. 1516.
7. Opera Augustini, 9 Vol. Basil. 1506.
8. Jndex operum Augustini.
9. Opera Chrysostomi, 1 Vol. Patav. 1503.
10. Gregorii moralia. Nor. 1471 (bis)
11. Theophilactus in evangelia, item Canones apostolorum item constitutiones veterum et decreta Pontificum, 1 Vol. Mogunt. 1525.
12. Theophilactus in epistolas Pauli, int. Chr. Porsena, Col. 1527. (Theoph. Bulgariae ep. 1107).
13. (Nicolai de) Lyrae (Explic. scripturae) cum glossa ordinaria (Bas. 1494). 6 partes.
14. Hugonis (de S. Caro) volumina 7.
15. Textus Sententiarum cum notabili apparatu, 1 Vol. 1516.
16. Pharetra Doctorum, 1 Vol. (Hain rep. bib. II. 2. p. 96. Daehn. Pomm. Bibl. I. p. 177).
17. Summae Antonini, 4 Vol. (Ant. ep. Flor. † 1459). Nor. 1478.
18. Historialis Antonini, 3 Vol. Nor. 1484.
19. Thomae Aquinatis summae, 1 Vol. Ven. 1501.
20. Thomas Aquinas in quatuor Sententiarum, 3 Vol. Ven. 1503.
21. Thomas Aquinas in Johannem, 1 Vol. Ven. 1508.
22. Thomas Aquinas in epistolas Pauli, 1 Vol. Basil. 1495.
23. Bonaventurae opusculorum p. I—II., 2 Vol. Arg. 1495.
24. Bonaventura in quatuor Sententiarum, 4 Vol. Nor. 1491.
25. Bonaventurae varia opuscula, 1 Vol. Arg. 1489.
26. Bonaventurae tabulae super Magistrum Sententiarum, 1 Vol.
27. Scotus super Magistrum Sententiarum, 2 Vol. Nor. 1481.
28. Petrus Lombardus sive Magister Sententiarum, Nor. 1481 (bis)
29. Historia Lombardica sive aurea legenda sanctorum, Nor. 1481 (bis)
30. Albertus magnus super officium missae, 1 Vol. Mog. 1477. (Daehn. Pomm. Bibl. I. p. 177).
31. Jacobi Fabri Stapulensis in evangelistas et epistolas Pauli, Basil. 1523. 2 Vol. (1440—1537).
32. Rationale divinorum, 1 Vol. (Guilelmi Durantis).
33. Discipulus (Joh. Herolt) de eruditione Christi fidelium, 1 Vol.
34. Bernhardi de Bustis II pars Rosarii, 1 Vol. Hagen. 1518.
35. Margarita Decreti (sive Tabula Martiniana), (Hain. rep. bibl. II. 1. p. 357. Sav. Gesch. d. R. R. V. p. 36). Argentorati 1486.
36. Roderici (Santii) speculum vitae humanae, 1 Vol. Argent. 1507.
37. Speculum exemplorum, 1 Vol. (Hain. rep. bibl. II. 2. p. 341). Argentor. 1490.

38. Vitae patrum, 1 Vol. 1507.
39. Barth. Platina de vitis Pontificum et Athanasius contra haereticos, 1 Vol. Vicentia 1482.
40. Johannes Eremitae collationes 24 sanctorum patrum, 1 Vol.
41. Bartholomaeus de Chaimis confessionale (Vergl. Hain. rep. bibl. I. 1. p. 320. Daehn. Pomm. Bibl. I. p. 178).
42. Brunonis (Cartusiensis) expositio in epistolas Pauli, Paris. 1509.
43. Vita Christi (per Leutolfum de Saxonia). Nor. 1478. p. Ant. Coburger.
44. Opera Caecilii Cypriani, 1 Vol. Basil. 1520.
45. Etymologiae Jsidori Hispalensis, 1 Vol. (Vgl. Daehn. Pomm. Bibl. I. p. 177.)
46. Petr. Lombardi glossa in Psalterium, 1 Vol. Nor. 1478.
47. Fortalitium fidei et rationale divinorum (Alphonsi de Spina) 1 Vol. Nor. 1485.
48. Gabrielis (Biel) inventarium collectariorum in libros Sententiarum, 1 Vol. Basil. 1512.
49. Gabrielis (Biel) expositio Canonis missae, 1 Vol. Tuving. 1499.
50. Gabrielis (Biel) in quartum Sententiarum supplementum, 1 Vol. Paris. 1521. (Fabr. s. v.)
51. Ricardus de Media villa in quartum Sententiarum, 1 Vol. Ven. 1479.
52. Pelbarti de Temesvar tres partes Rosarii, 1 Vol. Hagen. 1504.
53. Thomae de Argentina opera, 2 Vol. Arg. 1490.
54. Angeli de Clavasio summa Angelica (de casibus conscientiae), Spirae 1488.
55. Concordantiae majores Bibliorum, 1 Vol. (Conradi de Alemannia). Basil. 1496.
56. Guilielmi de Occam dialogus, 1 Vol. (c. annexis). Lugd. 1495.
57. Sancii Mariale, 1 Vol.
58. Sancii Concionatorium, 1 Vol.
59. Johannis Altensteich, vocabularius Theologicus. Hagen. 1517. (Fabr. s. v.) 1 Vol.
60. (Pelb. de Temeswar) I pars Rosarii p. Henric. Graen. (Hagen. 1504).
61. Godeschalci Holden (Holem) praeceptorium, 1 Vol. Col. 1484.
62. Bernhardini Mariale (Bernh. de Bustis), 1 Vol. Argent. 1496.
63. Roperti Holkot lectiones in Sapientiam Salomonis, 1 Vol. Spir. 1483.
64. Johannis de Turre cremata expositio brevis Psalmorum, 1 Vol. Arg. 1487.
65. Cassiodorus in Psalterium, 1 Vol. Basil. 1491.
66. Jacobi Peretz (de Valentia) expositiones Psalmorum, 1 Vol.
67. Bernhardi de Bustis defensorium montis pietatis, 1 Vol. Hagen. 1503.
68. Rosarium sive psalterium Mariae, 1 Vol. Hag. 1518.
69. Johannis Januensis Catholicon, 2 Vol. Moguntiaci 1472. p. Pet. Schoiffer.
70. Thomae Aquinatis glossa super Matthaeum et Marcum, 1 Vol. (Vgl. Daehn. Pomm. Bibl. I. p. 178).
71. Alexandri de Ales quatuor partes summae (Theologiae), 4 Vol. Nor. 1482.
72. Reinerii (de Rivalto) duae partes pantheologiae, 2 Vol. Nor. 1476.
73. Summa (de casibus conscientiae) Astexani 2 Vol. Coloniae 1479. (Astesanus † 1330).
74. Vincentii (Bellovacensis) Speculum morale, 2 Vol. 1474.
75. Glossa magistralis in epistolas Pauli, 1 Vol.

76. Fasciculus temporum, 1 Vol. (Werneri Rolevink). 1478 per Nic. Golz d. Selzstad.
77. Petri Bertorii repertorium morale, 1 Vol. (Fabr. s. v.) Nor. 1489.

Quarto.

78. Joh. Gersonis opera, quatuor partes, 3 Vol. 1489.
79. Johannis Faber contra Lutherum, 1 Vol.
80. Johannis de Burgo pupilla oculi, 1 Vol. Argent. 1516.
81. Raimundi (de Pennaforte) summula; supplementum. Col. 1500.
82. Tractatus sacerdotis de sacramentis, Argent. 1496.
83. Johannis Nider de morali lepra. 1 Vol.
84. Johannis de Palz (Paliz, Valz 1510) coelifodina, 1 Vol. Lips. 1504. (Graesse Lit. g. II. 2. p. 435.)
85. Vocabularius biblicus.
86. Propugnaculum catholicae ecclesiae contra Lutheranos.
87. Ambrosius Catharinus contra Lutherum, 1 Vol. 1527.
88. Psalterium Romanum, 1 Vol.
89. Psalterium Davidis, 1 Vol.
90. Confessionale Antonini (Flor. ep.), 1 Vol. Argent. 1490.
91. Lavacrum conscientiae et Bonaventura de corpore Christi, 1 Vol. Antwerpiae 1488.
92. Malleus maleficarum (Henrici Jnstitoris) 1 Vol.
93. Stellarium coronae Mariae virginis (Pelbarti de Temeswar), 1 Vol. Col, 1506.
94. Summa Thomae Aquinatis.
95. Guilielmi Forrillonis compendium quatuor librorum Sententiarum (G. Forleon. Fabr. s. v.)
96. Directorium super scripta Bonaventurae.
97. Antonii de Bitonto explicationes Evangeliorum. Ven. 1496. (Fabr. s. v.) 1 Vol.

b) Sermones.

Folio.

98. Michaelis de Mediolano sermonarium. Bas. 1479. (Mich. de Charcano Fabr. s. v.) 1 Vol.
99. Leonardi de Utino sermones quadragesimales et dominicales. 1479. Spir. de Petr. Drach. (Fabr. s. v.) 1 Vol.
100. Sermones Discipuli (Joh. Herolt) de tempore, 1 Vol.
101. Sermones Jordani de tempore, 1 Vol. (Jord. Saxo de Quedlinburg) Arg. 1483.
102. Sermones Simonis de Cassia super Evangelia, 1 Vol.
103. Johannis Gritsch Quadragesimale Nor. 1497 (bis)
104. Sermones Bernhardi et Leonis (I, magni) papae, 1 Vol. 1481.
105. Sermones Bernhardini de Evangelio aeterno, 1 Vol.
106. Sermones de tempore (bis)
107. Sermones Dominicales, 1 Vol.
108. Sermones Jordani de sanctis, 1 Vol. (Jord. Saxo de Quedlinburg) Arg. 1483.
109. Sermones parati de tempore. (Fabr. s. v.) 1 Vol. Nor. 1493.
110. Sermones Pomerii de tempore et de sanctis, (Fabr. s. v.) Arg. 1505
111. Sermones de tempore thesauri novi, 1 Vol. Arg. 1493.
112. Sermones de sancti thesauri novi, 1 Vol.
113. Sermones per Petrum Drach (impressi Spir. 1479.)
114. Sermones Meffred (hortulus reginae). Nor. 1487. 3 Vol.
115. Sermones Bonaventurae de tempore et de sanctis. Arg. 1496. 1 Vol.
116. Sermones Petri Voraginis, 1 Vol.

117. Sermones Petri Bernhardini, 1 Vol.
118. Hugonis (de Prato) sermones dominicales in epistolas et evangelia, 2 Vol. Zwoll. 1480.
119. Leonardi (de Utino) sermonis de sanctis. 1479. 1 Vol.
120. Sermones Vincentii (Bellovacensis). Nor. 1492. 3 Vol.
121. Sermones dormi secure de sanctis. Basil. 1489. 1 Vol.
122. Nicolai de Nisa sermones hyemales de tempore, 1 Vol.
123. Bernhardini Quadragesimale. 1 Vol.
124. Pauli Wann (Uvan) Quadragesimale. Hagen. 1500. 1 Vol.
125. Johannis Gritsch Quadragesimale. (Vgl. 103). Nor. 1481. 1 Vol.
126. Roberti de Lycaeo (Licio) Quadragesimale, Spirae 1490, p. Petr. Drach., 1 Vol.
127. Ambrosii Spiere (Ambrosii de Spira) Quadragesimale, 1 Vol. Bas. 1500.
128. Guillermi conciones. 1473. 1 Vol.
129. Sermones Nicolai de Blonj (Polonia). Argent. 1595. 1 Vol.
130. Sermones Johannis Contracti (Joh. Kortz. Hain. rep. bibl. I. 2. p. 195). Lub. p. Joh. Koelhof. 1 Vol.

Quarto.

131. Sermones Bonaventurae de tempore et sanctis. Bas. 1502. 1 Vol.
132. Sermones Quadragesimales Michaelis de Mediolano. (Vgl. 98.) Ven. 1492. 1 Vol.
133. Sermones Bertranni (Bertrandi de Cura, Hain. I. 1. p. 388). Argent. 1501—1502. 2 Vol.
134. Gabrielis Baraletae sermones de tempore (Hagen. 1514) et Heptalogium Virgilii. Lips. 1489. 1 Vol.
135. Francisci Maronis sermones de tempore et sanctis, 1 Vol. Bas. 1498.
136. Sermones dormi secure, 2 Exempl. (Vgl. 121). Bas. 1493.
137. Sermones Oliverii (Maillardi). Coloniae 1500. 1 Vol.
138. Sermones Petri Hierimiae. Lugd. 1512. p. Jac. Britannicum, 1 Vol.
139. Sermones Roberti de Licio. Basil. 1600.
140. Sermones Cornelii de Sneckis (Rosarium). Rostock 1517.
141. Biga salutis (Michaelis de Hungaria). Hagen. 1499. 4 Vol. (bis)
142. Postilla Hugonis (de S. Caro). 2 B. Basil. 1502. 1 Vol.
143. Repertorium in postillam (Nicolai de) Lyrae. Nor. 1494. 1 Vol.
144. Johannis Raulini sermones quadragesimales. Paris 1511. 1 Vol.
145. Sermones Pomerii (Pelbarti de Temeswar). 1499—1502. 1 Vol.
146. Gemma fidei. Par. 1502. 1 Vol.
147. Postilla Nicolai Dinckelspuel. Argent. 1496. 1 Vol.
148. Epistolae ex registro Georgii item praedicantium (gemma), 1 Vol. Paris. 1506—1508.
149. Agenda. 1 B.

II. Juridici.

Folio.

1. Codex Justiniani, Moguntiaci 1475 per Petr. Schoiffer de Gernsheim, 1 Vol.
2. Jnfortiatum. 1 Vol.
3. Decretalia Gregorii, Moguntiaci 1479 per Petr. Schoiffer. 1 Vol.
4. Decretalia Gratiani c. app. Barth. Brixiensis. Basil. 1481. 2 Vol.
5. Liber Sextus Decretalium. Venetiis 1479 per Nic. Jenson. 1 Vol.
6. Constitutiones Clericorum, 1 Vol.
7. Prima lectura juris utriusque Philippi (de Franchis Perusini) super Sextum Decretalium. Ven. 1499.

8. Prima lectio Dominici de sancto Geminiano super Sextum Decretalium. Ven. 1491.
9. Prima, secunda et tertia pars Speculi Durandi, Nor. 1486. 2 Vol.
10. Nicolai Siculi (de Tudescis) Abbatis (Panormitani) lectura s. Primum Decretalium, 1 Vol.
11. Nicolai Siculi (de Tudescis) Abbatis (Panormitani) lectura s. tertia parte libri II. Decretalium, 1 Vol.
12. Nicolai Siculi (de Tudescis) Abbatis (Panormitani) lectura super Tertium Decretalium, 1 Vol.
13. Lectura Nicolai Siculi (de Tudescis) Abbatis (Panormitani) super prima parte Decretalium, 1 Vol.
14. Lectura Nicolai Siculi (de Tudescis) Abbatis (Panormitani) super quinta parte, et Sextum Decretalium, 1 Vol. Nr. 10—14. Basil. 1488.
15. Petri Ravennatis Compendium Juris canonici, 1 Vol.
16. Petri Ravennatis Repetitio c. Jnter alia, de immunitate ecclesiarum, 1 Vol. Lubec. 1499.
17. Repertorium Panormitani (Nic. Siculi. Vergl. Daehn. Pomm. Bibl. I. p. 179).
18. Modus legendi abbreviaturas in utroque jure (Hain. rep. bibl. II. 1.) Nor. 1482.
19. Vocabularius utriusque juris. Basil. 1488.
20. Expositiones omnium titulorum Legalium. Basil. 1490.

III. Libri Philosophici.

1. Metaphysica Aristotelis.
2. Dictionarium. (Vgl. Daehn. Pomm. Bibl. I. p. 179). 3 Vol.
3. Vocabularius breviloquus. Basil. 1478.
4. Johannis Majoris Scoti opera logica.
5. Margarita Poetica (Alberti de Eyb.)

IV. Manuscripta.

27 in folio (darüber ist geschrieben 37), 6 in quarto und 1 in octavo (zusammen 44 Bände).

B. Register der Bücher, so in St. Mariemn-Kirchen anno 1602 befunden und den 6. Octobris in die Allgemeine Bibliothecam zu St. Niclas transferiret.

I. Theologici.

1. Glossae ordinariae pars II a libris Regum ad proverbia Salamonis usque.
2. Glossae ordinariae pars III a proverbiis Salamonis usque ad novum testamentum.
3. Glossae ordinariae pars IV in totum novum testamentum.
4. Biblia moralizata.
5. Hugonis (de S. Caro) pars 3—6, 4 Vol.
6. (Nicolai) Lyrae pars 1—3. Nor. 1481. 2 Vol.
7. Moralia Gregorii (magni papae) super librum Job. Nor. 1471.
8. Augustinus super totum psalterium, Basil. 1489.
9. Augustinus de Trinitate et civitate dei. Moguntiaci 1473 p. Petr. Schoiffer.
10. Sermones Augustini. Hagenau 1521 p. Henr. Graen.
11. Vita patrum beati Hieronymi. Nor. 1478.
12. Epistolae beati Hieronymi. Basil. 1480.

13. Mametractus (Johannis Marchesini) in biblia. 1476.
14. Glossa psalterii Johannis de Turre cremata. Argentorati 1487.
15. Ropertus Holkot super libros Sapientiae. Hag. 1494.
16. Sermones St. Bernhardi et St. Gilberti super Cantica Canticorum. Argent. 1497.
17. Alberti magni postilla super Evangeliare Matthaei. Hag. 1505.
18. Secunda pars Floreti St. Matthaei (coll. a Petro de Prexano Hispalensi). 1491.
19. Alberti magni postillae super Evangeliare Lucae, pars I—II, Hagen. 1504.
20. Nicolai de Gorra postilla elucidantia et magistralis super epistolas Pauli.
21. Antonini majoris summae pars 1—4. Florent. 1485. 4 Vol.
22. Tabula super totam summam Antonini directiva.
23. Alberti magni postillatio in Apocalypsin Johannis, in quarto.
24. Thomae de Aquino Summae prima et tertia pars.
25. Tabula in Summas beati Thomae (de Aquino). 1473 p. Arn. ter Hoernen.
26. Concordantiae bibliae et Canonum. (Vgl. Daehn. Pomm. Bibl. I. p. 179. p. 180). 1491.
27. Sermones quadragesimales Pomerii.
28. Stellarius coronae beatae virginis Mariae. Argentorati 1493.
29. Prima pars summae S. Theologiae Angelici doctoris Thomae de Aquino. Ven. 1486.
30. Prima secundae partis summae Theologiae eximii doctoris de Aquino.
31. Tertia pars beati Thomae de Aquino
32. Directorium principalium sententiarum, 1 et 2 partes summae Alberti magni, alias dictae de mirabili scientia Dei.
33. Alberti magni pars secunda de mirabili scientia Dei. Bas. 1507.
34. Tabula in quatuor scripta Alberti magni.
35. Summa Angelica.
36. Rationale divinorum (Guilelmi Durantis).
37. Albertus magnus super officium missae. Mog. 1477.
38. Sacri Canonis Missae expositio Tubingensium.
39. Prima pars Gersonis.
40. Praeceptorium divinae legis seu Explicatio decalogi per fratrum Joh. Nyder. (Vgl. Daehn. Pomm. Bibl. I. p. 179). Nor.
41. Praeceptorium Gottschalki Hollen, 1484 p. Joh. Guldenschaf.
42. Textus sententiarum cum conclusionibus Henr. Goerichen nec non scriptis S. Thomae.
43. Scriptum S. Thomae de Aquino super quatuor sententiarum. Venet. 1503.
44. Exactissimi et quam maxime probati D. Petri de Paludis IV. sententiarum liber. Paris. 1514.
45. Durandus super quatuor libros sententiarum (Dur. de St. Porciano). Paris. 1508.
46. Tabula super libros sententiarum cum Bonaventura.
47. Pantheologiae pars secunda.
48. Liber de poenitentia, confessione et sacramentis.
49. Legendae sanctorum fratris Jacobi Januensis. Nor. 1482.
50. Legendae sanctorum fratris Jacobi de Voragine.
51. De vitiis tractatus. (Vgl. Daehn. Pomm. Bibl. I. p. 179).
52. Sermones Leonis 1 papae.
53. Homeliae Caroli magni (Homiliarium). Spirae 1482.
54. Sermones fratris Martini. Argent. 1484.
55. Seraphici Doct. St. Bonaventurae sermones. Reutl. 1494. Zwoll 1479.

56. Homeliarius doctorum super Evangelia dominicalia. Spir. 1486.
57. Sermones (Discipuli) Johannis Herholt de tempore. Hag. 1517.
58. Sermones Pomerii de tempore aestivales et hyemales. 1506.
59. Postilla evangeliorum et epistolarum de tempore et sanctis. 1487.
60. Meffreth pars aestivalis sermonum de tempore. Nor. 1487.
61. Sermones Hugonis (de prato Florido) super evangelia et epistolas de tempore. Zwoll 1480.
62. Sermones Hugonis (de prato Florido) de Sanctis. Heidelb. 1485.
63. Sermones thesauri novi de tempore (bis)
64. Sermones de tempore Henrici Herpf. Spir. 1484. p. Petr. Drach.
65. Quaestiones evangeliorum tam de tempore quam de sanctis Joh. de Turrecremata.
66. Scrutinium scripturarum Discipuli super epistolas dominicales sermones.
67. Sermones Parati de tempore et sanctis, in quarto.
68. Sermones Discipuli de tempore, 1476 (per fratres viridis horti in Rostock).
69. Sermones Meffreth per totum annum. Nor. 1487.
70. Opus postillarum et sermonum Jordani. Argent. 1483.
71. Quadragesimale Johannis Gritsch. Nor. 1483 (ter)
72. Sermones quadragesimales Leonhardi de Utino. Spir. 1479 (bis)
73. Quadragesimale Bernhardini de Christiana religione.
74. Bernhardini de Bustis Rosarii primo et secunda pars. Hagen. 1518. 2 Vol.
75. Quadragesimale Roberti de Licio.
76. Chrysostomi sermones in Job (in Latinum transl. per Lel. Tifernatis). Nor. 1473.
77. Varia opuscula et ecclesiastica historia.
78. Opera plurima S. Augustini in psalterium. Bas. 1489.
79. Antonini summae pars I de anima et pertinentibus ad ipsam, p. 2 de statibus, p. 3 de virtutibus. 3 Vol. 1485.
80. Vincentii speculi historialis pars I—III. 3 Vol. 1474.

II. Libri Juridici.

1. Jnstitutiones Justiniani, Basel. 1476, per Mich. Wensler.
2. Constitutiones Clementis, Mogunt. 1467 per Petr. Schoiffer.
3. Decretum Gratiani (cum apparatu suo) 1501.
4. Rosarium Decreti Guidonis. (Vgl. Daehn. Pomm Bibl. I. p. 178.)
5. Repertorium (Alf. de Montalvo).
6. Casus longi Bernhardi (Parmensis canonici Bononiensis). Arg. 1488.
7. Summa fratris Henrici (Hostiensis) super quinque libros Decretalium.
8. Modus legendi abbreviaturas.
9. Practica nova juris Johannis de Papia. Nor. 1482.

III. Libri Philosophici.

b) Grammatici.

Folio.

1. Catholicon pars I usque ad K., 1 Vol. (Siehe A. I. 69.)
2. Titi Livii (de Frulovisiis) liber de Orthographia, 1 Vol.
3. Dictionarium in tribus tomis.

Quarto.

4. Alexandri (Galli, de Villa Dei) Grammatica.
5. Grammatica Nicolai Perotti.

6. Expositio Donati, item (Johannes) Versor super Donato.
7. Lilium Grammaticae Wilhelmi Wert.
8. Expositio magistri Georgii Bruxellensis in Logicam Aristotelis. 1505.
9. Quaestiones Johannis Versoris in veterem artem Aristotelis.

b) Philosophici.

In Folio.

10. Divini Alberti (magni) Physicorum libri octo. Venetiis 1494.
11. Scriptum Antonii Andreae in arte veteri et divisionibus Boethii, Venet. 1492.
12. Copulata super octo libros Physicorum Aristotelis cum textu Thomae de Aquino.
13. Copulata in libros de Anima Aristotelis c. t. Thomae, Lamberti de Monte.
14. Positiones circa libros Physicorum et de anima Aristotelis, Coloniae 1494.
15. Clypeus Thomistarum (Petri Nigri), Ven. 1504 p. Simonem Luele.
16. Quaestiones super parva Naturalia cum textu Aristotelis.
17. Quaestiones Johannis Versoris super libros de Coelo et mundo Aristotelis.
18. Expositiones textualis in libros de coelo et mundo ex Thoma.
19. Averroes in libros de coelo et mundo, Patavii 1473.
20. Boethius de consolatione Philosophiae, Coloniae 1488.
21. Johannes Gerson de consolatione Theologiae 1489.
22. Compendium philosophiae naturalis.
23. Margarita Poetica. (Alb. de Eyb.)

In Quarto.

24. Baptistae Mantuani de patientia libri tres, Davent. 1499.
25. Baptistae Mantuani de passionibus Katharinae.
26. Gesta Romanorum cum applicationibus moralisatis et mythicis.
27. Malleus Maleficarum.
28. Campus Sophistarum, 1498.

IV. Manuscripte.

a) Theologische Materien; In Folio 20 Bücher, in Quarto 3 Bücher (zusammen 23). b) Juristische: In Folio 20 Bücher, in Quarto 3 Bücher (zus. 23). c) Philosophische: In Quarto 3 Bücher (im Ganzen also 49 Bände).

Die Kirchenbibliothek erhielt hernach im Jahre 1755 aus der Marienkirche noch folgende theologische Werke, welche der Inventar-Catalog fol. 31 aufzählt:

81. Thomae Aquinatis Continuum in quatuor Evangelistas, 1476.
82. Augustini explicatio epistolarum Pauli, Par. 1499.
83. Origenis operum tom. IV., Par. 1509.
84. Augustinus de civitate Dei cum commento, Tub. 1494.
85. Thomae Aquinatis explanatio epistolarum Pauli, Bas. 1495.
86. Operum Johannis Gersonis P. I., 1488.
87. Bernardi scripta Lugduni, 1515.
88. Chrysostomi Homiliae, 1504, 2 Vol.
89. Aeneae Sylvii Commentarius de concilio Basiliensi, Arg. 1512.
90. Speculum Exemplorum (Richardi Paefroed) 1481.

In Quarto.

91. Ambrosii opera, 3 Vol., 1516.
92. Coelifodina (Joh. Palz), Lips. 1515.

Die Bibliothek erhielt demnach aus dem grauen Kloster und der Marienkirche im Ganzen 396 Bände und zwar 303 gedruckte Bücher und 93 Handschriften. Unter den gedruckten Büchern befanden sich 241 Theologische, 29 Juristische und 33 Philosophische, unter den Handschriften 60 Theologische, 23 Juristische und 10 Philosophische.

Ich habe das Verzeichniß des Inventar-Catalogs, nach dem alphabetischen Cataloge von Brockmann, nach dem Manual-Catalog und dem bei Dähnert, Pomm. Bibl. I. p. 117—180, abgedruckten Auszug von 85 Büchern, in Angabe des Druckorts, der Jahreszahl und genauerer Bezeichnung des Titels (letztere Berichtigungen eingeklammert) ergänzt. Von A. I. 1 bis A. II. 16 ist die Zahl der Bände angegeben, später nur vereinzelt, meist nur die Duplicate. Diese erklären sich dadurch, daß die Bibliothek aus mehreren Sammlungen planlos zusammengesetzt ist.

Die mitgetheilten Werke gehören mit wenigen Ausnahmen der Litteratur des Mittelalters an und findet man in Fabricius Bibliothek, Hains Repertorium der Incunabeln und Gräſſe's Literärgeschichte die näheren Angaben über dieselben. Nur A. I. Nr. 79, 86 und 87 gehören der Polemik gegen die Reformation, also späteren Zeiten an. Bei A. I. 60 und 113 sind statt der wirklichen Verfasser als unrichtige Namen H. Grān und P. Drach angegeben, welche die Buchdrucker sind, in deren Officin die Werke erschienen. Die meisten Werke sind werthvolle Incunabeln, unter ihnen A. I. Nr. 69, A. II. Nr. 1, B. I. Nr. 9, B. II. Nr. 2 aus Peter Schöffers Officin, mehrere auch ohne Ort und Jahr.

Von fol. 16—33 enthält der Inventar-Catalog ein Verzeichniß der von den Predigern nach 1602 angekauften Bücher, die meistens protestantische Theologie enthalten. Dies ist von f. 16—23 von derselben Hand, wie f. 1—16 geschrieben, später wechseln die Hände der Prediger. Ein zweiter Theil des Inventar-Catalogs enthält f. 1—12 ein Verzeichniß der Geldbeiträge und geschenkten Bücher.

Manche im Inventar-Catalog angeführten Werke, wie B. III. 4—9 fehlen in den späteren Catalogen. Diese sind entweder entwendet[1]) oder haben einen unrichtig angegebenen Titel, der in jenen berichtigt wurde. Einige mögen auch von Brockmann im alphabetischen Cataloge übergangen worden sein. In diesem sind auch mehrere Manuscripte verzeichnet: Opera Augustini; Aristotelis Physica; Sermones.

Die Bibliothek wurde in der Nicolaikirche zuerst auf einem offenen Chor über der Sacristei an der Nordseite aufgestellt[2]).

---

[1]) Vergl. Biederstedt, Denkwürdigk. der Nicolaikirche, p. 23.

[2]) Vergl. Biederstedt, Geschichte der Nicolaikirche, 1808, p. 39. Denkw. der Nicolaikirche, 1812, p. 22.

Im Jahre 1755 wurde sie aus diesem Local nach dem Chore über der Vorhalle hinter dem Altar gebracht, wo sie sich noch jetzt befindet. Von der nach dem Kirchendach hinaufführenden Wendeltreppe gelangt man durch einen schmalen in die Mauer gebrochenen Gang zu dem offenen Chor. Dasselbe erhält durch die hohen Fenster der Ostseite helles Licht und hat einen gedielten Fußboden. Unter den Fenstern, so wie an der Nord- und Südseite stehen Repositorien, welche zum Theil oben mit Lesepulten und seit 1793 und 1809 mit schließbaren Thüren versehen sind.

Die Provisoratsacten der Kirche befinden sich in einem Schranke der Rathscapelle, die auch Burgemeistercapelle genannt wird. Diese liegt an der Südseite der Kirche in der Nähe des Thurms und ist beschrieben von Palthen, historia ecclesiae Collegiatae St. Nicolai Gryph. 1704, auch abgedr. in Jac. Heinr. Balthasars Sammlungen zur Pomm. Kirchenhistorie II. 1725. p. 826–860, wo p. 849 gesagt ist:

Publicis autem actibus suscipiendis angulus templi, qua ad meridiem vergit, inserviit, quem locum veteres ab armario illo cognominarunt, quo Academiae, Ecclesiae atque Urbis communia scripta atque instrumenta tribus recludenda clavibus custodiebantur. Nunc locus in pariete vacuus atque adapertus mutatam rerum omnium faciem ostendit.

Diese Capelle wird häufig in alten Urkunden erwähnt[1]) und armarium genannt. In der Urkunde vom 21. October 1456, welche der Vertrag zwischen Universität und Rath enthält[2]), wird sie Rathsstuhl bezeichnet:

p. 33. 16. **Item alle privilegia unde breve der Universiteten unde Capittuli scholen an deme Synde an deme Radstole to sante Nicolawese ligghen myt ereme fisco unde dar schal de rector, de pravest unde de oldeste Borghermeyster, islik enen slotel to hebben to verwarynghe.**

In dem Visitationsreceß vom Jahr 1558[3]) wird das armarium auch Gervekammer genannt. Ueber die Bedeutung von Gervekammer als Ort, wo die Meßgewänder aufbewahrt wurden und des niederdeutschen Wortes garve, welches Kleid bedeutet, vergl. Kosegarten, Gesch. d. Univ. II. p. 62.

Die von Palthen erwähnte Capelle befindet sich noch in demselben Zustande, wie er sie beschrieben hat. Sie enthält einen Kamin und zwei Wandschränke. Der kleinere Schrank hat eine Thür mit reichen Verzierungen von gothischer Schlosserarbeit und mehrere Fächer; der größere hat eine äußere und zwei innere Thüren aus dickem Eichenholz gearbeitet und oben

---

[1]) Vergl. Kosegarten, Geschichte der Universität, II. p. 61–63, Urk. Nr. 30 und 31.

[2]) Vergl. Kosegarten, II. p. 29. Nr. 16.

[3]) Gesterding, Beitr. zur Gesch. der Stadt Greifsw. I. p. 179.

gerundet. Die dreifachen Schlösser sind noch erhalten und sind als Eisenarbeit des funfzehnten Jahrhunderts interessant. Im Innern des Schrankes befinden sich mehrere Fächer über einander, welche Reste des alten Wulffrahtschen Altars vom Jahr 1660 enthalten[1]). Außerdem steht in der Capelle ein Crucifix und ein hölzerner Schrank, in welchem die oben erwähnten Provisoratsacten liegen; unter diesen fand ich auch einen Pergamentband in gebrochenem Hochfolio, welcher eine Uebersicht der Bibliotheks-Verwaltung von 1613—1784 enthält.

p. 1 ist die Einnahme der Bibliothek verzeichnet, wie sie jährlich einging:

Aus Joachim Schomackers Testament seit 1606 18 Mark.
Von Otto Aschersleben (geht nur bis 1617 ein) 36 „
Aus Erich-Schlichtkrullschen Testament . . 3 „
Aus Burgemeister Schmiterlöws Testament . . 3 „
Zinsen von Heinrich Preetzmanns Erben . . 9 „
Aus Johann Glevings Vermachung[2]). . . . 3 „
Ordinandengeld. Scandalosen oder Poenitenzgeld.
Freiwillige Beiträge (diese sind im Inventar-Catalog Theil II. f. 1—12 aufgezählt).

Dieses ist geschrieben von Nicolaus Wismarus, welcher von 1637—1640 Diaconus an der Marienkirche in Greifswald war. Die Berechnung geschieht in Mark, dieselben zu 8 Schilling Lüb. oder 16 Schilling Pomm. d. i. Sechsling gerechnet, später in Gulden. Die Ausgaben bestehen theils im Ankauf und Einbinden von Büchern, theils in Unterstützungen. Diese werden namentlich armen Studenten und Predigerwittwen zu Theil, außerdem auch durch Krieg und Verfolgung vertriebenen Predigern, griechischen und römisch-katholischen Priestern, so wie convertiten Juden und Muhamedanern.

Die erwähnten Bücherankäufe gehören dem Gebiete der damaligen Theologie an und haben nur ein geringes Interesse. Der Einband eines Folianten in Holztafeln mit Leder oder Pergament und Klammern ist auf 3 Mark berechnet[3]).

p. 3—7. Verwaltung des M. Marcus Burchard. 1613—1618.

p. 3. Den 29. April 1613. Inventar der Kirchenbibliothek.

p. 5. Vom Buchdrucker Augustin Ferber für 50 Gulden alter Bücher gekauft, die nicht benannt sind[4]).

---

[1]) Gesterding, Beiträge zur Gesch. d. Stadt Greifsw. I. Nr. 779, p. 253. Biederstedt, Gesch. d. Nicolaikirche, p. 43.

[2]) Ueber Joh. Glevings Vermächtniß von 50 Gulden vergl. den Inventar-Catalog f. 27.

[3]) Vergl. über die Bücherankäufe von 1602—1755 den Inventar-Catalog I. f. 16—32.

[4]) Vergl. über die Bücherankäufe den Inventar-Catalog f. 16—27.

p. 7. Bemerkung des M. Nicol. Wismarus, daß das Vorstehende aus dem Autographon des M. Burchard abgeschrieben sei.

p. 7. M. Bartholomaeus Wilde. 1618—1620.

M. Wilde war Diacon an der Marienkirche von 1604—1636 und führte das Bibliothekariat an St. Nicolai interimistisch. Auch seine Rechnung besteht in einer Abschrift derselben Hand, wie p. 3—7.

p. 8—16. M. David König. 1620—1627. († 1638).

p. 11. Ankauf von Büchern im Jahr 1622. Für Tomos Lutheri Jenenses und Hebr. biblia cum versione interlineari 120 M. Für Romaei effigiem Calvini 21 M. 10 Sch. Für Bulaei acta pontificum in octavo 1 M. 8 Sch.[1])

p. 16—19. M. Balthasar Rhau. 1627—1639.

M. Balthasar Rhau war Pastor an der Marienkirche 1628—1638 und wurde dann Superintendent in Stralsund. Er war auch Prof. der Philosophie und von 1628 Prof. der Theologie in Greifswald.[2])

p. 16. Bericht über die Kriegsunruhen von 1628 und dadurch herbeigeführte Unordnung in der Bibliotheks=Verwaltung.

p. 19—20. Inventur von M. Nicolaus Wismarus Hand im Jahr 1639.

p. 21—40. M. Martinus Wendt. 1639—1654.

Unter M. Wendts Bibliothekariat fand im Jahre 1650 der zweite Einsturz des Nicolaikirchthurms statt (der erste Umsturz geschah 1515), jedoch blieb der Theil des Kirchengewölbes, unter welchem die Bibliothek aufgestellt war, erhalten. Aus diesem Grunde findet sich auch wohl keine Aufzeichnung in dem Verwaltungsbuche, da die Bibliothek nur mittelbar durch Einsturz und Neubau berührt wurde[3]).

p. 41—66. M. Nicolaus Alberti, 1654—1665,

hielt 1651 die Einweihepredigt der wiederhergestellten Kirche: Gloria templi secundi Nicolaitani Gr. bei Jac. Jaeger 1651[4]).

p. 41 wird der Catalog der Bibliothek erwähnt.

p. 43 das Ausbessern und Ausstäuben der Bücher.

p. 47. Ankäufe auf der Auction des 1650 verstorbenen Prof. der Theologie Mevius Völschow, 1656. p. 53. Beschei=

---

1) Vergl. den Inventar=Catalog f. 27—28.

2) Vergl. Kosegarten, Gesch. d. Univ. I. p. 246.

3) Vergl. den Inventar=Catalog f. 28 v.

4) Vergl. auch Marci Bernhardini carmen ad Sen. Gr. de aede reparata. Gr. 1652. f. Biederstedt, Gesch. der Nicolaikirche. p. 34.

nigung von Abr. Battus, Joachim Rhau, Jac. Balthasar sen.[1]).

p. 66—91. M. Johannes Stephany. 1665—1676.

Von p. 91—101 folgen leere Blätter, was dadurch bewirkt ist, daß M. Stephany das Verwaltungsbuch erst 1709 seinem Nachfolger übergeben hat. Daher findet sich auch p. 91 erst vom Jahre 1709 eine Bescheinigung des berühmten damaligen General-Superintendenten Dr. Joh. Friedrich Mayer[2]).

f. 101–169. M. Theodor Pyl. 1676—1723.

M. Gottfried Pyl. 1723—1748.

M. Theodor Pyl wurde seit 1715 von seinem Sohne Gottfried in seinem Amte unterstützt, so daß von f. 150 beide Hände vorkommen.

f. 113. Im Jahre 1681 erwirbt die Bibliothek die Bücher des M. Matthaeus Tabbert, (Pastor an der Marienkirche von 1660—1675, starb als General-Superintendent 1645). Dazu werden zwei Repositorien gemacht. Dazu kostet das Holz 5 fl., die Arbeit 3 fl., die Nägel 3 Sch.[3])

f. 120. Im Jahre 1685 werden die verschiedenen älteren Cataloge noch einmal abgeschrieben, so daß sie zu Einem Cataloge vereinigt sind. Der Bogen abzuschreiben wird zu 3 Sch. berechnet, das Papier zu 1 Sch. Der neue Catalog enthielt acht Bogen.

f. 135. Im Jahre 1700 werden die Bücher hinten auf dem Titel mit Papierzetteln beklebt, um sie übersichtlich zu ordnen, und ein neuer Catalog angefertigt, welcher die Namen der Autoren in alphabetischer Ordnung aufführt. Dazu sind zwei Buch Papier à 3 Sch. berechnet.

f. 142. Im Jahre 1707 wird eine Glocke in examinatorio angeschafft für 10 Sch.

In dieser Verwaltungszeit benutzte Prof. J. Ph. Palthen 1699—1710 die Handschriften der Bibliothek zu seinen Studien über Pomm. Geschichte. Auch schrieb er mehrere Urkunden ab[4]). Auch M. Christoph Pyl, Rector zu Anclam 1708 und 1720 zu Stettin, benutzte damals die Handschriften der Bibliothek und erwähnt Urkunden von Prof. Meilofs Hand (Faustinus redux 1717. p. 4 und 6) so wie eine vita Ottonis (Memorabilia Pomeraniae 1722. p. 15) die noch erhalten sind.

---

1) Ueber die Bücherankäufe vergl. den Inventar-Catalog f. 28. v.

2) Ueber die Bücherankäufe von Stephani vergl. den Inventar-Catalog f. 29.

3) Vergl. den Inventar-Catalog f. 29—30.

4) Vergl. Kosegarten, Gesch. der Univ. I. p. 137. Codex Pomeraniae diplomaticus Einleitung p. XLIV.

p. 157 werden 10 Buch weiß Papier à 5 Sch. zum Ministerialbuch berechnet und dabei bemerkt, daß andere 3 Buch weiß Papier vom Provisorat für: 1. das Hauptbuch der Nicolaikirche, 2. zum Taufbuch, 3. zum Traubuch verwendet worden seien.

Aus mehreren Auctionen von Bibliotheken der Directoren Boltenstern, Clarien und Wollich, Balthasar, Jaeger, Würffel, Rost, Engelbrecht, Gerdes wurden Bücher gekauft.

f. 170—175 folgt eine Berechnung der Wittwengelder.

f. 176—180. M. Georg Brockmann. 1749—1777.

Im Jahre 1755 wurden die im Inventar-Catalog unter Nr. 81—92 angeführten theologischen Bücher aus der Marienkirche nach der Nicolaikirche gebracht und in demselben Jahre auch die Bibliothek von dem Raume über der Sacristei nach dem Chore hinter dem Altar geschafft, wo sie sich jetzt befindet. In dieser Zeit wurden namentlich die Handschriften vielfach benutzt, auch verfertigte Brockmann 1755 einen alphabetischen Catalog, der noch vorhanden ist, aber nichts über die Handschriften berichtet[1]; 1737—1762 veröffentlichte Augustin v. Balthasar in seinen vitae juris consultorum Gryphiswaldensium Auszüge aus den alten juristischen Handschriften der Bibliothek, theils im Druck, theils in handschriftlichen Zusätzen zu einem Exemplar, welches die General-Landschafts-Bibliothek in Stettin besitzt.

1751 theilte Daehnert in der Pomm. Bibliothek I. Bd. Th. II., Stück 10, p. 177—180 eine Uebersicht der wichtigsten alten Drucke der Bibliothek mit. Die Handschriften erwähnt er nicht, obwohl er in derselben Zeitschrift außer den alten Drucken der alten Universitäts-Bibliothek, I. p. 130—135, auch die Handschriften der Letzteren I., p. 161—164, p. 185—187, hundert an der Zahl anführt. Einen Auszug der alten Drucke der Kirchen-Bibliothek giebt Biederstedt, Geschichte der Nicolaikirche p. 69, wo 24 Nummern aufgeführt werden. Wir erwähnen als vorzugsweise merkwürdig:

Summa, quae vocatur Catholicon, edita a fratre Johanne de Janua, Moguntiaci per Petrum Schoiffer, 1472. Riesenfolio. Rosarium domini Guidonis, Archidiaconi Bononiae, super decreto. Riesenfolio. Amerigi Vesputii epistola de novo mundo ad Laurentium Petrum de Medicis. 1488. Repetitio C. Inter Alia, de immunitate ecclesiarum ed. a Dr. Petro Ravennate. Lubeci 1499. f.

Die Mehrzahl dieser alten Drucke enthält sehr schön gemalte Initialen, einige auch colorirte Holzschnitte. Ich gedenke später

---

1) Vergl. den Inventar-Catalog f. 30—31.

in dieser Zeitschrift eine ausführliche Beschreibung der wichtigsten Incunabeln zu veröffentlichen.

Zu Daehnerts Mittheilung lieferte auch der General-Superintendent Jac. Heinr. v. Balthasar in Daehnerts Pomm. Bibl. I. p. 37, p. 44 mehrere Ergänzungen[1]).

Brockmann selbst hat während er die Kirchenbibliothek verwaltete, die mehrste Sorgfalt auf die Handschriften derselben verwendet, die Anzahl der einzelnen Werke in jedem Bande durch Römische Zahlen angegeben und mehrere Handschriften paginirt. Er hat auch zuerst mehrere Urkunden und eine Rede aus denselben herausgegeben.

Die meisten Urkunden erschienen in seiner Abhandlung:

Vom Bischöflichen Official zu Greifswald.

Greifswald, gedruckt bei Anton Ferdinand Köhn 1784.

In dieser Schrift werden die Vertreter der geistlichen Gerichtsbarkeit des Bischofs von Kammin, welche den für dieses Amt gebräuchlichen Titel Official führen, aufgezählt, nach der Einleitung p. 10: 1. Herm. Slupwachter, 2. Petr. Reper, 3. Bart. Hilterman, 4. Alb. Ludwigshusen, 5. Herm. Steffany, 6. Mart. Dalmer, 7. Heinr. Buckow, 8. Herm. Loitz und bei jedem Urkunden aus der Kirchen-Bibliothek, die sich auf seine Amtsführung beziehen, mitgetheilt.

Sechs Urkunden wurden von Brockmann 1783 im 1. Theil von Gadebusch Pomm. Sammlungen p. 278—286 mitgetheilt und betrafen das Dorf Niegendorp.

Das meiste Interesse gewährt aber die von ihm 1793 herausgegebene Rede Rubenows, welche sich in einer Abschrift des Prof. Parleberg vom Jahre 1468 auf der Kirchen-Bibliothek befindet. Diese Rede erschien zum Jubiläum des Greifswalder Burgemeisters J. E. Heyn unter dem Titel:

Henrici Rubenowii J. U. Dr. et Pr. Gr. Proconsulis et Vicedomini. Oratio anno 1460 recitata, quum dom. Herm. Slupwachter jur. can. doctorem renunciaret, ex manuscripto off. D. Georg Brockmann. Gryph. litteris A. F. Röse ac. typ. 1793.

Kürzere Erwähnungen der Nicolaikirchen-Bibliothek aus dieser Zeit finden wir bei Augustin Balthasar Jus eccles. pastorale 1760. I. p. 812—816; Oelrichs, Entwurf einer Bibliothek zur Geschichte der Gottesgelahrtheit in Pommern 1795. p. 91. Gadebusch, Schwed.-Pomm. Staatskunde, II. p. 175,

---

[1]) Vergl. auch Stenzlers Bemerkungen zu Christoph Pyl progr. quo memorabilia Pomeranic. expon. Stettin 1722, 4.; über die vita Ottonis bei Oelrichs Entw. einer Bibliothek zur Geschichte der Gelahrtheit in Pommern 1765, p. 91, p. 100, wo auch die Bibliothek im Allgemeinen erwähnt wird.

wo er die Vermuthung ausspricht, daß die von Rubenow der Juristenfacultät vermachten Bücher sich auf der Kirchen-Bibliothek befänden, was auch schon Aug. Balthasar vit. Rub. p. 5 behauptete.

f. 181—187. M. Jac. Dav. Mende. 1776—1809.

Unter Mendes Verwaltung erhielten 1793 und 1809 die Repositorien verschließbare Thüren, namentlich aus dem Grunde, weil mehrere Bücher entwendet worden. Mit dem Jahre 1784 schließt das Verwaltungsbuch, in welchem sich zuletzt mehrere Dechargen von Stenzler, Quistorp, Aeminga, Schubert, Reimarus, Piper, Ziemssen finden.

M. Dietrich Hermann Biederstedt. 1789—1824.

Von Biederstedt haben wir mehrere Druckschriften, welche genaue Kunde von der Kirchenbibliothek geben[1]):

1. Geschichte der Nicolaikirche zu Greifswald bei Erhardt 1808, p. 39, p. 69. 2. Geschichte der Nicolaikirchen-Bibliothek in seinen Denkwürdigkeiten aus der Geschichte der Nicolaikirche zu Greifswald. Erhardt, 1812, p. 17—23. In dieser Schrift wird die Zahl der Bände auf 1266 angegeben: 603 Folianten, 360 Quartanten, 210 Octav, 33 Duodez. 3. Sammlung kirchlicher Verordnungen in Neuvorpommern. Stralsund, 1816. Reg.-Buchh. I. p. 244. Hier wird bemerkt, daß die Octavbände bis zu 300 gestiegen seien, auch die Handschriften werden erwähnt. II. p. 234 stehen Nachträge. 4. Beiträge zur Gesch. der Kirchen und Prediger in Neuvorpommern. IV. 1819. p. 21—23.

Biederstedt beschreibt in diesen Schriften auch die Bibliotheken von Barth, Stralsund, Wolgast, Loitz und Rügen[2]). Die Bibliothek der Wolgaster Kirche ist jetzt der Universitäts-Bibliothek in Greifswald einverleibt worden und enthält ein Exemplar der Querelen von Ulrich von Hutten, mit dessen eigenhändigen Randbemerkungen[3]).

Unter Biederstedts Verwaltung wurden die Handschriften von den beiden Professoren der Rechte Dr. Schildener und Dr. Mühlenbruch untersucht[4]). Schildener entdeckte eine interessante Handschrift der Institutiones Justiniani, welche später

---

[1]) Vergl. den Inventar-Catalog I. f. 32—33, II. f. 9—12.

[2]) Gesch. d. Bibl. p. 18, Samml. kirchl. Verordnungen I. p. 213—260, II. p. 231—240. Vergl. Nachrichten von Pomm. Gelehrten. 1824. p. I—VIII.

[3]) Vergl. Mohnike, Ulrich von Huttens Klagen und Jugendleben. Greifswald 1816, p. CXXXI, wo er auch die Nicolaikirchen-Bibliothek erwähnt.

[4]) Vergl. Biederstedts Beitr. zur Gesch. der Prediger von Neuvorpommern. IV. p. 21—23.

von Mühlenbruch mit anderen Codices verglichen wurde. Der Letztere untersuchte dann im Jahre 1818 auch die übrigen, jedoch nur oberflächlich und vom Gesichtspuncte ihres practischen Werthes. Er sprach die Vermuthung aus, daß die Mehrzahl der juristischen Handschriften ihren Ursprung den Professoren Petrus und Vincentius von Ravenna (1498—1503) verdanke. Auch mehrere Urkunden vom Jahre 1477 hielt er für Abschriften späteren Zeitalters, und blieb überhaupt über die Verfasser und deren Lebensverhältniß im Unklaren. Wir werden später bei den juristischen Handschriften nachweisen, daß dieselben und ihre durch eigenhändige Nachrichten bezeugten Verfasser einer viel früheren Zeit als die Italienischen Juristen angehören.

J. Ch. Fr. Finelius und Ch. A. Hasert. 1811—1846.

Unter dieser Verwaltung wurde ein neuer Fach-Catalog der Bibliothek angefertigt, da der ältere oben erwähnte vom Jahre 1685 verloren gegangen war. In diesem Verzeichniß fehlte jedoch die Angabe der Handschriften. Dies mochte auch der Grund sein, daß Prof. Barthold in seiner Pomm. Gesch. 1843. IV. I. p. 274 behauptete, daß die Bibliothek der Nicolaikirche nur alte Drucke enthalte.

Herm. Biesner. 1848.

Herr Pastor Biesner fertigte einen summarischen Catalog sämmtlicher Handschriften an, welchen ich für meine Arbeiten benutzt habe. Unter seiner Verwaltung wurde die Bibliothek namentlich von Prof. Kosegarten benutzt, der über einige Handschriften in seiner Geschichte der Universität 1857, I. p. 94, p. 147 berichtet, im Uebrigen aber die Excerpte aus derselben nur nach Balthasars handschriftlichen Zusätzen zu seiner Schrift vitae juris consultorum in der General-Landschafts-Bibliothek in Stettin mittheilt.

Wenn wir nach dieser Uebersicht, welche sich vom Jahre 1558—1857 erstreckt, das Alter der Handschriften betrachten, welche innerhalb des Zeitraums von 1383—1498 fallen, wenn sich ferner unter denselben 23 Bände juristischer und eine Menge philosophischer Handschriften befinden, so erscheint es räthselhaft, wie dieselben in die Kirchen-Bibliothek gelangten. Auch der oben p. 1 erwähnte Inventar-Catalog giebt keinen Aufschluß darüber, da er nichts anderes berichtet, als daß in dem Jahre 1599 aus dem grauen Kloster (außer 174 Drucken) 44 Handschriften und aus der Marienkirche (außer 129 Druckschriften) 49 Handschriften, darunter 23 Juristische und 3 Philosophische nach der Nicolaikirche gebracht wurden. Wir können aber wohl mit Gewißheit behaupten, daß ein solcher Reichthum von juristischen und philosophischen Druck- und Handschriften nicht im Besitz der städtischen Klöster gewesen sein kann[1]). — Einiges Licht über diese Frage möchte eine Aufzeichnung des Professor Jacob Gerschow (1618—1655) in dem Acad. Album I. f. 142 v, geben. An dieser Stelle des Albums sind ebenso, wie in dem Decanatbuch der philosophischen Facultät, a. 1525—1539 mehrere Blätter ausgeschnitten, vermuthlich weil auf denselben Aufzeichnungen über Streitigkeiten zwischen den Anhängern des Katholicismus und Protestantismus standen, welche in der folgenden Zeit Anstoß erregten. Um diese Lücke zu erklären, hat Professor J. Gerschow, welcher an vielen Stellen des Albums Anmerkungen verzeichnete, folgende Worte hinzugefügt:

Post hunc (i. e. Joh. Otto 1525) M. Petrus Gruelius rector electus, sed transiit ad senatum (vide Vicerectoratum filii doctoris Christophori Gruelii).

Haec tria antecedentia folia excisa tum sunt, quum opera consulis Petri Gruelii libri Academici in curia oppidana asservarentur.

Aus diesen Worten erhellt, daß in der Zeit der Reformation, als eine vollständige Auflösung[2]) der Universität stattfand, die Bücher derselben im Rathhause aufbewahrt wurden. Ist dies zwar namentlich auf die amtlichen Bücher des Albums, der Decanatbücher, der Statuten und Annalen zu beziehen, so liegt doch die Vermuthung nahe, daß auch die Bibliotheken der Philosophen und Juristen ihr Local veränderten, namentlich da die von ihnen benutzten Universitätsgebäude in dieser Zeit so verfallen waren, daß, nach der Restauration der Universität im Jahre 1539, eine größere Ausbaute derselben im Jahre 1544 und 1549 nöthig wurde[3]). Die von Kosegarten nicht mitgetheilte Bemerkung von der Hand Knipstrows im Album f. 149 v., die für unsere Frage besonders wichtig ist, lautet.

Sub hoc (Knipstrowii) Rectoratu Domus Ordinarii, quae ruinam plane minabatur, instaurata est. Jnstauratio constitit aureis paene 300.

Dieses domus Ordinarii war die Wohnung des Ordinarius der Juristenfacultät, in welcher die Vorlesungen der Juristen gehalten wurden. Sie lag am Nicolaikirchhof an der Südseite und wurde zuletzt vom Prof. Dr. u. jur. Franz Gesterding

---

1) Wie eine solche Kirchen-Bibliothek oder Kloster-Sammlung dieser Zeit zusammengesetzt war, darüber giebt genügenden Aufschluß Oelrichs histor.-diplom. Beiträge zur Gesch. der Gel. in Pommern, 1767. Th. 1, p. 121, wo die Handschriften der Marienkirche in Stargard aufgezählt werden. Diese bestehen aus 51 N. fast nur theolog. Inhalts aus dem 15. Jahrh. und enthalten ähnliche Schriften wie die Bibliothek der Nicolaikirche zu Greifsw.

2) Decanatbuch f. 106. Koseg. I. p. 186.

3) Album f. 149 v. und 176 v. Koseg. I. p. 200, 210.

bewohnt, und nach dessen Tode 1841 verkauft und abgebrochen. Sie enthielt im Keller einen Carcer und eine Wendeltreppe und war überhaupt ein sehr alterthümliches, merkwürdiges Haus, das schon 1456 von Rubenow und später 1477 ausgebaut wurde [1]). Der Ordinarius der Juristenfacultät hatte die Annalen der Universität zu führen und wahrscheinlich auch die Aufsicht über die in seiner Amtswohnung aufgestellte juristische Bibliothek. Dieses Amt führte Rubenow selbst von 1456—1462. Deshalb sind auch die Annalen in diesen Jahren eigenhändig von ihm verzeichnet [2]). Ihm folgte Georg Walter von 1462—1475, Johann Parleberg von 1475—1482 und Johann Meilof von 1482 [3]).

Wenn wir mit diesen Notizen die Uebersicht der Manuscripte und alten Drucke der jetzt bestehenden Universitäts-Bibliothek vergleichen, welche Daehnert in der Pomm. Bibliothek I. p. 130—135, p. 161—165, p. 185—187 mittheilt, so erkennen wir daraus, daß Alles, was diese Bibliothek mit Ausnahme der später hinzu gekommenen Wolgaster Kirchenbibliothek besitzt, der Zeit nach der Reformation angehört [4]). Da nun nicht anzunehmen ist, daß alle Bücher, welche von der Stiftungszeit 1456 bis zum Jahre 1525 in allen vier Facultäten gesammelt waren, verloren gegangen sind, so liegt die Vermuthung nahe, daß dieselben in der Zeit der Reformation in die Marienkirche und ins graue Kloster und von da in die Bibliothek der Nicolaikirche übergegangen sind. Die Universität legte nach ihrer Restauration im Jahre 1539 wohl nur geringen Werth auf die alte Bibliothek, da dieselbe sich meistentheils auf Katholische Theologie, Kanonisches Recht und Scholastik bezog und ihre practische Bedeutung verloren hatte. Außerdem war unterdessen die Buchdruckerkunst überall verbreitet, in Greifswald wurde 1581 durch Runge, in Barth 1582 durch Herzog Bogislaw XIII. eine Druckerei angelegt [5]), auch existirte seit 1551 eine Buchhandlung in Greifswald [6]). Deshalb richtete die Universität ihr Augenmerk namentlich auf die Anschaffung neuer, practisch nützlicher Bücher und ließ die alten Handschriften in den Kloster- und Kirchen-Bibliotheken, wo sie in der Zeit der Unruhen Aufnahme gefunden hatten.

---

1) Vergl. Annalen p. 7, 52. Koseg. II. p. 162, 188.

2) Vergl. Annalen p. 1—37. Koseg. II. p. 159—180.

3) Vergl. Koseg. I. 78, II. p. 180 ff.

4) Vergl. Val. v. Eichstedt vita Philippi I. p. 134. Orat. Phil. p. 9, 10. Gadebusch, Schwedisch-Pommersche Staatskunde II. p. 173 ff. Daehnert, Pomm. Bibl. I. p. 101. Rede zur Eröffnung der Bibliothek 1750. Biederstedt, Nachr. von Neuvorpomm. Gelehrten 1824 p. XIV. Kosegarten, Gesch. d. Univ. I. p. 228, p. 234.

5) Kosegarten I. p. 215.

6) Album fol. 179. Kosegarten I. p. 193.

Wir glauben auf diese Art die Vermuthungen früherer Gelehrten [1]), daß die alte Universitäts-Bibliothek in der Kirche aufbewahrt werde, bestätigt zu haben, und werden demgemäß die Handschriften von diesem Gesichtspuncte betrachten und zuvor eine kurze Geschichte der alten Universitätssammlungen geben.

Beachtenswerth ist auch, daß nach dem Inventar-Catalog die sämmtlichen 23 Juristischen Handschriften aus der Marienkirche stammen. Da Rubenows Haus im Sprengel der Marienkirche lag, so könnte man annehmen, daß seine Verwandten in der Zeit der kirchlichen Unruhen die aus seinem Vermächtniß stammenden Handschriften in der ihnen am nächsten liegenden Kirche zur Aufbewahrung niederlegten.

I. Juristische Sammlung.

Geschichte der Juristen-Bibliothek der Universität Greifswald.

Schon am 11. November 1456 vermachte Heinrich Rubenow der Juristischen Facultät seine Bibliothek [2]). Die betreffenden Worte lauten:

Ik gheve deme studio alle myne boke, textualia unde lecturen, summen unde sexternen, bunden unde unghebunden, watterleye se syn unde in wat kunst; de scholen denen to ener librarien der juristen na lude mynes testamentes.

An alle boke hinden unde vor shal me myd textschrift scriven laten, dat ik se gheven hebbe to ener dachtnisse.

Außerdem werden noch mehrere Bestimmungen über die Verwaltung der Bibliothek gegeben. Das in dieser Urkunde erwähnte Testament Rubenows ist nicht mehr erhalten, nur das seiner Gattin vom Jahre 1492 [3]), welches aber nichts von diesen Büchern erwähnt. Die Verwaltungsregeln sind folgende:

1. Kein Buch soll verkauft werden, wenn nicht ein Besseres dafür wieder gekauft wird. Auch in dieses soll Rubenows Name geschrieben werden.
2. Kein Buch soll außerhalb der Stadt verliehen werden.

---

1) Vergl. Aug. Balthasar vita Rub. p. 5. Gadebusch, Schwed.-Pomm. Staatskunde II. p. 175. Biesner, Leb. Rub. p. 35. Barthold, Pomm. Gesch. IV. 1. p. 274.

2) Vergl. die im Universitätsarchiv enthaltene Urkunde. Kosegarten, II. p. 39, Nr. 19. Universitätsdiplomatar Nr. 10, p. 210. mit Rubenows eigenhändiger Ueberschrift und Randbemerkungen.

3) Memoriabilienbuch des Stadtarchivs VII. f. 2. Kosegarten II. p. 116.

3. Wer innerhalb der Stadt ein Buch leiht, soll ein Pfand dafür geben.

In den Annalen der Universität verzeichnet Rubenow eigenhändig diese Schenkung [1]) mit folgenden Worten:

Hinricus Rubenow, utriusque juris doctor et primus plantator dedit universitati nostrae in dotem omnes solempnos libros suos in valore mille florenorum et ultra.

Im Album I. f. 1 lauten die betreffenden Worte: In testamento meo alia adhuc dare intendo etiam cum omn bus libris meis, quos tamen pro mille florenis nulli darem [2]).

Was aus diesen Rubenow'schen Büchern geworden ist, darüber war man bisher stets zweifelhaft. Daehnert [3]) bemerkt ausdrücklich, daß die Universitätsbibliothek die Rubenow'schen Bücher nicht besitze. Engelbrecht [4]) spricht die Vermuthung aus, daß dieselben verloren gegangen sein möchten. Dagegen haben Augustin Balthasar [5]) und Gadebusch [6]) die Meinung ausgesprochen, daß dieselben in der Bibliothek der Nicolaikirche zu Greifswald enthalten seien. Wir werden weiter unten diejenigen Handschriften bezeichnen, welche der Wahrscheinlichkeit nach aus Rubenow's Besitz stammen, denn nur aus Handschriften konnte seine Bibliothek bestehen, da erst im Jahre 1455 das erste gedruckte Buch vollendet wurde und die Buchdruckerkunst damals hier im Norden noch völlig unbekannt war.

Einen weiteren Zuwachs erhielt die Juristen=Bibliothek durch das Vermächtniß des Prof. Georg Walter im Jahre 1475. Die Annalen p. 48 [7]) berichten darüber:

Sollemne testamentum fecit, in quo donavit facultati juridicae omnes suos libros.

Unter diesen Büchern konnten sich schon einige Erzeugnisse der Buchdruckerkunst befinden, doch die Mehrzahl bestand ebenfalls aus Handschriften. Auch von diesem Vermächtniß vermuthete Engelbrecht [8]), daß es verloren gegangen sei, jedoch schon Kosegarten [9]) fand einige der Walter'schen Bücher unter den Handschriften der Kirchen=Bibliothek.

Nach Walters Tode im Jahre 1475 wurde das Amt des Ordinarius in der Juristen=Facultät dem Prof. Johannes Parleberg übertragen, durch welchen auch 1477 die Amtswohnung desselben ausgebaut wurde. Es läßt sich wohl mit Sicherheit annehmen, daß er zugleich die Aufsicht über die Juristische Bibliothek führte, welche in der Amts=Wohnung

---

1) Annalen p. 1. Kosegarten II. p. 159. 2) Koseg. II. p. 259.
3) Pomm. Bibl. I. p. 101. Rede bei Eröffnung der Bibliothek 1750.
4) Consult. Jurisconsultorum Gr. p. 4. 5) Vita Ruben. 1737. p. 5.
6) Schwed.-Pomm. Staatskunde II. p. 175. 7) Kosegarten II. p. 186.
8) Consult. Juriscons. Gr. p. 4. 9) Gesch. der Universität I. p. 94.

(collegium juristarum) aufgestellt war. Bis soweit reichen unsere Nachrichten in den erhaltenen Universitätsbüchern. Die späteren Schicksale der Juristischen Bibliothek können wir aus den Handschriften selbst entnehmen. Jedoch bleibt es zweifelhaft, ob Prof. Parleberg seine juristischen Bücher der Universität vermachte. Zwar schenkte er 1459 mehrere Bücher an die philosophische Facultät [1]), nach seinem Tode wurden aber mehrere seiner juristischen Bücher von seinen Testamentsvollstreckern verkauft.

Mehrere derselben erwarb sein Schüler und Nachfolger Prof. Johannes Meilof, welcher in einem Bande A. IV. f. 1. folgende Bemerkung einzeichnete [2]):

Liber II continens II partem recollectorum II
Decretalium C(odicis);

Emit Johannes Meilof a testamentariis domini doctoris Johannis Parleberg, praepositi Grypeswaldensis, propter singularem animi amorem, quem habebat ad eundem dominum praepositum. Qui Johannes Meilof fuit scholaris ejusdem domini doctoris in artibus et depost in utroque jure atque promotus ab eodem in legum sacrarum baccalaureum. Cujusque domini doctoris titulum suorum meritorum vide supra in libro I parte I, II Decretalium prope finem libri. Quem idem Johannes emit ab eisdem testamentariis, ut ibidem videtur. Et in hoc I libro apparet supra magis ejusdem doctoris et sui consanguinei domini Johannis Mordorp de Bardis presbyteri, quorum animae requiescant in pace. Amen.

Die erwähnte Aufzeichnung der merita des Prof. Parleberg findet sich in Band A. III. f. 199 v. hinter dessen Promotionsrede. Die Handschrift, welche neben Parlebergs und Walters Hand in Band A. III. u. IV. vorkommt, ist nach dieser Bemerkung also die seines Verwandten Joh. Mordorp [3]).

Nachdem Prof. Joh. Parleberg 1483 [4]) gestorben war, wurde Johannes Meilof, ein geborner Greifswalder, sein Nachfolger in der Juristen-Facultät, und führte die Annalen fort. Jedoch hören dieselben schon mit dem Jahre 1487 auf und geben uns weder über ihn noch über die Juristen-Facultät und ihre Büchersammlung irgend welche Nachricht. Desto ausführlichere Auskunft erhalten wir aus den Handschriften selbst.

Ueber seine Promotion und Amtsführung hat Joh.

---

1) Vergl. Annalen p. 21. Decanatbuch fac. art. f. 33, Kosegarten II. p. 170. p. 233.

2) Die oben mitgetheilte Bemerkung war ausradirt und mit rothen Arabesken übermalt, ließ sich aber durch Schwefelammonium wieder lesbar machen.

3) Vergl. Ann. p. 63. Urk. Nr. 65, 66. Kosegarten II. p. 112. p. 194. Ann. p. 53. Koseg. II p. 189.

4) Ann. p. 67. Koseg. II. p. 195.

Meilof selbst ausführlich in einer von ihm selbst geschriebenen Handschrift Band B. IV. f. 330 berichtet. Diese Mittheilung ist abgedruckt in Balthasar vitae jurisconsultorum progr. IV. vit. XVII. p. 9—11 und bei Kosegarten, Gesch. d. Univ. II. p. 198—199 nach Balthasars Text, welcher mehrere Worte unrichtig gelesen hat.

Meilof berichtet zuerst über seine Promotion zum baccalaureus juris 1478. Die bei dieser Gelegenheit geschriebene Dissertation lautet aber nicht, wie bei Balthasar und Kosegarten, de infantibus et sanguinolentis, sondern de infantibus et languidis expositis (Decr. V. 11) und steht in Band B. IV. f. 328.

Sodann berichtet er über den Antritt seiner Professur 1479, über den Antritt des Subdiaconats und Diaconats bei der Nicolaikirche zu Greifswald 1484 und die bei dieser Gelegenheit in dieser Kirche und in der zu Neuenkirchen gehaltenen Predigten, endlich über den Empfang der Priesterweihe und die erste von ihm gehaltene Messe im Jahre 1485. Diese Aufzeichnungen sind, wie man an der Handschrift erkennt, nicht fortlaufend, sondern in verschiedenen Zeiten nach und nach geschrieben.

Der Tod des Prof. Meilof erfolgte zu Ende des funfzehnten Jahrhunderts, denn er führt in seinen Schriften noch Petrus von Ravenna als Mitglied der Universität an, welcher erst 1498 nach Greifswald kam und dort bis 1504 lehrte [1]). Daher erklärt es sich, daß Joh. Meilof schon eine Menge von gedruckten Büchern besaß, unter ihnen die oben erwähnte Summa Catholicon Joh. Januensis und Guidonis Rosarium decreti, welche er mit Randbemerkungen versehen hat.

Seine Handschrift ist von denen seiner Vorgänger sehr verschieden und leicht zu erkennen. Er schrieb außerordentlich viel, daher schnell und meistens sehr unleserlich. Rubenow schrieb bei seiner umfangreichen Thätigkeit als Burgemeister der Stadt, und Kanzler und Prof. der Universität nur wenig und dieses langsam, regelmäßig und schön. Seine Handschrift gleicht den gleichzeitigen Schriftzügen der Klostergeistlichen, namentlich durch die Größe und Gleichmäßigkeit der Buchstaben. Dennoch ist Rubenows Hand charakteristisch genug, um sie leicht erkennen und von andern unterscheiden zu können. Georg Walters Hand zeigt in seinen jüngeren Jahren ähnliche regelmäßige und große Formen, später wird sie unregelmäßiger und kleiner, Parlebergs Hand zeigt in seiner ersten Handschrift vom Jahre 1452 ebenfalls regelmäßige und große Züge, jedoch mit dünneren Grundstrichen, später wird die Schrift kleiner und gerundeter,

---

[1]) Vergl. B. VIII. f. 98.

Meilofs Hand ist in früheren Jahren größer als in späterer Zeit, aber auch schon damals unregelmäßig und unschön.

Es läßt sich wohl mit Sicherheit behaupten, daß Meilof seine Bücher der Universität vermachte. Wir können dies aus der großen Anzahl der aus seinem Nachlaß stammenden Bücher entnehmen, von denen die Handschriften, abgesehen von den Druckschriften, allein 42 Werke und 250 Urkunden in 12 dicken Bänden umfassen. Diese Handschriften sind theils ganz von seiner Hand geschrieben [1]), theils mit Schriften von anderer Hand untermischt. Die mehrsten dieser letzteren Werke sind von seinem Verwandten Paulus Elvink geschrieben, dessen Name von Balthasar unrichtig Avink gelesen ist [2]), mehrere ältere Schriften von Rostocker Gelehrten, nämlich von Hermann Phibbe und Hermann Jode [3]).

In Band B. I. steht hinten auf der innern Seite des Deckels:

Liber Johannis Meilof clerici Caminensis dioeceseos

Die folgenden Reihen sind ausradirt, und erkennt man nur die Worte Mag. Parleberg, welche vermuthen lassen, daß Meilof dieses Buch ebenso wie die Bände A. III. und IV. aus Parlebergs Nachlaß erwarb. Eine ähnliche Bemerkung in A. II. f. 279 v. ist ebenfalls ausradirt.

Uebersichten über die juristische Litteratur des Mittelalters finden sich in zwei Handschriften. Wir halten es für angemessen, dieselben schon hier in der Einleitung mitzutheilen, damit später bei Beschreibung der einzelnen Handschriften auf dieselben verwiesen werden kann.

Die ausführlichste Uebersicht findet sich in Band 18, C. I. f. 164 v. — 165 v. und ist mit 59 anderen Handschriften von derselben Hand eines Mag. Joh. S. etwa 1467 geschrieben.

Zuerst ist eine Uebersicht juristischer Abbreviaturen gegeben, unter welchen folgende Namen vorkommen [4]):

1. An. de Ro. Angelus de Roma (de Ubaldis). 2. Ac. Accursius (63). 3. Al. Albertus. 4. Ala. Alanus magister (27). 5. Arch. Archidiaconus (2). 6. Az. Azo magister (62). 7. Alba. Albanus (Panz. II. 182). 8. Aur. Aureum repertorium (Guil. Dur.) (Col. 1495. Quentel, Hain II. 2. p. 215.) 9. An. de Bu. Antonius de Butrio (61). 10. An. de Pe. Angelus de Perusio (de Ubaldis). 11. Ber. Bernardus (38). 12. Barth. Bartholomaeus (36). 13. Bar. de sax. fer. Bartoldus de saxo ferreato (95). 14. Bal.

---

1) Vergl. Band B. VII—XII.

2) Vergl. Kosegarten, Gesch. der Univ. I. p. 147. Anm.

3) Vergl. B. I. u. B. IV. f. 345. Kosegarten I. p. 60.

4) Vergl. über die juristischen Schriftsteller Panzirolus de claris legum interpretibus und Savigny, Geschichte des Römischen Rechts im Mittelalter Bd. I—VII.; Hain repertorium bibliographicum; Gräße, Litterärgeschichte; Fabricii bibliotheca.

Baldus (68). 15. Bro. bar. brix. Brocardica Bartholomaei Brixiensis (36). 16. Ber. de Sa. Bertoldus de Saliceto (111). 17. Ber. brix. Bertoldus Brixiensis (36). 18. B'. Bernardus (38). 19. Bar. Bartolus (95). 20. Dy. Dinus magister (99). 21. Do. de sac. ge. Dominicus de St. Geminiano (Fabr. s. v.) 22. Fre. de Se. Fridericus de Senis (69). 23. Fra. de Sa. Franciscus de Zarabellis (13). 24. Goff. Goffredus (35). 25. Gra. Gracianus (Panz. III. 2). 26. Gar. Garsias (54). 27. Host. in su. Hostiensis in Summa (40). 28. Hu. Hugo vel Hugvicius (17). 29. Her. Hermannus doctor. 30. Hui. Hugvicio (17). 31. Hugu. Hugulinus (21). 32. Jo. de y. Joh. de Ymola (Panz. II. 88). 33. Jo. mo. Joh. Monachus (1). 34. Jo. de de. Joh. de deo (37). 35. Jo. an. Joh. Andreae (3). 36. Jo. in su. Joh. in summa confessionum. 37. Jnno. Jnnocentius (39). 38. Jo. lig. Joh. de Lignano (8). 39. Jo. cal. Joh. Calderinus (10). 40. Jo. de Pla. Joh. de Platea (Panz. II. 123). 41. Jo. de Lau. Joh. de Lauduno. 42. Lau. Laurentius (30). 43. Ma. (Petr. Lomb.) magister sententiarum. 44. Pe. Petrus (80). 45. Plac. Placentius (Panz. II. 97). 46. Pla. Placentinus (101.) 47. Pe. de sap. Petr. de Sampsona (55). 48. Pe. de an. Petr. de Ancorano (60). 49. Phil. Philippus (84). 50. Pau. de cas. Paulus de Castro (Panz. II. 89). 51. Ray. Raymundus (24). 52. Su. mo. Summa Monaldi (monachi?). 53. Su. Py. Summa Pisani (23). 54. Spec. Speculator magister (Guil. Dur. 53). 55. Sa. Salicetus (111). 56. Tho. Thomas (82). 57. Tan. Tancredus (44). 58. Ul. Ulricus magister. 59. Wil. Wilhelmus (4). 60. Vin. Vincentius[1]) (31).

Dann folgt eine Uebersicht der Synoden, Concilien und der Eintheilung des Corpus juris canonici. Dann folgt:

Doctores canonum moderni sunt:

1. Johannes Cardinalis vel Monachus, quod idem est (Sav. VI. p. 115, p. 488. Panz. III. 17).
2. Archidiaconus Bononiensis, dictus proprio nomine Gwido de Baysio (Sav. III. p. 503, VI. p. 115. Panz. III. 16).
3. Johannes Andreae et erat dictus Johannes Andreae in canonibus (Sav. VII. p. 296. Panz. III. 19).
4. Wilhelmus de Monte Lauduno, glossator Clementinarum (1310—1346 abbas Tolos. Graesse II. 3. p. 644. Hain. II. 1. p. 466.)
5. Baldewinus (Jacobus Balduini. Sav. V. p. 100—114).
6. Jacobus de Arena (Sav. V. p. 309—407).
7. Gentzelinus (Zentzelinus Cassanus, Gallus. Panz. III. 20).
8. Johannes de Lignano (Panz. III. 25. Hain. II. 2. p. 263).
9. Henricus Bock (Boich, Bouhic † 1350. Graesse II. 3. p. 357.)
10. Johannes Kalderini, filius adoptivus Johannis Andreae (Panz. III. 21).
11. Kaspar Kalderini, filius ejusdem (Panz. III. 21.)
12. Paulus de Lazariis, glossator Clementinarum (Panz. III. 22).
13. Franciscus de Sarabellis, glossator Clementinarum (Panz. III. 28).

Hy sunt in speculantiam[2]):

14. Ruffinus (Savigny II. p. 143. p. 602. 2. Ausg. IV. p. 249.)
15. Johannes Hyspanus.

---

[1]) Vergl. eine ähnliche Uebersicht bei Savigny V. p. 244.

[2]) Vergl. über Nr. 14—52 das Verzeichniß aus Guil. Durantis spec. jud. c. add. Joh. Andreae, abgedr. bei Savigny, III. p. 582—590. 2. Ausg. p. 631—639.

16. Silvester (Gyraldus Cambrensis. Sav. III. p. 370. IV. p. 437.)
17. Hugwicio episcopus Ferrariensis glossator decreti antiquus; alii dicunt Hugwicius, alii Hugwicio. (Panz. III. 3. Sav. IV. p. 455. V. 480. In der Mittheilung aus G. Dur. Spec. steht bei Sav. III. Hugo. Vergl. Sav. IV. p. 155.)
18. Johannes Wallensis (Galensis. Panz. III. 8).
19. Damascus (Damasus. Sav. V. p. 162.)
20. Faventinus (Johannes Faventinus. Vergl. Joh. Andreae in der Mitth. bei Sav. III. p. 633.)
21. Hugwidelinus (97). Sav. V. p. 45.
22. Jsidorus (Hispalensis. Panz. III. 1.)
23. Petrus Hispanus (In der Mitth. bei Sav. III. steht Pisanus. Vergl. Panz. II. 143).
24. Raymundus. (Sav. VI. p. 494.)
25. Petrus Bohemus. (Bei Sav. III. a. a. O. mit Damasus identificirt. Es kann aber auch Petrus Boherius gemeint sein, welcher den Damasus commentirte (Fabr. s. v.) oder Petrus Boaterius (Sav. V. p. 553).
26. Petrus Papigensis.
27. Alanus. (Bei Sav. III. a. a. O.) werden Alanus und Anglicus identificirt, es kann aber unter Nr. 28 auch Paulus Anglicus gemeint sein. Fabr. s. v. Panz. II. 44, III. 8.)
28. Anglicus.
29. Papulus. (Bei Sav. III. a. a. O. ist Petrus Appulus genannt. Papulus kann ein Schreibfehler sein oder auch auf Pepulus bezogen werden. Panz. II. 63.)
30. Laurentius. (Sav. V. p. 118. Panz. III. Laur. Cremensis.)
31. Vincentius. (Sav. V. p. 271.)
32. Johannes Teutonicus, glossator decreti (88). Panz. III. 3. Sav. V. p. 282.
33. Johannes de Sitona. (Joh. de Sicovia, vergl. Fabr. s. v. Joh. de Segovio Hispanus.)
34. Johannes Albanensis nepos de Monte Albano episc. episcopus Faventinus, Bacianus, Baciwius. (Sav. V. p. 502.)
35. Goffredus de Trano (74). Panz. III. 9. Sav. V. 5.
36. Bartolus honor. (Bartholomaeus Brixiensis in der Mitth. bei Sav. III. 582. 2. Ausg. p. 631).
37. Johannes de Deo. (Sav. V. p. 465.)
38. Bernardus Parisiensis, glossator decretalium. (Bern. Parmensis zu lesen. Sav. V. p. 575.)
39. Jnnocentius papa quartus. (Sav. III. 46. Panz. III. 5.)
40. Hostiensis. (Sav. V. p. 106, p. 575. Panz. III. 13.)
41. Bertrandus (de Monte Faventino. Sav. VI. p. 35, p. 482.)

Hy sunt in practica:

42. Pilleus. (Sav. IV. p. 312.)
43. Bulgarus (65). (Bagarotus steht in der Mittheil. bei Sav. III. p. 586. 2. Ausg. p. 635. Sav. IV. p. 75, V. 136.)
44. Tancredus. (Sav. V. p. 115.)
45. Rofredus. (Epiphanii. Sav. V. p. 184. In der Mitth. bei Sav. III. a. a. O. sind Rofredus und Beneventanus als eine Person gefaßt, da R. aus Beneventum gebürtig war. Es kann aber auch Petrus Beneventanus, Jnnocentii III notarius gemeint sein. Vergl. Fabr. s. v. Graesse II. 3. p. 629.)
46. Beneventanus.
47. Ugbertus de Bobio. (Sav. V. p. 143.)
48. Ugbertus de Bono curso. (Sav. V. p. 145.)

49. Johannes de Dei gratia. (In der Mitth. bei Sav. III. a. a. O. steht Joh. de Deo, Gratia et Bonaguida Aretinus. Vergl. Sav. V. p. 158, p. 465.)
50. Bonawilda (Bona guida Aretinus bei Sav. Vergl. Sav. V. p. 506).
51. Johannes de Bascovia (de Blanosco bei Sav. Vergl. Sav. V. p. 496).
52. Egidius de Bononia (Fuscararius. Sav. V. p. 250).
53. Guilhelmus Durandi, alias dictus Speculator. (Sav. V. p. 571.)
54. Garcias (103). Panz. III. 12. Fabr. s. v. Garcias Hispanus.
55. Petrus de Sampsona. (Fabr. s. v. P. Samson de Calvomonte. Sav. III. 2. Ausg. p. 602 g. wo Petr. Saxo gelesen ist.)
56. Abbas (Panormitanus) (81). Panz. III. 32.
57. Gwido, archidiaconus Bononiensis (2). Sav. III. p. 503, VI. p. 115. Panz. III. 16.
58. Johannes Monachi Cardinalis (1). Sav. VI. p. 115. p. 488. Panz. III. 17.
59. Johannes Andreae, alias dictus novellator (3). Sav. VI. p. 98. Panz. III. 17.
60. Petrus de Anchorano. (Sav. III. p. 249, VI. p. 229, 272. Panz. III. 26.)
61. Anthonius de Butrio (75). (Sav. III. p. 332, VI. p. 483. Panz. III. 27.

Nomina actorum et Romanorum sunt Titius, Seyus, Mevius, Sampronius.

Doctores legum sunt:

62. Azo. (Sav. V. p. 1.)
63. Acursius, glossatur legum. (Sav. V. p. 262.)
64. Bulla (Henricus de Bulla oder Baila. Sav. III. p. 592. 2. Ausg. p. 641, IV. p. 286.)
65. Bulgarus (43). Sav. IV. p. 75.
66. Thomas de Paiperata (82). Sav. V. p. 566.
67. Martinus (Gosia. Sav. IV. p. 124. Mart. de Fano. Sav. V. p. 487.)
68. Baldus de Perutsio (Perugia. Sav. VI. p. 208).

Jtem alii doctores canonum:

69. Fridericus de Senis in suis consiliis. (Petruccius. Panz. III. 23. Sav. VI. 491.)
70. Buazo. (Vielleicht Corruption von Bazianus, vergl. Joh. Andreae add. a. G. Dur. Spec. Sav. III. p. 634, V. p. 233).
71. Oldradus in suis consiliis (107). Sav. VI. p. 55.
72. Melandus antiquus doctor, et allegatur p. Joh. And. in c. juris benef. p. fin. (Sav. V. p. 73.)
73. Compostolanus (Bernardus. Panz. III. 8).
74. Goffredus (de Trano) (35). Panz. III. 9. Sav. V. 5.
75. Anthonius de Butrio (61). Sav. III. p. 332, VI. p. 483. Panz. III. 27.
76. Martinus Heylmandi et erat dominus Joh. Andreae in legibus. (Martinus Syllimani. Sav. V. p. 417. Heylmandi ist corrumpirt.)
77. Gwilhelmus Nazo (Joh. Andreae add. ad G. Dur. spec. Sav. III. 2. Ausg. p. 634).
78. Boatinus (Mantuanus. Panz. III. 15.)
79. Richardus de Senis. (Petronus. Panz. II. 49. Sav. VI. p. 53. q.)
80. Petrus.
81. Abbas (Panormitanus) (56). Panz. III. 31.
82. Thomas de Paiperata (66). Sav. V. p. 566.
83. Franciscus Vercellensis. (Panz. III. 11.)
84. Philippus (Joh. Andreae add. ad G. Dur. spec. Sav. III. 2. Ausg. p. 632.)

85. Lapus. (De Lapo tucto et de Lapo Castilionelio conf. Panz. III. 24.)
86. Rogerius. (Sav. IV. p. 194.)
87. Hugo de Portico. (Hugo de Porto Ravennate. Sav. IV. p. 156. Panz. II. 17.
88. Johannes de Teutonico (32). Panz. III. 3. Sav. V. p. 282.
89. Jacobus de Piscario.
90. Johannes de Saxoferrato.
91. Rosarius. (Vielleicht Dinus Rossanius Panz. II. 45, Abbas Rosanus Panz. II. 135.)
92. Reynerus, doctor legum. (De Forlivio. Sav. VI. p. 185.)

Doctores legum, quorum nomina collecta sunt a Maximiniano Molchus in suis lectionibus.

93. Jacobus de Butrigariis. (Sav. VI. p. 68.)
94. Petrus de Bella pertica. (Sav. VI. p. 27.)
95. Bartolus (36). Sav. VI. p. 137.
96. Wilhelmus de Cuneo. (Sav. VI. p. 34.)
97. Hugulinus (21). (Sav. V. p. 45.)
98. Cinus. (Sav. VI. p. 71.)
99. Dinus. (Sav. V. p. 447. Panz. II. 45.)
100. Jacobus de Arena (6). Sav. V. p. 399.
101. Placentinus. (Sav. VI. p. 244.)
102. Wernerius. (Irnerius. Sav. IV. p. 14.)
103. Garcias, memoria longa (54). Panz. III. 12. Fabr. s. v. Garc. Hispanus.
104. Richardus Malumbrae. (Sav. VI. p. 49.)
105. Gwido de Zuzaria. (Sav. V. p. 387.)
106. Franciscus Accursii, filius Accursii. (Sav. V. p. 306.)
107. Oldradus in suis consiliis (71). (Sav. VI. p. 55.)
108. Odofredus. (Sav. V. p. 356.)
109. Jacobus de Ravamaco. (Jac. de Ravanis. Sav. V. p. 606.)
110. Jacobus de Barusia (de Belvisio. Sav. VI. p. 60.)
111. Bartholomaeus de Salisteo (de Saliceto. Sav. VI. p. 259.)

Von diesen Schriftstellern ist das Verzeichniß Hy sunt in speculantiam Nr. 14—40, ferner das Verzeichniß Hy sunt in practica Nr. 42—52 einer Quelle entnommen, welche das Buch des Guillelmus Durantis, speculum judiciale benutzt hat. Aus diesem Werke selbst können diese Verzeichnisse nicht geschöpft sein, weil unter Nr. 53 Guillelmus Durantis selbst angeführt und am Schluß unserer litterarischen Uebersicht ein ähnliches Verzeichniß aus dem Speculum judiciale besonders mitgetheilt ist. Dasselbe ist mit Zusätzen von Johannes Andreae abgedruckt in Savignys Gesch. d. Röm. Rechts i. M. III. p. 582—585, 2. Ausg. p. 631. Wir theilen jedoch dasselbe noch einmal mit, weil mehrere Lesarten wesentlich in unserer Handschrift abweichen:

Jtem nota, quod Wilhelmus in prohemio speculi enumerat quoque plures doctores juris, cum dicit: Porro super hujusmodi [1]) canonicae legis expositione varii juris professores per varias temporum successiones diversimode laboraverunt [2]) ut: Luphynus [3]), Silvester, Johannes Hispanus, Johannes Faventinus,

---

Lesarten bei Savigny: [1]) Hujus. [2]) Laborarunt. [3]) Ruffinus.

Hug.[1]) Melandus[2]), Petrus Hispanus[3]), Johannes Wallensis[4]), Damasus, Petrus Bononiensis[5]), Petrus Papiensis, Alanus[6]), Petrus Apulus, Laurentius, Vincentius, Tancredus, Johannes Teutonicus, Johannes de Sicovia[7]), Jacobus de Albano[8]) episcopus Faventinus, Goffredus de Trano, Bartholomaeus Brixiensis[9]), Johannes de Deo, Bernardus Parisiensis[10]), Innocentius quartus papa, Hinricus Hostiensis.

Bei den meisten Abweichungen ist es schwierig zu entscheiden, welche Lesart die richtige sei, da uns die genannten Schriftsteller Ruffinus, Petrus Pisanus, Petrus Papiensis, Petrus Appulus eben nur aus dieser Mittheilung bekannt sind. Der Wahrscheinlichkeit nach ist bei Savigny die richtige Lesart in Petrus Pisanus und Bernardus Parmensis gegeben. Dagegen scheint die von ihm aufgenommene Lesart Johannes de Finto corrumpirt zu sein. Schon die von ihm mitgetheilten Abweichungen anderer Ausgaben Sinto und Fintona deuten an, daß hier in unserer Handschrift Sicovia die richtige Lesart gegeben und Johannes de Segovio Hispanus[11]) gemeint ist. Die oben unter Nr. 33 gegebene Variante Sitona ist eine ähnliche Corruption, wie die von Savigny mitgetheilte Fintona.

In dem oben mitgetheilten Verzeichniß befinden sich mehrere Namen, die ich in den mir bekannten litterarischen Hülfsmitteln nicht habe auffinden können. Dieselben sind wahrscheinlich corrumpirt, oder mit unrichtigen Vornamen verzeichnet. Einige sind auch so allgemein angegeben, daß sie überhaupt unbestimmbar sind, so unter den Abkürzungen Albertus, Hermannus doctor, Petrus, Ulricus magister, ferner Nr. 80 Petrus. Unrichtige Vornamen mögen bei Joh. de Monte Lauduno; Nr. 89, Jacobus de Piscario, Nr. 90 Joh. de Saxoferrato angegeben sein. Corruptionen finden sich, wie es scheint, in Summa Monaldi; Nr. 70 Buazo und in dem unbekannten Namen Max. Molchus.

Die zweite Uebersicht findet sich in Band 23, C. VI. auf einem Pergamentblatt am Anfang, das zum Bekleben des Deckels beim Einbinden verwendet war. Dasselbe ist jedoch oben stark beschnitten, und auf diese Art der Anfang des Manuscripts zer-

---

Lesarten bei Savigny: 1) Hugo. Wahrscheinlich bedeutet die Abkürzung Hug. Hugwicio, vergleiche oben Nr. 17. 2) Melendus. 3) Petrus Pisanus, ed. Rom. 1474 Hyspanus. 4) Galensis. 5) ed. Rom. 1474. Petrus Bohemus. 6) Alanus Anglicus. Anglicus fehlt in ed. Rom. 1474. 7) Für Johannes de Sicovia theilt Savigny verschiedene wohl corrumpirte Lesarten de Finto, Sinto, Fintona mit. Die Lesarten oben Nr. 33 Sitona ist wohl in Sicovia zu verbessern. 8) Jacobus de Albenga s. Albinganuensis. 9) Oben Nr. 36 ist die Lesart Bartolus honor. wohl in Bartholomaeus Brixiensis zu verbessern. 10) Parmensis.

11) Vergl. Fabr. s. v.

stört. Den erhaltenen Theil desselben konnte ich durch Schwefelammonium wieder herstellen und erkennen, daß derselbe ein Verzeichniß von 40 juristischen Büchern enthielt, welche nach Quaternen und Pecien bestimmt waren. Diese letzte Bestimmung war auch bei einem vorhergehenden Buche noch erkennbar, dessen Titel aber gänzlich zerstört ist. Der erhaltene Theil des Verzeichnisses lautet:

1. (Te) xtus novissimarum Decretalium in peciis quatuor parvis quat. univ. II col'.
2. (Ap) paratus novissimarum per Garsiam, II quat.
3. (Ap) paratus Hostiensis, primus liber in peciis XLII quat.; secundus liber XLII quat. et VIII (col)l'; tertius liber XXXVII quat. et VI coll'; quartus liber XI quat.; quintus (liber) XXVII quat. et VIII coll'. (Bol. No. 1.)
4. (A) pparatus Jnnocentii in peciis XLIIII quat. et XVI coll'. (Bol. No. 3.)
5. (L) ectura Petri Sampsoensis in peciis XV quat., univ. II coll'.
6. (S) umma Archiepiscopi in peciis super primo libro XV quat. et VIII (c) oll'; secund. lib. XV quat. et I pec.; tertius XIII quat.; quartus — quat. et unam peciam; quintus in peciis XVII quat. et V coll'. et — dimidiam; taxata in LX quaternos. (Bol. No. 2.)
7. (S) umma Goffredi in peciis XVII quat et V coll' et mediam — (t) axata XVII quat. (Bol. No. 13.)
8. (C) asus Decretorum in pec. cum hystor. XX quat. univ. I col'; taxati in XVII quaternos. (Bol. No. 17.)
9. (C) asus Decretalium cum Ynnocentianis in peciis XVII quat. et IIII col', taxantur in XVI quaternos. (Bol. No. 16.)
10. (S) umma Azonis super Codicem et Jnstitutiones et Extraordinarias in peciis XXXVII quat. univ. VIII coll', taxatur in XXXVI. quat. (Bol. No. 78.)
11. Summa Authenticarum in peciis II quat. et XII coll' taxantur in II quat. et dimidio.
12. Summa trium librorum Codicis in peciis II quat. et IIII coll'. (Bol. No. 73.)
13. Speculum domini Duranti Guilielmi /t LXII quat. (Bol. No. 4.)
14. Additiones domini Odofredi super summam Azonis in peciis II quat.
15. Summa Feudorum in peciis pot. circa II quat. s. illa, quae compilavit Anselmus; sed plures aliae inveniuntur.
16. Libellus Roffredi in jure civili in pec. XXIX quat.; taxat. in XXVII quat. (Bol. No. 77.)
17. Libellus Roffredi in jure canonico in peciis XVIII taxatus in — quat.
18. Libellus Egidii in peciis V quat. et X (coll' ta) xat. in V quaternos parvos. (Bol. No. 23.)
19. Quaestiones Pylei in peciis V quat. et XII col' taxat. in V quaternos. (Bol. No. 90.)
20. Quaestiones Bartholomaei Brixiensis in peciis V quat. (Bol. No. 35.)
21. Quaestiones doctoris juris civilis in pec. XV pec. et IIII col'.
22. Quaestiones doctoris in jure canonico VII pec. parv.
23. Brocardica Açonis in peciis XVII, potior univ. una carta et quarta parte alterius. (Bol. No. 89.)
24. Brocardica Damaxi in jure canonico III pec. (Bol. No. 38.)

25. Casus Institutionum, taxati in IIII quat. vel id cir. —
26. Casus trium librorum Codicis in VII peciis, univ. — (Bol. No. 87.)
27. Libellus Tancredi in peciis III quat. et III coll'.
28. Summa Tancredi in universo in peciis tribus.
29. Dispensationes Johannis de Deo in pec. duo quat. taxat. (Bol. No. 34).
30. Distinctiones Johannis de Deo in peciis IIII, taxat. in V quat.
31. Poenitentiarius Johannis de Deo in pec. II quatern. (Bol. No. 37.)
32. Cavillationes Johannis (de Deo) in pec. V. quat. et sic taxat. (Bol. No. 33.)
33. Libellus Johannis (de Deo) in pec. II quat., taxatus in II quat. (Bol. No. 44.)
34. Pastoralis Johannis (de Deo) II quat. taxat. in IIII quat. (Bol. No. 50.)
35. Perfectio Azonis in peciis VII, taxat. in tres quat.
36. Albericanum in pec. VII quat. univ. IIII col'.
37. Summa Rolandini in peciis VII parvis. (Bol. No. 102.)
38. Aurora ejusdem in peciis XIII parvis; non est completa.
39. Authenticae Codicis in peciis univ. II col' parvis.
40. Margaritae Bernardi in pec. IIII parvi quaterni. (Bol. No. 31.)

Anmerkungen.

Ueber das Maß, welches die Größe und den Umfang der Handschriften bestimmt, d. h. petia, pecia, petius, petium, Lagen von 2 Bogen, quaternus, quaternum, quaternio, Lagen von 4 Bogen, vergl. Savigny, Gesch. d. Röm. R. i. M. III., 1. Ausg. p. 536 ff., 2. Ausgabe p. 579 ff. Col' oder Coll' bedeutet collectio oder collatio d. h. Sammlung, Abtheilung der genannten Werke. Sofern man dieselben als Vorlesungen eines juristischen Universitätslehrers faßt, könnte darunter eine Eintheilung nach den einzelnen Vorlesungen verstanden sein, jedoch ist diese Annahme nicht wahrscheinlich. Col' und coll' wechselt, jedoch scheint die erste Abkürzung namentlich bei Angabe der Einheit gewählt zu sein. In unserem Verzeichniß kommt auch die parva pecia und der parvus quaternus, wohl im Gegensatz zu der gewöhnlichen Größe, vor, ein Umstand, auf den mich Herr Geh. Justizrath Dr. Rudorff in Berlin aufmerksam gemacht hat.

Die beigefügten Bemerkungen: Bol. No. 1—102 beziehen sich darauf, daß dieselben Werke in einem Catalog der Bücher, welche der Stationarius zu Bologna vorräthig haben mußte, vorkommen. Dieser Catalog ist abgedruckt in Savigny's Gesch. d. Röm. R. i. M. III. 1. Ausg. p. 601, 2. Ausg. p. 649. Savigny selbst zählt 116 Bücher, mir scheinen aber nur 115 Bücher angeführt und bei Nr. 43 Libellus de formandis libellis — super quadam accusatione unrichtig in zwei Werke abgetheilt zu sein. Daß nur Ein Buch gemeint sei, geht auch daraus hervor, daß nur Eine Taxe nach super quadam accusatione hinzugefügt ist.

Nr. 1 enthält den Text der späteren Sammlungen von Decretalen, der sogenannten Extravaganten.

Nr. 2 enthält einen Commentar (Apparatus, vergl. Sav. III. 2. Ausg. p. 565) zu dem Texte dieser Decretalen von dem Canonisten Garsias. (Vergl. Panzirol. III. 12. Sav. III. p. 241, 258. Fabr. s. v.)

Nr. 3 enthält den Commentar des berühmten Cardinals Henricus Hostiensis zu den Decretalen in 5 Büchern. (Vergl. Panz. III. 13. Sav. IV. p. 130.)

Nr. 4 enthält den Commentar des Pabstes Innocenz IV. zu den Decretalen. (Vergl. Panz. III. 5. Sav. III. p. 46.)

Nr. 5 enthält eine Vorlesung (Lectura, Sav. III. 2. Ausg. p. 539, p. 557) über die Decretalen von Petrus Sampson de Calvomonte (Fabr. s. v.). Er führt in diesem Verzeichniß den abweichenden Namen Sampsoensis. Disputationes und Distinctiones desselben werden in dem Catalog von Bologna unter Nr. 21 und 49 angeführt.

Nr. 6 enthält den exegetischen Commentar (Summa, Uebersicht, Einleitung der Rechtstitel, vergl. Sav. III. 2. Ausgabe, p. 252, p. 566) des berühmten Archidiaconus von Bologna Guido de Baysio zu den Decretalen in 5 Büchern; (vergl. Panz. III. 16, Sav. III. p. 503, VI. p. 115) das vierte Buch enthielt, wie es scheint, 2 Quaternen und 1 Pecie, das fünfte Buch $5^1/_2$ Collectionen, jedoch fehlt gerade hier der Anfang des Pergaments, weshalb auch die Anfangsbuchstaben der Büchertitel von 1—10 zu ergänzen sind.

Nr. 7 enthält den Commentar des Canonisten Goffredus de Trano zu den Decretalen (vergl. Panz. III. 9, Sav. V. p. 5). Die Angabe V coll' et mediam ist wohl gleichbedeutend mit V coll' et dimidiam. Ueber media und hemina und deren Bestimmung als Maße vergl. Du Fresne s. v.

Nr. 8 enthält Erläuterungen einzelner Rechtsmaterien (Casus, Sav. III. 2. Ausg. p. 567) aus den drei Theilen des Decretum Gratiani. Ob die beigefügte Bezeichnung cum histor. ein besonderes Buch, etwa die Historia Lombarda (Sav. II. 1. Ausg. p. 198), oder rechtsgeschichtliche Zusätze zu den Casus decretorum enthält, wage ich nicht zu entscheiden.

Nr. 9 enthält Erläuterungen einzelner Rechtsmaterien (Casus) aus den Decretalen des Pabstes Gregor IX. mit Zusätzen von Innocenz IV.

Nr. 10 enthält das berühmte Werk des Azo über den Codex, die Institutionen und die Extraordinarien d. h. tria Digesta, tres libri Codicis und Novellae (vergl. Sav. V. p. 30).

Nr. 11 enthält ein ähnliches Werk über die Novellen (Authenticae) vielleicht von Johannes Bassianus (vergl. Sav. IV. p. 295) im Umfang von $2^1/_2$ quat.

Nr. 12 enthält ein ähnliches Werk über die tres libri Codicis (Cod. Buch X—XII, welche die drei letzten Bücher des Codex sind, die von den 9 ersten abgesondert behandelt zu werden pflegten Sav. III. 2. Ausg. p. 429, p. 487, p. 540, V. p. 20), vielleicht von Placentinus oder Pillius (vergl. Sav. IV. p. 279 und p. 338).

Nr. 13 enthält das berühmte Werk Speculum judiciale von Wilhelmus Durantis (Sav. V. p. 582). Das vor dem Quaternenmaße angegebene Zeichen /t bedeutet wohl scilicet, oder ein ähnliches Folgezeichen.

Nr. 14 enthält die Zusätze des Odofredus zu dem unter Nr. 10 angeführten Werke des Azo (vergl. Sav. V. p. 373).

Nr. 15 enthält einen Commentar (Summa) zu den Consuetudines Feudorum und eine Schrift des Anselmus ab Orto, wahrscheinlich de emphyteosi, welche häufig neben den libri feudorum in den Handschriften vorkommt (vergl. Cons. Feudorum II. tit. 1, Sav. V. p. 171). Bei dieser Handschrift ist das Quaternenmaß nur annähernd bestimmt, was in den Worten pot. circa d. h. pote oder potest esse circa ausgesprochen ist. Außer der Schrift des Anselmus ab Orto waren noch mehrere ungenannte (plures aliae inveniuntur) Handschriften diesem Volumen beigefügt.

Nr. 16 und 17 enthalten zwei practische Werke des Roffredus Epiphanii zum Civilproceß und Canonischen Proceß (vergl. Sav. V. p. 199—207).

Nr. 18 enthält wahrscheinlich das ähnliche Werk des Aegidius Fuscararius de ordine judiciario zum Canonischen Proceß (Sav. V. p. 523).

Nr. 19 enthält eine Sammlung von Rechtsfällen (Quaestiones, Sav. III. 2. Ausg. p. 570) des Pillius (Sav. III. p. 334).

Nr. 20 enthält ein ähnliches Werk Quaestiones Bartholomaei Brixiensis, welches sich noch jetzt auf der Kirchenbibliothek in Band 1, A. I., f. 1—92 findet.

Nr. 21 und 22 enthalten Quaestiones doctoris juris civilis et in jure canonico. In meinen historischen Beilagen zum Drama Rubenow p. 41 sprach ich eine zwiefache Möglichkeit aus, wie der Inhalt dieser beiden Handschriften zu bestimmen wäre. Einerseits könnte die Bezeichnung doctoris auf den vorhergenannten Bartholomaeus Brixiensis zu beziehen sein, doch ist dies aus dem Grunde nicht wahrscheinlich, weil Nr. 20 schon solche Quaestiones enthält. Auch pflegt, wie uns Nr. 38 zeigt, in solchem Fall ejusdem hinzugefügt zu werden. Eine andere Möglichkeit wäre, daß doctoris auf den Rechtsgelehrten bezogen würde, dem die im Verzeichniß catalogisirte Bibliothek gehörte. Hierauf werde ich noch weiter unten zurückkommen. Eine dritte Vermuthung wäre, beide Sammlungen für solche Quästionen zu halten, welche bei Promotionen den Doctoren beider Rechte zum Disputiren vorgelegt worden seien.

Nr. 23 enthält die berühmte Sammlung von Rechtsregeln (Brocardica) des Azo (Sav. III. 2. Ausg. p. 567, V. p. 38—40). Sie enthielt 17 Pecien und $1^1/_4$ Blätter. Sehr bemerkenswerth ist, daß der Name des Azo abweichend von Nr. 10, 14, 35 hier in Nr. 23 Açonis mit dem französischen ç mit der Cedille geschrieben wird.

Nr. 24 enthält ein ähnliches Werk (Brocardica) des Damasus, dessen Name abwechselnd Damasus, Damascus und Damaxus geschrieben wird (vergl. Sav. V. p. 163).

Nr. 25 und 26 enthalten einzelne Rechtsmaterien (Casus) aus den Institutionen und den drei letzten Büchern des Codex, von einem Ungenannten erläutert

Nr. 27 und 28 enthalten zwei Bücher des berühmten Juristen Tancredus, den Libellus oder ordo judiciarius und die Summa de matrimonio (vergl. Sav. V. p. 120, 124, 129).

Nr. 29—34 enthalten 6 Werke des Spanischen Juristen Johannes de Deo: Dispensationes (Savigny V. p. 481); Distinctiones (Sav. V. p. 482); Poenitentiarius oder Liber Poenitentialis de cautela simplicium sacerdotum (Sav. V. p. 482); Cavillationes (Sav. V. p. 471); Libellus oder liber judicum (Sav. V. p. 470); Pastoralis oder Pastorale (Sav. V. p. 481). Von diesen 6 Werken kommen in dem Catalog von Bologna Nr. 31—34 und wahrscheinlich auch Nr. 29 vor; mir scheint nämlich dort die unter Nr. 34 angeführte Lesart Disputationes Joh. de Deo in Dispensationes verändert werden zu müssen, da uns keine Schrift des Joh. de Deo unter jenem Namen bekannt ist.

Nr. 35 Perfectio Azonis enthält wohl Zusätze zu den Werken des Azo (vergl. Sav. V. p. 29—38).

Nr. 36 Albericanum enthält wohl das bekannte Dictionarium des Albericus de Rosciate (vergl. Sav. V. p. 132).

Nr. 37 und 38 enthalten zwei Werke des Rolandinus Passagerii die Summa artis notariae und einen Commentar zu derselben, welche den Namen Aurora führte. Dieselbe hört in der Mitte des 5. Cap. auf, hierauf bezieht sich die Bemerkung in unserem Verzeichniß: non est completa. (Sav. V. p. 543.)

Nr. 39 scheint einen Text der Novellen zu enthalten, jedoch macht der kleine Umfang, wenn man nicht eine kleinste Minuskel bei der Handschrift voraussetzt, diese Vermuthung zweifelhaft. In Bologna Nr. 59 sind 14 Quaternen, hier 3 Pecien berechnet.

Nr. 40 enthält das Sammelwerk des Bernardus Compostellanus oder eines andern Canonisten Bernardus Parmensis (Sav. III. 2. Ausg. p. 632, V. p. 575. Panz. III. 8).

Ueberblicken wir nun das mitgetheilte Verzeichniß, so ergiebt sich, daß Nr. 1—9 dem Canonischen Rechte angehören, und läßt es sich vermuthen, daß der zerstörte Anfang unseres Catalogs ebenfalls Canonische Handschriften, wahrscheinlich Texte des Decrets und der Decretalen enthielt. Sodann folgen von Nr. 10 — 15 Handschriften des Civilrechts, und von Nr. 16 — 38 in überwiegender Zahl practische Schriften zum Proceß, Quaestiones, Brocardicae, Casus, das Lexicon des Albericus u. A. Schließlich scheinen Nr. 39 Authenticae und Nr. 40 Margaritae Bernardi als Anhang, Nr. 39 den civilistischen Schriften, Nr. 40 den canonistischen Schriften hinzugefügt zu sein.

Fragen wir nun nach dem Zwecke, welches dies Verzeichniß gehabt haben mag, so vermuthete ich in meinen historischen Beilagen zum Drama Rubenow p. 41, daß wir in demselben einen Catalog der juristischen Facultäts=Bibliothek übrig hätten, welche von Rubenow begründet und durch Prof. G. Walters, Joh. Parlebergs und Joh. Meilofs Schenkungen vergrößert worden sei. Die fraglichen Quaestiones doctoris juris civilis et in jure canonico unter Nr. 21 und 22 bezog ich auf verlorene Schriften, welche von Rubenow selbst verfaßt seien.

Gegen diese meine Annahme bemerkte Herr Geh. Justizrath Prof. Dr. Rudorff in Berlin in einer Sitzung der Academie der Wissenschaften [1]), daß diese Vermuthung nur dann gesichert wäre, wenn die noch vorhandenen Handschriften mit den Angaben des Catalogs übereinstimmten und daß es unwahrscheinlich wäre, daß ein solches Schriftstück zum Einband verwendet worden sei. Aus diesem Grunde erklärt sich Herr Dr. Rudorff a. a. O. lieber dafür, daß unser Catalog ein Bruchstück eines Statuts sei, welches die von den Stationarien zu haltenden Bücher nach ihrem Umfang bezeichne, und zwar von einer Universität des Mittelalters, wie Vercelli, Padua oder einer anderen, deren Statuten uns unbekannt geblieben seien. Denn aus Paris könne das Verzeichniß nicht stammen, weil dort nur Canonisches Recht gelehrt worden, aus Modena nicht, weil der dortige Büchervorrath sehr beschränkt gewesen [2]), aus Bologna nicht, weil der dort statutenmäßig angeordnete Catalog nicht allein weit umfangreicher sei, sondern auch von dem unsrigen wesentlich abweiche. — Betrachten wir nun diesen letzteren, der uns bei Savigny III. Anh. IV. mitgetheilt ist, so fällt außerdem noch ein anderer wesentlicher Unterschied ins Auge.

Während nämlich im Catalog von Bologna neben der Angabe des Maßes in Quaternen eine Taxe in libris et solidis bestimmt ist, welche den Preis angiebt, zu welchem die Bücher

---

1) Monatsberichte der Academie vom Mai 1864, p. 305.
2) Savigny III. 2. Ausg. p. 371, p. 589.

zum Abschreiben verliehen wurden, ist in unserem Verzeichniß, neben der Angabe des Maßes in Quaternen, eine Taxe ebenfalls in Quaternen angegeben. Wollte man nun für unseren Catalog eine ähnliche Bestimmung wie für den von Bologna annehmen, so wäre dies nur unter der Bedingung möglich, daß für den Quaternus ein fester Preis bestanden habe, und daß in dieser Bezeichnung zugleich ein Geldwerth angegeben wäre. Bedenklich ist aber dann, daß diese Taxe in Quaternen nur bei einigen Handschriften angegeben ist, daß bei einigen das Maß des Umfangs und die Angabe der Taxe sich gleicht und bei Nr. 32 V. quat. et sic taxat. hinzugefügt ist, denn wenn der quaternus einen festen Preis hatte, so bedurfte es solcher doppelten Angabe nicht, vielmehr genügte die einfache Bestimmung wie in Nr. 1—5, Nr. 12—15, Nr. 20—24 u. A. Da nun aber die doppelte Angabe vorliegt, so möchte ich dieselbe in folgender Weise erklären. Eine Universität oder ein Rechtsgelehrter des Mittelalters wünschte den Werth einer Büchersammlung zu bestimmen, und ließ zu diesem Zweck eine genaue Angabe des Umfangs des Büchervorrathes anfertigen. Dies ist die eine Bestimmung in Quaternen. Um nun den Werth der Handschriften zu bestimmen, ließ er sie mit einem Statut für Stationarien vergleichen. In diesem Falle wäre die als Taxe bezeichnete Angabe in Quaternen diesem Statut entnommen, und nach diesem wäre dann auch der Werth der Bücher nachher bestimmt worden. In der That stimmen mehrere Angaben der Quaternentaxe mit dem Catalog von Bologna überein, so:

No. 6. Summa Archiepiscopi taxata in LX quat. (Bol. No. 2.)
No. 18. Libellus Egidii taxatus in V quat. (Bol. No. 23.)
No. 19. Quaestiones Pylei tax. in V quat. (Bol. No. 90).
No. 32. Cavillationes Joh. de Deo in pec. V quat. et sic taxat. (Bol. No. 33.)

Bei den meisten Angaben differirt jedoch das Maß um mehrere Quaternen. Zu welchem Zweck aber nun diese Bestimmung des Maßes und seine Vergleichung mit einem anderen stattfand, ob bei einer Auction, einer Erbschaft, einem Inventarium, oder bei Begründung einer Universitäts-Bibliothek, wie ich vermuthet, läßt sich nicht entscheiden, da der Anfang des Cataloges zerstört ist. Selbst das Land, in welchem die fragliche Universität gelegen war, ist unbestimmt, wenn nicht die Schreibweise des Namens von **Azo** mit der Cedille: **Aço** hierüber Licht zu geben vermöchte.

Meine Ansicht, daß in dem Verzeichnisse der Catalog der ältesten Juristischen Facultäts-Bibliothek in Greifswald enthalten sei, läßt sich deshalb nicht feststellen, weil das Decanatbuch der Juristen verloren ist, welches wohl ebenso, wie das noch erhaltene Decanatbuch der Philosophischen Facultät einen Catalog der Facultätsbücher enthielt. Nur in dem Falle wäre meine Ansicht denkbar, wenn man annehmen dürfte, daß eine so zahlreiche Menge werthvoller Juristischer Handschriften verloren gegangen wäre.

Von den erhaltenen Juristischen Handschriften der Kirchen-Bibliothek entsprechen nämlich den Büchertiteln des Cataloges nur folgende:

Band 1 A. I. Nr. 1. Catalog Nr. 20. Quaestiones Bartholomaei Brixiensis.

Band 8 B. III. No. 11. Catalog No. 25. Casus Jnstitutionum.

Band 11 B. VI. No. 28 c. Catalog No. 1. Textus novissimarum Decretalium.

Band 18 C. I. No. II. No. 19. Catalog No. 29. Dispensationes Joh. de Deo.

Daß der Catalog der Universitäts-Bibliothek zum Einbinden verbraucht wäre, ließe sich dadurch erklären, daß dies erst bei Erneuerung des Einbandes von Band C. VI. in späterer Zeit stattgefunden, als man schon gedruckte Cataloge besaß. — Hierauf führt uns die äußere Beschaffenheit der Handschriften.

Aeußere Beschaffenheit der Handschriften.

Die 93 Handschriften der Kirchen-Bibliothek zerfallen in 60 Theologische (52 Folio, 7 Quart, 1 Octav), 10 Philosophische (7 Folio, davon 5 mit Drucken zusammen, 3 Quart) und 23 Juristische (20 Folio, 3 Quart). Zum Einbande ist braunes, schwarzes, weißes und rothgefärbtes Leder, bei einigen auch Pergament verwendet. Manche Einbände enthalten gepreßte Verzierungen, Bildwerke und Inschriften. Früher waren sämmtliche Bücher mit Klammern und Kettenhaltern versehen, von denen aber die meisten zerstört sind. Auf einer Klammer steht auf vertieftem Hintergrunde in Messing gearbeitet Maria, auf andern J. N. J. R. in Minuskelzügen, d. i. J e s u s N a z a r e n u s J u d a e o r u m R e x. Dieselbe Inschrift findet sich auch auf alten Klammern der Universitäts-Bibliothek, und auch auf der Theologischen Handschrift XIV. E. 62. in Leder gepreßt, hier jedoch in der Folge J. N. R. J. Das R. scheint auf jenen Klammern ans Ende gesetzt zu sein, um einen bequemeren Raum für den Schnörkel des R. zu haben.

Von den Einbänden der 23 Juristischen Handschriften waren 5 so vergangen, daß sie 1863 neu in Leder gebunden werden und ihren alten Einband verlieren mußten, darunter war eine in rothem, vier in braunem Leder.

Die äußere Erscheinung des Einbandes dieser 23 Bände, namentlich der Stil der Verzierungen macht den Eindruck, daß die Handschriften fast Alle zusammen zu einer und derselben Zeit eingebunden worden sind, wahrscheinlich unter der Verwaltung des Prof. M e i l o f. Wir können dies theils daraus schließen, daß von ihm jene beiden Aufzeichnungen über den Ankauf auf den Deckel geschrieben sind, theils daraus, daß er bei allen Handschriften Randbemerkungen und bei einigen auch die Notiz hinzugefügt hat, daß Anfang und Ende fehle. Nur bei wenigen Bänden, welche nur Einen zusammenhängenden Inhalt haben, können wir annehmen, daß sie noch den ursprünglichen Einband haben. In den mehrsten Bänden sind Handschriften verschiedener Zeit, verschiedenen Ursprungs und Inhalts zusammengebunden, um den Einband billiger herstellen zu können. — Daß diese ursprünglich von einander getrennt waren, erkennt man namentlich daraus, daß das erste Blatt derselben sehr schmutzig und abgenutzt ist, oftmals auch ganz fehlt.

Auf diese Art wurden auch die Spuren des Ursprungs völlig verwischt, da die Bemerkungen über den Verfasser und Besitzer auf dem Deckel oder erstem Blatte verzeichnet zu sein pflegen. Sogar in den Büchern, die noch den ursprünglichen Einband haben mögen, ist diese Spur zerstört, da gewöhnlich das auf den Deckel geklebte Blatt fehlt.

Demzufolge erklärt es sich leicht, daß wir Rubenows uud Walters Namen auf keiner Handschrift verzeichnet finden. Dieselben sind bei wiederholtem Einbande zerstört, namentlich auch in den Handschriften, die Rubenow in der Schenkungsurkunde als ungebunden bezeichnet.

Da wir auf diese Art nirgend einen sicheren Anhalt haben, welcher Bibliothek die Handschriften ursprünglich angehörten, so theile ich dieselben in der folgenden Beschreibung nicht nach den Besitzern und ihren Vermächtnissen, sondern nach den Verfassern ein. In sehr vielen Fällen trifft es zu, daß derjenige, welcher das Buch schrieb, auch der Verfasser war. Außerdem ist zu bedenken, daß in jener Zeit, als die Buchdruckerkunst noch nicht verbreitet war, derjenige Gelehrte, welcher das Werk eines Andern abschrieb, dieselbe Bedeutung hatte, welche jetzt der Herausgeber eines gedruckten Buches hat. Deshalb ist es angemessen, die Handschrift mit seinem Namen zu benennen, wenn auch das Werk ursprünglich von einem dritten Ungenannten herrührt. Sobald aber der ursprüngliche oder wenigstens der ältere Verfasser eines in Abschrift vorliegenden Werkes genannt ist, habe ich dessen Namen der Handschrift vorgesetzt.

Ich theile die Juristischen Handschriften in drei Abtheilungen: A. Walter-Parlebergsche Sammlung. B. Meilofsche Sammlung. C. Rubenowsche Sammlung. Ich führe die erste Sammlung unter den Namen Walters und Parlebergs auf, weil Beide zusammen gearbeitet haben und die Handschrift Beider nicht nur in demselben Bande, sondern auch in demselben Werke abwechselt. Die Meilofsche Sammlung läßt sich sehr leicht bestimmen, weil der erste Band 6 B. I. durch die oben erwähnte Bemerkung auf dem Deckel, die übrigen 7. B. II. — 17. B. XII. durch seine Handschrift kenntlich sind.

Zur Rubenowschen Sammlung rechne ich alle diejenigen Handschriften, deren Abfassung nach der beigeschriebenen Jahreszahl vor 1456, also vor das Jahr der Schenkungsurkunde Rubenows fällt, und welche weder zur Walter-Parlebergschen noch Meiloffschen Sammlung gehören. Die Mehrzahl der Rubenowschen und Walterschen Bücher ist aber verloren gegangen oder nach Stralsund und nach anderen Bibliotheken gewandert.

Uebersicht der Juristischen Handschriften und Urkunden.

Band 1—25.

A. Walter-Parlebergsche Sammlung.

Diese Sammlung besteht aus fünf starken Folio-Bänden (A. I—V.)

I. A. I. Verzierter Pergamentband, Folio, 189 Blätter.[1])

f. 1—92. **1. Bartholomaei Brixiensis**

Quaestiones dominicales et venereales in jure canonico.

f. 1. Ad honorem omnipotentis dei et ecclesiae Romanae, cui praesidet Gregorius IX, et ad utilitatem Bononiae et alibi studentium ego Bartholomaeus Brixiensis, inter scolares minimus, brevem summulam dominicalium et breviorem venerealium in jure canonico composui, paucas allegationes ex utraque parte proponens, quas prudens lector secundum quod ei videbitur adceptabit, lectori humiliter supplicando, ut meam dignetur insufficientiam tollerare.

f. 60. v. Expl. Quaestiones dominicales Bartholomaei Brixiensis.

f. 92. v. Et sic sunt finitae haece quaestiones (venereales).

Diese Quaestiones dominicales et venereales sind Vorträge, welche am Sonntag und Freitag über Canonisches Recht gehalten wurden. Sie sind in zahlreiche Abschnitte eingetheilt, von denen jeder einen besonderen Rechtsfall enthält.

---

1) Vergl. Kosegarten, Gesch. d. Univ. I. p. 94.

Sie sind zwiespältig geschrieben, sehr gleichmäßig und schön, wahrscheinlich von Prof. Walter, als er in Bologna studirte.[1])

f. 1—92. **2. Georgii Walter**

Consilia juris Canonici.

Dies Werk enthält 43 Consilia oder Responsa, d. h. Rechtssprüche des Prof. Walter. Eins derselben Nr. 3 ist gedruckt in dem Werke: Respons. juris sive cons. T. II. Frankf. 1568. I. p. 457—462. Koseg. 1. p. 94. Die Handschrift beginnt mit einer Ueberschrift der Consilien:

f. 1. Tabula Consiliorum domini Georgii Walteri Jurisconsulti, ordinarii universitatis inclytae studii Gryph., ex qua videri potest, quid in eisdem continetur.

Dieses Werk ist einspaltig, gleichmäßig und schön geschrieben, aber in späterer Zeit, nach 1456. Die Handschrift hält die Mitte zwischen den in Bologna geschriebenen Quaestiones B. Brixiensis und Walters späteren Aufzeichnungen im Album Fol. 26, vom Jahr 1469.

2. A. II. Verzierter rother Lederband, Folio; 360 Papierblätter, 9 Pergament.

3. Georg Walter,

f. 1—279. **Commentar zum 1. Buch der Decretalen.**

279. Hanc decretalem Ego Theodericus (et cetera) finivi colligendo in felici studio Gripeswoldensi anno domini 1465 in octava assumptionis Mariae.

Expl. Recollectae circa primum librum Decretalium ab egregio viro Georgio Walteri Juris canonici ordinario finitae in alma universitate Grypesw. anno domini 1465 circa festum Margaretae.

Nun folgen zwei ausradirte Reihen, die auch mit Schwefelammonium nicht entziffert werden konnten. Nur der Name: Magister Johannes Parleberg wurde lesbar, wie es scheint, von ihm selbst geschrieben.

Aus den beiden mitgetheilten Bemerkungen geht Folgendes hervor: daß diese Vorlesung über das 1. Buch der Decretalen von einem Professor Theodoricus gehalten, und daß dieselbe von Prof. Walter bei seiner Vorlesung über dasselbe Buch benutzt worden ist. Wer dieser Theodoricus sei, ist deshalb

---

1) Album f. 33 heißt es beim Rectorate des Dr. Nicolai: promotor extitit G. Walter Bononiae insignitus.

nicht schwer zu ermitteln, weil unter allen Juristen, die seit 1456 in Greifswald verweilten, nur Einer diesen Vornamen führt. Dies ist Theodoricus Zukow, Probst des Klosters Verchen, früher Professor des canonischen Rechts in Rostock, den die Annalen der Universität p. 10 und 23[1]) und das Album f. 1 v. als Canonicus an der Nicolaikirche anführen. Er lebte noch 1468, wie dies aus einer Stiftung desselben vom Jahre 1468 hervorgeht[2]), Kosegarten[3]) äußert die Vermuthung, daß Th. Zukow zu Greiswald nicht unter den Lehrern thätig gewesen sei, aus den Worten colligendo in studio Gryp. geht dies aber deutlich hervor, denn Colligere sc. orationem vel coetus scholarium bedeutet: academische Vorlesungen halten.

Diese Handschrift ist abwechselnd f. 1—40 von Professor Parleberg, f. 40—279 von Prof. Walter geschrieben, mit fortlaufenden Rand= und Zwischenbemerkungen Parlebergs und Meilofs. Auch die Bemerkung über Theodoricus ist von Walters Hand, die Schlußworte dagegen von Parleberg geschrieben. — F. 280 folgt eine Abschrift der Bulla Eugeniana c. Spol. von Parlebergs Hand, f. 281—289, Zusätze von Meilof, darunter Casus in rebus ducum Megalopolensium et ecclesiarum Wismarensium et Ratzeburgensium und consilia Frider. de Senis.

f. 289—360. 4. Johannis Parleberg
Indices Decretorum et Repetitiones de titulis Decr.

Diese Handschrift ist später mit der vorigen Nr. 3 zusammengebunden und wahrscheinlich von Prof. Meilof angekauft. Sie zeigt uns die Handschrift Parlebergs aus dessen Jugend vom Jahre 1452, die von der späteren 1465—1483 sehr abweicht. Sie enthält:

a. Tabula super textu et apparatu decretorum.

f. 321. Expl. remissorium juris scriptum in Stralessundis per me Johannem Parleberg clericum Swerinensis dioeceseos, anno 1452, sabbato ante Oculi.

f. 321—347. b. Remissorium Canonum sec. ord. Alphab.

f. 347. c. Canones latae summae de toto Corpore Juris canonici recollecti per dom. B. Frodelli decr. doctorem.

f. 349. d. Repetitio de transactionibus. Cod. lib. II. 4 l. 18. Transigere.

f. 350. e. Repetitio de homicidio. Decretal. VI; V. 4 c. 2. Praelatis.

---

1) Kosegarten II. 164. 171.
2) Vgl. Kosegarten II. p. 109. Urk. Nr. 67.
3) Gesch. d. Univers. 1. p. 99.

f. 352. f. Repetitio de rebus ecclesiae non alienandis. Decretal. III. 13. c. 6. Si quis.
f. 356. g. Repetitio de sacrosanctis ecclesiis. Codex I. 2. l. 13. Authent. Jngressi.
f. 357. h. Differentiae Canonum et Legum centum.[1])
f. 360. i. Repetitio Mandati vel contra. Codex IV. 35 l. 15. Mandatum.

h und i sind von Parleberg in späterer Zeit geschrieben, der Schluß von i fehlt und ist ausgerissen. — f. 360 spricht er seinen Dank für die Vollendung des Werkes aus.

5. Pergamenthandschrift von 9 Blättern,

welche mit Nr. 3 und 4 zusammengebunden ist. Sie gehörte vielleicht ursprünglich zu Rubenows Bibliothek und zwar zu den ungebundenen Büchern und zu derjenigen Art, welche er in der Urkunde Summen nennt. Sie ist zweispältig, sehr schön geschrieben und mit Randbemerkungen verschiedener Hände versehen, später auch von Meilof. Sie enthält:

f. 1. a. Summa de processu judicii excerpta a copiosa.
f. 5. v. b. Brevis recapitulatio libri decretorum (mit rothen Initialen.)
f. 6. v. c. Regulae juris de libro sexto decret. in fine libri VI. (mit Glossen und Leoninischen Versen.)
f. 8. d. Rechtsregeln und Bibelsprüche.

f. 9. 6. Pergament-Urkunde vom Jahre 1459.

Dieselbe war als Makulatur auf den Deckel geklebt und wurde von mir abgelöst. Sie ist brieflich dem Prof. Parleberg übersendet, wie dies aus den Spuren der Brieffalten und der in damaliger Zeit üblichen Briefaufschrift: Detur domino et magistro Parleberch hervorgeht. Sie enthält ein Executions-Mandat unter dem Pontificat Pius II. vom Jahre 1459 und ist von einem Notar Godfridus unterzeichnet und mit dessen Signetum versehen, und von Rostock datirt. In derselben kommen die Namen Henningh v. d. Lypen und Henrick v. d. Haghen vor.

Später ist ein lateinischer Vers hinzugefügt und dabei von Meilof bemerkt: Jlla est Mag. dom. Stendal, qui fuit una cum Joh. Meilof promotus in baccalaureum decr.[2])

---

1) Vgl. C. I. f. 247.
2) Vgl. Annal. p. 53. Koseg. II. p. 189.

3. A. III. Verzierter brauner Lederband, Folio, 242 Blätter.

In vier Rosetten sind die Symbole der vier Evangelisten angebracht.

7. Georg Walter,

f. 9—188. Commentar zum II. Buch der Decretalen, Theil I. Tit. 1—17.

f. 188. Recollectae primae partis II. Decretalium collectae in alma universitate studii Grypesw. ab egregio viro domino Georgio Walteri, decretorum doctore eximio, ordinarie ibidem legente anno d. 1468.

Diese Vorlesung über den I. Theil des II. Buchs der Decretalen ist von Prof. Walter in Greifswald gehalten [1]) und abwechselnd f. 9—34 von Parleberg, f. 34—186 von Walter, f. 186—188 von Parleberg geschrieben, ebenso auch von letzterem die mitgetheilte Bemerkung; f. 1—9 folgen Anmermerkungen von Joh. Meilof, f. 188 folgt dann von Parleberg geschrieben: Consilium in facto Judaeorum Andreae Barbatii [2]) sollemnis doctoris datum Bononiae a. 1455; f. 193 consilia i. f. homicidii von Meilofs Hand.

8. Johann Parleberg,

Rede bei seiner Promotion durch Gerwinus Rönnegarwe.

f. 197. Repetitio de authentica: Habita (Codex IV. 13. Ne filius pro patre conveniatur l. 5. Nov. const. Friederici II. authentica: Habita quidem).

f. 199. v. Ego Johannes Parleberch, decretorum baccalaureus, artium et legum doctor, ante dictam authenticam: Habita; repetii in aula mea doctorali celebrata in alma universitate Grypeswaldensi Caminensis dioeceseos anno domini 1468, die lunae quarta mensis Julii infra octavas visitationis gloriosae Mariae virginis. Qua facta, subsequentem in medium proposui petitionem pro insigniis doctoralibus in jure civili obtinendis et obtentis ad egregium virum dominum Gerwinum Ronnegarwe, decretorum baccalaureum, ac legum doctorem de Sundis. Facta fuerunt haec in ecclesia collegiata sancti Nicolai Grypeswaldensi tempore praemisso. Laus ex hoc Altissimo.

---

1) Vgl. Walters eigene Worte am Schluß f. 186 v. Ibi sufficienter et ad hoc collectione allegatur ista decretalis.

2) Vgl. Panzirol. 2. c. 116. Sav. VI. p. 481.

f. 200. Oratio petitionis Jnsigniorum in Jure.

In dieser Rede kommen folgende auf Rubenow bezügliche Worte vor:

Transcursis quorundam annorum curriculis spectabilis et egregius vir, dominus Henricus Rubenowe, nunc in domino requiescens, utriusque juris doctor perfulgidus, hujus oppidi rector et proconsul magnificus, nostrae inclytae universitatis vicecancellarius dignissimus, auctoritate apostolica sibi meritis suis exigentibus concessa et tradita, ad petitionem praememorati egregii viri domini Gerwini Ronnegarwe sacrarum legum doctoris eximii, pro tunc recommendatoris mei dignissimi (nunc mei promotoris magnifici) mihi licet pusillo et indigno auctoritatem, licentiam et potestatem recipiendi, insignia doctoralia in sacratissima legali scientia tempore et loco congruis publice tradidit et concessit.

Diese Worte beziehen sich auf Parlebergs frühere Promotion im Jahr 1461 durch H. Rubenow, bei welcher er die Würde eines Licentiaten erwarb. Diese Rede wurde aber 1468 nach Rubenows Tode von ihm gehalten, als er von Gerw. Rönnegarwe zum Doctor promovirt wurde.[1])

f. 200 v.—203 v. 9. Henrici Rubenovii

Oratio pro datione Insigniorum in Jure ad Hermannum Slupwachter.

f. 203 v. Anno 1460 dominus Henricus Rubenowe utriusque juris doctor collegit illam collationem pro domino Hermanno Slupwachter, cum qua promovit eum in doctorem decretorum feria secunda post purificationis Mariae; secundum cujus tenorem et modum dominus Gerwinus Ronnegarwe legum doctor, dominum Johannem Parleberch in legum doctorem ut supra promovit. Laus Deo.

Diese Rede Rubenows findet sich in dieser Handschrift in einer Abschrift Parlebergs, was sich daraus erklärt, daß Prof. Rönnegarwe nach einem verlorenen Original von Rubenows Hand dieselbe benutzte, um Parleberg zu promoviren. Sie ist sieben Folioseiten lang und enthält 50 einspältig geschriebene Reihen auf jeder Seite. Sie hat nach Art der Predigten ein biblisches Thema, das in allegorischer Weise auf die Promotion angewendet wird. Rubenow wählte als Thema dieser Rede die Worte des Isaac (Genesis XXVII. 21.):

---

[1]) Vergl. Annalen p. 35, p. 43. Kosegarten II. p. 179, p. 184.

Accede ad me, ut probem te, utrum tu sis primogenitus meus, indem er diese Worte an seinen Freund H. Slupwachter richtet und dieselben im übertragenen Sinne auf drei Eigenschaften des Promovenden bezieht. Er bemerkt, daß dasselbe Thema früher von seinem Lehrer Prof. Beckelin bei der Promotion des Prof. Bolen ausgewählt worden sei.

f. 200. Recolo enim me in tenerrima aetate in alma matre mea inclita Rostockensi universitate a praeceptore et domino meo, egregio viro domino Hinrico Bekelin utriusque juris doctore eximio in aula et collatione Jnsigniorum domini Wilkini Bolen audivisse tunc pro themate verbum istud: Accede ad me ut probem te, utrum tu sis primogenitus meus.

f. 201 folgen XX conditiones doctorum in jure.
f. 201 v. — XX nomina, quibus nominantur doctores juris.
f. 202 — XXX privilegia doctorum juris.
f. 203 — VI Jnsignia doctorum: 1. Cathedra, 2. liber. 3. birretum, 4. annulus, 5. osculum pacis, 6. benedictio.

f. 203 v. steht noch ein überstrichenes Bruchstück einer von Parlebergs Hand geschriebenen Rede, welches an Lodelvicus Comes de Everstein terrae Neugardensis dom. gerichtet ist [1]).

f. 205—208. Casus de homicidio, von Meilofs Hand.

f. 209—222. 10. Joh. Parleberg, Repetitiones.

f. 209. Repetitio de Cod. II. XXVIII: Si adversus venditionem restitutio postuletur, Auth. const. nov. Frid. II. Jmp. Sacramenta puberum; von Parlebergs Hand, am Schluß steht:
f. 216. Repetita in alma universitate Grypesw. Caminensis dioeceseos.
f. 216 v. Repetitio de voto et voti redemptione. Decret. III. 34.
f. 222—232. Bemerkungen von Meilof de casibus homicidii.

f. 234. 11. Guillelmi Cardinalis
Tractatus super contractu venditionis et reemptionis et usurae.

f. 235. Bulla Martini V. Romae, 1425. Decretal. Extravagant. commun. lib. III. tit. V. de emptione et venditione c. I.

---

1) Vergl. Annalen p. 45. Koseg. II. p. 184.

f. 236. **12. Hermanni Slupwachter**

Repetitio de Judiciis.

Decret. II. 1. c. 7. Intelleximus.

Diese Repetitio wurde von Herm. Slupwachter im Jahre 1460 gehalten, als er von Rubenow zum doctor juris canonici promovirt wurde, und wird sie daher auch in der von Rubenow bei dieser Gelegenheit gehaltenen Rede erwähnt[1]) Slupwachter sagt in dieser Repetitio in Bezug auf Rubenow: Sub venerabilium virorum dominorum meorum in facultate juris regentium praepositi egregii viri et domini Henrici Rubenow u. j. doctoris eximii ac hujus almae universitatis studii Grypeswaldensis benedingui patris ac domini mei umbra, licet immeritus et insufficiens hanc cathedram ascendi, qui etiam de sua benignitate aliis expensa dignetur super voluntaria et sua personali defensione me tueri. Wahrscheinlich ist diese Repetitio eigenhändig von Herm. Slupwachter geschrieben, wenigstens enthält die Aufzeichnung seines Rectorats im Universitäts-Album I. f. 28 vom Jahre 1471 ähnliche aber größere Schriftzüge.

4. A. IV. Brauner Lederband,

Folio, 293 Blätter.

13. Georg Walter,

f. 1—287. Commentar zum II. Buch der Decretalen,

Theil II. Tit. 18—30.

Diese Fortsetzung des oben B. 3 A. III. 7. erwähnten Commentars zum II. Buch der Decretalen ist ebenfalls abwechselnd von Walter und Parleberg und einer dritten ungenannten Hand, vielleicht von Joh. Mordorp geschrieben.

f. 1. Parlebergs H., f. 2—5 Walters H., f. 39—130 Joh. Mordorps H., f. 130—131 Meilofs Zwischenbemerkung, f. 132—287 Joh. Mordorps H., wie f. 39 130. f. 287—292 Meilofs H. f. 293 Erkenntniß des Bischofs Henning von Kammin (i. r. fratrum Sleff et Joh. Strellyn) von Parlebergs Hand.

f. 287 ist von Parlebergs Hand geschrieben:

Recollectae II. partis II. Decretalium collectae in schola in alma universitate studii Grypeswaldensis Caminensis dioeceseos ab egregio viro domino et magistro Georgio Walteri decre-

---

[1]) Vgl. f. 200 v.

torum doctore, ibidem ordinario, anno domini 1470 finitae ante festum Nativitatis Christi. Deo laus.

f. 1. steht die oben erwähnte Bemerkung Joh. Meilofs über den Ankauf des Buchs; auf dem Deckel stehen Bruchstücke eines Lateinisch-Deutschen Lexicons.

5. A. V. Verzierter rother Lederband, Folio, 326 Blätter.

14. Joh. Parleberg,

f. 11—323. Commentar zum Codex Justiniani, Lib. II. und III.

Dieser Commentar ist durchgängig von Parlebergs Hand geschrieben; Lib II. Tit. 1—59 in früherer Zeit; Lib. III. Tit. 1—44 in späterer Zeit; Tit. 43. steht nach Tit. 44. Der Schluß f. 323 fehlt.

Dieser Handschrift sind mehrere Abschriften von Urkunden von Meilof hinzugefügt, welche in niederdeutscher Sprache abgefaßt sind.

f. 1. Nr. 233. Appellation des Raths zu Rostock 1495 an Kaiser Maximilian I. (Not. d. Maur. Elshorst).

f. 3 v. Nr. 234. Jnsinuatio appellationis 1495. (Not. d. Maur. Elshorst).

f. 4 v. Nr. 235. Citatio regis Rom. Maximiliani I. contra Elre Lange, 1495.

f. 5. Nr. 236. Jnhibitio regis Rom. Maximiliani I. missa ducibus Megalopolensibus 1495.

f. 5 v. Nr. 237. Confirmatio ducum Magnopolensium 1462. Die Namen der Herzoge sind: Heinrich, Albrecht, Johann, Magnus, Balthasar.

f. 6. Nr. 238. De ducis Magni Megalopolensis controversia cum senatu Rostockensi.

f. 324. Nr. 239. Fragment einer Urkunde, in welcher Herzog Bogislaw X. und Berndt Maltzan, so wie die Stralsunder Burgemeister Mathias Darne, Rolof Molner, Sabell Zeghevrith und Heinrich Schutingk, auch ein Heinrich Haghemeister vorkommen. Das Original der Urkunde fällt zwischen 1484—1486, (die Abschrift ist von Meilofs Hand) und betrifft wohl die Erneuerung der Privilegien der Stadt Demmin, welche sie von Wartislaw IX. und dessen Söhnen erhalten hatte, durch Herzog Bogislaw X. welcher 1478 die Regierung antrat.

B. Meilofsche Sammlung.

Diese Sammlung besteht aus neun Folianten und drei Quartbänden, zusammen aus XII Bänden (B. I—XII).

6. B. I. Pergamentband,

Folio, 292 Blätter.

f. 4—90. 1. Summae, repetitiones atque documenta collecta ab **Hermanno Phibbe.**

f. 4—7. a. Johannis Andreae, Summa IV. libri Decretalium.[1])

f. 4. IV. 1. de sponsalibus

f. 7. Expl. Summa IV. libri Decretalium compilata per Johannem Andreae.
Coll. Rostock 1444 in sexta annunciationis Mariae per me Hermannum Phibbe clericum Osnaburgensem.

f. 7 v. — 21. Ueberstrichne Fragmente von Phibbes Handschrift und Zwischenbemerkungen von Meilof; f. 11. decr. concilii Basiliensis; f. 12. v. Erlaß der Prälaten von Seeland v. J. 1323.

f. 21—44. b. Summaria IX. libri Codicis Justiniani.

f. 44. Hic finiuntur casus summarii novi Codicis collecti in studio Rostockiensi ad instantiam Hermanni Phibbe clerici Osnaburgensis 1444.

f. 44 v. 1447. Jan. 28. Saturn. ego Hermannus Phibbe, clericus Osnaburgensis, fui Rostock promotus in baccalaureum legum cum magistro Johanne Stramel de Lubeck, in sabbate ante purificationem Mariae, item 8 diebus post fui receptus in fratrem collationis in cimiterio.

f. 48. c. Repetitio de condictione indebiti Cod. IV. 5.

f. 51 v. d. Autentica de monachis Cod. I. 2. 13. Auth. Jngressi monasteria.

f. 53. **No. 242.** Urkunde üb. d. Stiftung einer Vicaria in capella sancti spiritus zu Rostock durch Berthold Horstmann.

f. 54. **No. 243.** De religiosorum et monasteriorum successione in hereditate; dabei eine Abschrift Meilofs von der Bulla Clementis IV.

---

1) Vgl. Savigny VI. p. 123.

f. 55. **No. 244.** Urk. ü. d. Erbschaft eines Theodoricus uppen Zande anno millesimo etc. nonagesimo secundo.

Diese Schriftstücke sind von Hermann Phibbe abgefaßt, als er promovirt wurde, wie wir aus zwei Bemerkungen f. 52 und f. 55 sehen:

f. 55. Egregie domine doctor et promotor singularissime haec sunt omnia, quae sentio de hac autentica.

f. 58. e. Summaria II libri Codicis.

f. 77. Ecce est finis summariorum cum notabilibus II libri Codicis.

Dieser Hermann Phibbe war Professor der Rechte in Rostock und vorzugsweise ein Gegner der Stiftung einer neuen Universität zu Greifswald. Der von ihm erwähnte Mag. Joh. Stramel wurde von ihm nach Rom geschickt, um durch eine Summe von 100 Dukaten die Römische Curie zu bestechen, damit die Stiftung der neuen Universität hintertrieben werde. Beide sollen aus Aerger über das Mißlingen ihrer Pläne gestorben sein [1]).

Mit diesen Handschriften des Prof. Phibbe sind zusammengebunden mehrere Repetitiones von Joh. Meilof (f. 77—90) ähnlichen Inhalts und die folgenden Schriften.

f. 90—95. **2. Joh. Meilof und Paul. Elvinck,**

Summaria I libri Codicis Justiniani,

Tit. I—XXVI und LIV.

Diese Argumenten-Sammlung ist von Paul Elvinck, einem Verwandten des Joh. Meilof sehr schön einspältig geschrieben, wie wir aus einer Bemerkung Meilofs f. 95 sehen, der auch Zusätze aus Frid. de Senis hinzugefügt hat f. 95 v.

f. 95. Hos summarios scripsit Paulus de Elvinck ad voluntatem Mag. Johannis Meilof in Livonia in castro Rigensi domini sui pro tunc.

Den Namen dieses Paulus de Elvinck hat Balthasar Avinck gelesen. Die Lesart Elvinck ist aber durch Vergleichung mit einer anderen Stelle gesichert [2]).

f. 97—266. **3. Hermann Phibbe,**

Commentar zu den Institutionen,

Lib. I., II., III., IV. 1—17.

f. 97. Circa initium Jnstitutionum.

f. 106. Finitum Rostock anno domini 1445 in vigilia Jacobi apostoli per me Hermannum Phibbe clericum Osnaburgensem,

---

[1]) Vergl. Bruckmanns Schreiben an Rubenow in Palthens Diplom. Koseg. II. p. 59.

[2]) Vergl. Balthasars handschr. Bemerk. zum Exemplar seiner vitae juriscons. i. d. Gen.-Landsch.-Bibl. in Stett. bei Koseg. I. p. 147. Anm. 29.

ibidem tunc studentem in facultate juridica, quod protestor manu propria.

f. 106 v. Quaestio de Jnstitutionibus Ubertini de Lampugnano utr. jur. professoris, legati principis dom. Galleas in studio Pragensi 1385 sub praesidio Olrici Medeck de Schellenberg (Mon. univ. Prag. III. p. 2, 12, 38).

f. 108. Collecta est haec quaestio in studio Rostockiensi per me Hermannum Detken baccalaureum in artibus discipulo viro Hermanno Phibbe clerico Osnaburgensi ibidem tunc studenti sub anno domini 1446, 6. Sept.

f. 109. Commentar zu den Institutionen, Lib. I, II, III, IV, 1—17, zwiespältig mit rothen Initialwörtern geschrieben.

f. 266. Finitus iste liber anno domini 1447.

f. 281. Distinctio aurea de successione ab intestato.

f. 284. Tantum de illo et sic est finis aureae distinctionis.

f. 284 v. Circa autenticam Cod. IV. 13. Ne filius pro patre conveniatur. l. 5. Nov. const. Frid.: Habita.

In dieser Handschrift befinden sich f. 1 und 2 zwei Urkunden, eine auf Pergament und eine auf Papier.

Nr. 240. Urk. auf Pergament betr. das Kloster St. Georg bei Phedersheym in der Wormser Diöcese v. J. 1353.

Nr. 241. Articuli oblati in causa ecclesiae parochiali Osnaburg. 1403.

Auf dem Deckel befindet sich das Fragment einer Pergament-Handschrift naturwissenschaftlichen Inhalts.

7. B. II. Verzierter brauner Lederband, Folio, 430 Blätter.

f. 1—198. 4. Text der Institutionen.

Diese Handschrift ist von Meilof in jüngeren Jahren geschrieben, mit verzierten rothen Initialen und rothen Ueberschriften; mit Vorbemerkungen f. I—III, Zwischenabhandlungen, Interlinear- und Randglossen, die in späterer Zeit von Meilof geschrieben sind, und seine spätere flüchtige Handschrift zeigen. Diese Handschrift wurde schon von Prof. jur. Schildener entdeckt und von Mühlenbruch mit anderen Codices verglichen [1]). Als Probe der Abweichungen dieser Handschrift gebe ich den Schluß der Institutionen und zwar so, daß ich die in der Vulgata bei Freiesleben stehenden Worte mit eckigen Klammern, die Abweichungen der Handschrift mit runden Klammern bezeichnet habe:

f. 192. Sed de publicis judiciis [haec] exposuimus, ut vobis [possibile sit] summo digito et quasi per indicem ea(m) teti-

---

1) Vergl. Biederstedt, Beitr. zur Gesch. der Kirchen und Prediger, IV. p. 21—23.

gisse, alioqui(n) diligentior eorum (sententia) [scientia vobis] ex latioribus Digestorum seu Pandectarum libris Deo propitio adventura est (etc).

Die Randglossen schließen mit folgender Bemerkung Meilofs:

Fin. summ. libri Jnstitutionum in studio Gryp. anno 1469, ubi Johannes Meilof legum scholaris apparatum Accursii, sicut videtur, conscripsit cum aliis notabilibus[1]).

f. 193 bemerkt Meilof: Libri Digestorum sunt L, XXIV veteris, XIV infortiati, XII novi.

f. 194—219. 5. Tituli Codicis,

Lib. X, XI, XII, mit Interlinearglossen von Meilof geschrieben.

f. 219. Finis titulorum trium ultimorum librorum Codicis, collectorum anno 1470 per Joh. Meilof, legum scholarem, in Livonia in castro Rigensi ex libro domini Gherardi Schafrade, Livonisci Canonici Rigensis, fel. rec.

f. 220—244. 6. Accursii apparatus ad tit. de Actionibus,

Jnst. IV. 6, von Meilof geschrieben[2]).

f. 244 v. Finis apparatus Accursii in tit. de Actionibus Jnstitutionum anno 1471 coll. per Joh. Meilof leg. schol. in Livonia in castro Rigensi.

Dieser Schrift folgen 45 Leoninische Verse und die Bemerkung:

Sequitur liber Authenticarum. (Savigny V. p. 280).

f. 245—281. 7. Jacobi de Belloviso summaria Authenticarum,

Coll. I—IX und Coll. X. von Meilof geschrieben[3]).

f. 281. Expl. casus summarii circa IX collationes Authenticarum domini Jacobi de Bellovisu cum quibusdam insertis ex textu aliorum et ex glossa conscripti in Livonia in castro Wenden anno 1471 per Joh. Meilof leg. schol.

f. 289. **Nr. 245.** Fragment eines Briefes.

f. 291. Expl. casus summarii feudorum (Nov. Coll. X) conscripti in Livonia in castro Wenden Anno 1471 per Joh. Meilof, leg. schol. sub illis temporibus nunc et supernotat. Consiliarium domini Johannis Wolthussen, magistri ordinis Theutonicorum per Livoniam, qui idem magister ordinis depost per suos conpraeceptores fuit vinctus incarceratus in Wenden et depositus.

---

1) Ueber Accursius vergl. Panzirol. II. 29, Savigny V. p. 280.
2) Vergl. Savigny V. p. 281.
3) Vergl. Panzirol. II. 55. Savigny VI. p. 63. Jöcher s. v.

f. 291—314. **8.** Tituli Digestorum,

Lib. I—L, von Meilof geschrieben, mit Glossen (Sav. V. p. 281).

f. 314. Finis titulorum Digestorum s. continuatos glossae conscriptorum per Joh. Meilof leg. schol. in castro Rigensi in Livonia anno 1470, qui isto anno venit in Livoniam et anno 1476 eadem exivit.

Die Pandecten sind hier folgendermaßen abgetheilt:

A. Digestum Vetus. Liber 1—24. **Pars I.** Liber I—IV. **Pars II.** Lib. V—XI. **Pars III.** Lib. XII—XIX. **Pars IV.** Lib. XX—XXIV, 3. **B. Infortiatum** cum tribus partibus (Lib. 24—39). P. 1: XXIV—XXVI. P. 2: XXVI—XXVIII. P. 3: **Pars V.** Lib. XXVIII—XXXV. Jnf. XXXV—XXXVII. **Pars VI.** Lib. XXXVII—XXXIX. **C. Novum** (Lib. 39—50). Lib. XXXIX—XLIV. **Pars VII.** XLV—L.[1])

f. 315. Beilagen hierzu: Scriptura domini archiepiscopi Rigensis contra electum Tarbatensem.

f. 317. Appellationes und **Nr. 246.** Bulla Pauli II. Romae 1475.

f. 319. Jlle archiepiscopus Rigensis, de quo in bulla, fuit reverendus in Christo pater et dominus, dominus Silvester Stotwascher, Prutenus, de Thorne, artium magister, et sacrae Theologiae baccalaureus, homo doctus, in utroque jure satis expertus; ille autem episcopus, contra quem illam bullam impetravit, fuit reverendus pater Helmicus de Mallingkroath, Westphalus, canonicus regularum Praemonstratensis ordinis in Cappenberch, factus episcopus Tarbatensis ecclesiae, homo indoctus, inexpertus et bibulus, qui ad suggestionem sui decani renuntiavit fratri illud juramentum. —

Jlle decanus fuit dominus Andreas Peper, Westphalus de Bockholth decretorum doctor, qui eundem dominum Helmicum episcopum suum suis persuasionibus induxit ad resignandum ecclesiae suae Tarbatensis ad ejus utilitatem, quam idem obtinuit et rexit solum adhuc tres annos et obiit pauper.

f. 321—345. **8 b. Joh. Petrucii**

dicta de pactis et usuris libri VI. Decr. etc.

f. 344 v. Conscripta in castro Rigensi scilicet incipiendo de: „usurae an fuit praemissae" ex recollectis venerabilis viri domini et magistri Leonardi Rothasse, Pruteni, decretorum doctore eximii, uxorati et consiliarii dominorum ordinis Theutonicorum in Livonia, quas ipse manu propria scripsit super II, III et IV Codicis in studio Perusino, qui obiit Revaliae, cujus anima requiescat in Deo.

Statt Perusino stand früher Paduano und ist später ausgestrichen. Petrucius de Montesperello lebte bis 1464 zu Perugia [2]).

---

[1]) Vergl. Hugo Civ. Curs. I. §. 108, 5. Savigny V. p. 12.
[2]) Vergl. Jöcher, Gel. L. s. v. Savigny VI. p. 490.

f. 345—377. **9. Azonis,**

Tituli Codicis Justiniani,

Lib. I—IX, von Meilof geschrieben, mit Glossen (Sav. V. p. 27).

f. 377 v. Finis titulorum legalium IX librorum Codicis conscriptorum per Joh. Meilof leg. schol. secundum continuatos domini Azonis et finitorum in Livonia in castro Rigensi, 1474, die dominica Quasimodogeniti, hora vespertina.

Beilage f. 378 de judicibus, f. 379 de beneficiis.

f. 381—422. **10.** Commentar zu den Institutionen,

Lib. I und Anfang von Lib. II, von Meilof geschrieben.

f. 422. Finit. in praeclaro studio Grypesw., 1474, 28 April, die vero lunae.

Wenn diese Jahreszahl 1474 zu lesen ist, so müßte dieser Commentar z. d. J. während eines vorübergehenden Aufenthalts in Greifswald geschrieben sein, da Meilof f. 314 bemerkt, daß er 1470 nach Livland gegangen und erst 1476 zurückgekehrt sei. Vielleicht ist aber 1477 zu lesen.

Beilage f. 423. De praescriptis. f. 427. Tituli speculi judicialis Guilelmi Durantis. Pars I, 1—4. Pars II, 1—4. (Sav. V. p. 582.)

Auf dem Deckel dieser Handschrift befindet sich das Fragment einer Pergament-Urkunde **Nr. 247**, von einem Notar Nicolaus Pantelliz cler. Roscilde unterzeichnet und Fragmente eines Vocabul. Juris. —

8. B. III. Verzierter brauner Lederband,

Folio, 422 Blätter;

Davon 107—740 von Brockmann paginirt. Dieser Band bildet den II. Theil zu dem gleich gebundenen Bande 7. B. II.

f. 1—107. **11. Michaelis de Marustica**

Summae Jnstitutionum.

f. 107. Expl. summarii cum notabilibus Jnstitutionum domini Michaelis de Marustica [1]) sollempniter per eum collecti in studio Paduano 1455. s. collati in studio Grypesw. anno 1470 Johanne Meilof leg. schol. et promot. per eundem (Joh. Parleberg). Die letzten Worte sind von Meilof hinzugefügt und beziehen

---

1) Ein Gerardus de Marustica, Bischof von Padua wird erwähnt Sav. III. p. 276, IV. p. 137.

sich auf p. 209, wo von Parleberg berichtet wird. Diese Worte sind später geschrieben als die auf p. 209.

Diese Summarien zu den Institutionen zeigen außer Meilofs Hand noch mehrere andere Hände, welche mit einander abwechseln. Vielleicht ist der Schluß, vom IV. Buche an, von dem oben erwähnten Rostocker Professor H. Phibbe geschrieben.

Beilage. p. 113. Haec scripta sunt ex glossis.

p. 117. Conscripta in civitate Riga in domo circumspecti viri domini Steffani van d. Sande consulis Rigensis sc. incipiendo ibi not. Jmperator app. sc. s. (p. 108) ex libris honorabilis presbyteri domini Johannis Sleff de Grypeswaldis Canonici Rigensis, (fel. rec. or. p. e.) s. Consulis et canonici. Et haec scripta fuere pro deductione temporis ad vitanda otia.

p. 121—428. 12. Johannes Parleberg,

Commentar zum Codex,

Lib. III, tit. 36—44. IV, 21—35.

p. 209. Coll. in studio Grypesw. anno 1470 ab ore doctoris Johannis Parleberch, ordinarii in legibus per Joh. Meilof. leg. schol. ibidem, qui statim, postquam incepit quartum, ingressus fuit in Livoniam.

Wir empfangen in dieser Bemerkung die zweite genaue Bestimmung über Meilofs Berufung nach Livland. — Der erwähnte IV. Theil ist der Commentar zum Codex liber IV, tit. 21—35, welcher p. 210 beginnt.

p. 428. Haec conscripsit Magister Johannes Meilof in universitate Grypesw.

p. 431—643. 13. Summaria Codicis,

Libr. III—VIII, von Meilof geschrieben.

p. 643. Expl. casus summarii sex librorum Codicis conscripti per Johannem Meilof legum scholarem; in Livonia in castro Rigensi, anno 1474, consiliarii pro tunc domini Bernardi de Borch magistri ordinis Theutonicorum per Livoniam.

p. 644. Ea, quaè sequuntur usque in finem conscripsit magister Johannes Meilof in universitate Grypesw.

Papirum hujus scripturae incipiendo ibi, ubi incipiunt summarii III libri Codicis, emit idem magister Johannes (Meilof) in Letphania in civitate Vilna sub episcopatu domini Johannis ejusdem ecclesiae Vilnensis episcopi fel. rec., in cujus locum electus successit dominus Andreas Petri artium et decretorum doctor atque ejusdem ecclesiae Archidiaconus.

Man sieht aus dieser Bemerkung, wie wichtig man das Papier hielt, indem der Ankauf desselben so ausführlich berichtet wird. Letphania ist eine abweichende Form für Lituania, Littauen.

f. 645–740. **14.** Tabulae et Repetitiones ad Codicem.

Dieselben sind von p. 645 von Meilof geschrieben, von 721—737 folgt eine andere schönere Handschrift, über die folgende Bemerkung p. 737: Fin. in alma universitate Gryp. anno 1477 in utilitatem Joh. Meilof.

p. 645 a. Differentiae canonum et legum centum. (Vergl. 2. A. II. f. 357.)
p. 653 b. Repetitio ad Cod. II. IV. 18. de transactionibus. (Vergl. 2. A. II. f. 349.)
p. 657 c. Repetitio ad Cod. IV. XXXV. 15. mandati vel contra. (Vergl. 2. A. II. f. 360 v.)
p. 664 d. Bartholomaeus de Saliceti prologus in textum Codicis (Vergl. Panzirol. II. 78, Sav. IV. p, 259—266) et consilium i. m. furti et spolii.
p. 669 e. Angeli de Perusio Repetitio authentica: ut nulli judicum liceat habere servatorem (Nov. IX. 17) et consilium in judicio reivindicationis (Sav. VI. p. 254).
p. 687 f. Tractatus Jacobi de Butriga; quid opponi debeat compromisso (Panz. II. 56. Sav. VI. p. 70.)
p. 691. Beil. Urkunde **Nr. 247 b.** Littera venditionis, Colberg, 1351, in Abschrift von Meilof.
p. 693 g. Repetitio ad Cod. II. III. 4: de pactis; conscr. p. Joh. Meilof in un. Gryph.
p, 717 h. Barth. de Saxoferrato tractatus de Repressalibus (Panz. II. 67. Sav. VI. p. 175).

Auf dem Deckel befindet sich das Fragment einer Pergament-Urkunde **Nr. 248** vom Jahre 1391 v. Wenemarus de Bruggenoye mag. ord. hosp. S. Mar. Theut. in Livonia.

9. B. IV. Verzierter brauner Lederband,

Folio, 379 Blätter.

Dieser Band bildet den III. Theil zu den gleich gebundenen Bänden 7. B. II. und 8. B. III.

f. 1—121. **15.** Summaria Decretalium,

Lib. I—V, von Meilof geschrieben.

f. 119. Fin. in Livonia in castro Cockenhussen anno 1476 per Johannem Meilof pro tunc cancellarium officii generalem et oratorem reverendi patris domini Silvestri s. ecclesiae Rigensis archiepiscopi[1]).

Ueber Cockenhussen, welches auch Kackenhausen hieß, vergl. M. Zeiller u. M. Merian Beschreibung Livlands p. 14.

---

[1]) Vergl. 7. B. II. f. 319. Vergl. Balthasars Randbemerk. zu vitae ictorum. Koseg. I. 147.

f. 122—169. **16. Andreae Didaci** Hispani Megarensis, Lumen confessorum, oblatum 1429 Cardinali de Ursinis.[1])

f. 169. Conscript. Magistro Johanni Meilof per familiarem suum Paulum de Elvinck in castro Rigensi, qui idem Joh. Meilof erat consiliarius domini Bernardi de Borch, magistri ordinis Theutonicorum per Livoniam, ex libro honorabilis presbyteri domini Ludowici Dickenberg Pomerani, vicarii in ecclesia metropolitana Rigensi. fel. rec. or. p. e.[2]).

f. 170—186. **17. Andreae de Escobar Hispani,** Contra errores ecclesiae Graecanae liber.

In diesem Buche werden 40 Irrthümer der Griechischen Kirche, vom Standpunkt der Römisch-Katholischen Kirche nachgewiesen und widerlegt. **Nr. 16** und **17** sind sehr schön mit rothen Initialen von Paul Elvinck geschrieben.

f. 186. Conscript. per supra dictum Paulum (Elvinck) domino suo magistro Johanni Meilof, in castro Rigensi ex libro venerabilis viri domini Henrici Nettelhorst de Lubeck, sacrae theologiae doctoris eximii, canonici Rigensis et plebani apud St. Petrum in Riga, fel. rec. or. p. e.[3])

f. 187—323. **18.** Observationes ad Decretales collectae ab **Joh. Meilof.**

f. 187. De monachis; de indulgentiis.

f. 190 v. Repetitio de foro competenti. Decr. II. 2, c. 19. Proposuisti.

f. 194. a. Friderici de Senis quaestiones.

f. 224 v. Repetitio ad Decretal. III. V. de praebendis c. 19: Dilectus; ante doctoratum.

f. 229. Hoc conscripsit M. J. Meilof s. incipiendo a repetitione c. Proposuisti in castro Kockenhussen ex libro rev. i. Chr. patre de Silvestri s. eccl. Rigensis archiepraesulis art. m. et s. theol. bacc.

f. 230. b. Dominici episcopi Brixiensis tabula quaestionum (Fabr. s. v. Dom. de Dominicis ep. Brixiensis).

f. 244. Jn Cockenhussen 4 Nov. 1475 ex libro honorabilis presbiteri Georgii van Ungheren canonici Livonisci Tarbatensis.

---

1) De Andrea de Escobar Hispano conf. Fabr. s. v.
2) Vergl. Balthasars Randbem. zu vitae ictorum. Koseg. I. p. 147.
3) Vergl. Balthasars Randbem. zu den vitae ictorum bei Koseg. I. p. 147.

f. 246. c. Andreas Barbatius de Sicilia ad Decretal. II. 2.—III. 16. (Sav. VI. p. 481.)

f. 279. Haec conscripsit M. J. Meilof incipiendo s. de crimine sacrilegii, an sit ecclesiasticum (f. 248 v.) ex recollectis domini et magistri Georgii Hollant, Pruteni, decretorum doctore egregii atque praepositi Rigensis, quas collegit ab ore famosi doctoris utriusque juris Andreae de Cecilia in studio Bononiensi.

Zu bemerken ist die abweichende Form Cecilia für Sicilia (Panz. II. 116). Als Beilage folgt: Nota quasdam dictiones f. 279 v.

f. 281. d. Johannes Andreae ad Decretal. III.

f. 295. Haec omnia incipiendo s. ibi de Jndulgentiis crucesignatis datis (f. 188) conscripsit M. J. Meilof in Livonia in castro Cokenhussen, qui erat cancellarius Archiepiscopi Rigensis, alia, quae sequuntur, in universitate Grypeswaldensi conscripsit.

f. 296 folgt ein Fragment von anderer Hand, mit Ergänzungen von Meilof bis f. 298.

f. 298. e. Circa lecturam arboris cognationis spiritualis, mit dem Arbor f. 302.

f. 303. f. Caspar Calderinus (Joh. fil.) ad Decretales. (Panz. III. 21.)

f. 316. g. Circa arborem cognationis legalis mit dem Arbor f. 318.

f. 323–345. **19. Joh. Meilof,**

Promotionsreden (1477 in univ. Gryp.)

f. 328. De infantibus et languidis expositis. Decr. V. 11.

f. 331. Beilagen: Repetitiones de transactionibus; de electione; de appellatione; de simonia.

Der Anfang der Promotionsschrift ist von Paulus Elvinck geschrieben (von f. 323—325 und f. 328—330), das Uebrige von Meilof. Ueber seine Promotoren Johannes Parleberg und Johannes Brugge und seine Genossen vergl. Annalen p. 53, Koseg. II. p. 189 und oben 2. A. II. in fine; f. 330 hat Meilof den schon oben erwähnten Bericht über seine Promotion, den Antritt seiner Professur und seiner geistlichen Aemter gegeben, der bei Balthasar vitae jurisconsultorum progr. IV. vita XVII. p. 9—11 und bei Kosegarten, Gesch. d. Univ. II. p. 198—199 abgedruckt ist.

f. 345—368. **20. Hermannus Jode,**

Promotionsreden (1425 in studio Rostock).

Das Thema der Rede I ist entnommen aus Paralipomena (Chronica) I. c. 22 (23). v. 16. Surge et fac et dominus erit fecum.

f. 347. Repetitio ad Decret. II. XIII. 14. De restitutione spoliatorum.

f. 355 v. Ego Hermannus Jode frater ordinis Theutonicorum sub rectoratu domini licentiati in decretis magistri Tiderici Zukow per venerabilem virum dominum Ludolfum Gruwel decretorum doctorem in baccalaureum in jure canonico promotus fui mense Febr. d. XIII anno 1425; et a festo Nicolai usque ad illud tempus steti ultra triennium, quod statutum universitatis exigit et requirit. Examinatus autem fui per praefatum dominum doctorem nec non magistrum Joh. Voss utriusque juris doctorem, in aestuario domus domini Nicolai Trekel presbyteri in foro antiquo oppidi Rostockensi mense Febr. d. X. hora III. post meridiem, et per eos approbatus.

f. 356. Oratio, quum incepi III librum Decretalium.

f. 359. De Judaeis et Saracenis. Decret. V. 6.

f. 363 v. Repetitio de Jud. et Sar. Decr. V. 6. c. 5.

f. 368 v. Oratio, quum incepi IV librum Decretalium.

Diese Reden sind sämmtlich von Hermann Jode geschrieben. Ueber die Rostocker Professoren Tidericus Zukow, Ludolfus Gruwel und Johannes Voß vergl. Krabbe, Geschichte der Univ. Rostock I. p. 67 ff. Dieser hier erwähnte Tidericus Zukow ist derselbe, welcher oben in 2. A. II. f. 279 nur mit seinem Vornamen Theodoricus genannt ist und die Vorlesung über das I. Buch der Decretalen gehalten hat. —

f. 369—379. 21. Johannes Andreae,

Circa lecturam arboris consanguinitatis;

Decreti Pars II. Causa XXV. quaest. 5.

(Duplikat in C. I. Nr. 14. f. 124 v. Sav. VI. p. 124)

f. 372 v. Arbor, vom septimus avus bis zum septimus nepos durch 21 Generationen durchgeführt.

f. 375 v. Arbor affinitatis.

f. 376. De successione ab intestato Henrici Odendorp.

f. 377 v. Et sic est finis istius nobilis distinctionis Henrici Odendorp.

Diese Handschrift, welche die Abhandlung des Johannes Andreae über die Verwandtschaftsgrade mit zahlreichen Randbemerkungen enthält, scheint nach einer Vorlesung des Henricus Odendorp geschrieben zu sein, vielleicht eines Verwandten des bekannten Greifswalder Juristen Joh. Oldendorp[1]).

Auf dem Deckel befinden sich Urk. **Nr. 249**, Fragment einer niederdeutschen Urkunde, die Stadt Riga betreffend, v. J. 1435 und Pergamentstreifen, welche lateinische Predigten enthalten.

---

[1]) Krabbe, Gesch. d. Univ. Rostock I. p. 374—406. Koseg. I. p. 172. Balthasar vitae Jctorum VII. XXXVII. Anm.

10. B. V. Verzierter brauner Lederband, Folio, 305 Blätter Manuscript und 23 Blätter Druck, von Brockmann foliirt.

f. 7—153. **22. Bartoli de Saxoferrato,**

Summaria ad Digesta lib. I—XXIV. i. e. Vetus et XXXIX—L. i. e. novum. (Sav. VI. p. 182.)

f. 93. Finis Summariorum Digest. Veteris domini Bartoli de Saxoferrato finitorum per Joh. Meilof legum scholarem in Livonia in castro Rigensi 1474.
f. 93—99. Beilagen: Joh. Calderinus circa Infortiatum.
f. 153. Expl. casus summarii Digest. Novi cum quibusdam notabilibus domini Bartoli de Saxoferrato conscripti per Joh. Meilof leg. schol. in Livonia in castro Rigensi et finiti anno 1474, quo regnabat pestilentia in Livonia.
f. 1—7 Beilage de Romulo et civitate Romana.

f. 154—157. **22b.** Prooemium Digestorum.

f. 157 wird die Erzählung von Diomedes und Glaucus auf die Thätigkeit des academischen Lehrers angewendet.

f. 157—209. **23.** Observationes ad Digesta, ad Codicem et Decretales, collectae ab **Joh. Meilof.**

f. 157. Frid. de Senis Quaestio de inventario ad materiam Jnfortiati; disputata in studio Perusino anno 1318.
f. 160. Frid. de Senis consultationes. (Sav. VI. p. 491).
f. 164. Bart. de Saxoferrato repetitio ad Cod. XII. 1. de dignitatibus, c. 13. Mulieres. (Sav. VI. p. 169.)
f. 172. Barth. de Salicete repetitio ad Digesta XXII. 1. de usuris, c. 32 mora. (Sav. VI. p. 268.)
f. 187 v. Johannis Fabri lectura arboris actionum (Panz. II. 61. Sav. VI. p. 44.)
f. 196 v. Fin. 19 Juli 1476 in universitate inclita Grypeswaldensi per magistrum Joh. Meilof, postquam venit ex Livonia.
f. 197. Beilage von anderer Hand de Cod. VII. 14. de ingenuis manumissis et in modo retinendi carceratos.
f. 198. Johannes Meilof Repetitio ad Decretal. III. XXIV. De donationibus c. 2. Fraternitatem.
f. 203. Hanc repetitionem collegit M. Joh. Meilof, utriusque juris baccalaureus, ad repetendum pro licentia recipiendi Jnsignia doctoralia in jure canonico, postquam pro eodem actu licentiae recipiendae finivit lectionem suam sibi deputatam in decreto, in alma universitate Grypeswaldensi anno 1480.

Diese Abhandlung diente dem Prof. Joh. Meilof zur Erlangung der Würde eines Licentiaten, nachdem er früher

1447 [1]) die Würde des Baccalaureus empfangen. In dieser Zeit trat er auch das Amt eines Ordinarius der Juristen-Facultät an [2]). Die im Album und von Meilof angeführten Jahreszahlen weichen von dieser wohl nur scheinbar ab. Nach jenen beginnt er 1479 in novis juribus zu lesen und wird licentiatus in legibus. Die hier erwähnte licentia in jure canonico wird er erst 1480 erlangt haben.

f. 204. Urk. Nr. 250 a. Libellus oblatus anno 1664 per Petrum Torghelow consulem Stettinensem coram notario Wenceslao.

f. 207. Urk. Nr. 250 b. Edictum Sigismundi Jnspruck, 1461.

f. 209—223. **24.** Tractatus de actionibus, de interdictis et de edictis Jmperatorum,

propos. p. Laurentium procur. caplani Rothomagensis.

Diese Handschrift ist zwiespältig, von älterer Hand geschrieben und stammt vielleicht aus Rubenows Bibliothek.

f. 224—234. **25.** Casus super discordiis et controversiis inter regem Daciae et duces Sleswicenses et scripta tria doctorum super eo,

geschrieben von Hermann Jode von Rostock [3]).

Der in dieser Schrift erwähnte dänische König ist Erich XII. von Pommern, dessen Kanzler Rubenow gewesen sein soll. Die Herzoge von Schleswig-Holstein sind Heinrich († 1427, 30 Jahr alt), Adolf VIII. († 1459) und Gerhard postumus († 1433). Der in dieser Schrift erwähnte Streit zwischen Erich und den Herzogen, in welchem der Herzog Rumpold von Schlesien als Schiedsrichter und schon als verstorben erwähnt wird, fällt ins Jahr 1423 [4]). Diese Urkunde stammt vielleicht aus Rubenows Bibliothek und könnte ein Beleg dafür sein, daß er Kanzler des Königs Erich war, welches bezweifelt wird [5]).

f. 227. Consilium Friderici de Senis de spuriorum successione. (Sav. VI. p. 491.)

---

1) Vergl. 9. B. IV, f. 323.

2) Vergl. Album f. 42. Koseg. I. p. 125, 147. Balthasar vitae ictorum IV. XVII. p. 10.

3) Vergl. B. IV. f. 345—368.

4) Vergl. Kantzow, Pom. ed. Koseg. II. p. 12. Dreyer in Gadebusch Pomm. Samml. I. p. 21. Dinnies das. p. 42. v. d. Hardt, hist. conc. Constantiensis. IV. p. 283. Als advocati consistoriales werden erwähnt Joh. de Milis und Sanctus de Uinianis. Barthold, Pomm. Gesch. IV. 1. p. 62.

5) Vergl. Koseg. I. p. 46.

f. 228. Consilium Jacobi Butrigarii de eodem casu. (Sav. VI. p. 70.)

f. 230. Consilium Pauli de Lazare (Panz. III. 22.) de eodem casu.

f. 231. Bart. de Saxoferrato tractatus de armis, in Cockenhusen 1475 von Meilof geschrieben. (Nov. VI. 13.)

f. 235—331. 26. Urkunden-Sammlung,

Theil 1. Nr. 1—37,

als Belege zum Proceßrecht von Meilof angelegt.

f. 235. Nr. 1. Excerpta ex jure Feudorum; von Paulus Elvinck geschrieben.

f. 236. Nr. 2. Copia mandati ordinis hospitalis Mariae Theutonicorum in Livonia v. J. 1477, vielleicht auch von Paul Elvink, aber mit kleineren Zügen geschrieben. Der wiederholt von Meilof erwähnte Bern. de Borch wird mehrere Male in dieser Urkunde genannt.

f. 238. No. 3. Copia appellationis in Silvestrum episcopum Rigensem a. 1477 von derselben Hand, wie Nr. 2 geschrieben und ebenso mit Zusätzen von Meilof versehen.

f. 240. Nr. 4. Libellus pro Jacobo Rust et Johanne Thun presb. ad sanctum Petrum in Rostock; enthält am Schluß folgende Rechnung:

1. Dominus Johannes Thun percepit a Tyt. Krass. II tremodios siliginis (mod. XIIII s.) summa XXI marc.
2. XV modios siliginis a Albrecht Went XIII marc, II sol.
3. II modios siliginis a Anthonio Buck XXVIII sol.
4. Jdem dominus Johannes (Thun) arrestavit apud Tytke Krass. XXXII marc, pro quibus omnes villani in Papendorf fidem d.
5. Summa Summarum XXII floren. rhenens. et 1 postulatus floren.

f. 241. Nr. 5. Appellatio fratris Palmer Corboensis conventus, reformatoris ord. praed. congr. Hollandiae vicarii Magdeb. Brem. Rostock. Wismar. Hallens. Rigens. Tarbatens. an. 1487, in Abschrift von Meilof.

f. 241 b. Nr. 6. Appellatio Hermanni Stockbrant ad officialem Coloniae; Alte Handschrift in Quart.

f. 242. Nr. 7. Abschrift der Anstellungsurkunde des Professor Georg Walter als Nachfolger des Prof. Zankenstede als Ordinarius der Juristen-Facultät im Jahr 1458. Dieselbe ist von Rubenow vollzogen und vielleicht aus dem verlorenen Decanatbuch der Juristen-Facultät abgeschrieben [1]).

Jn nomine domini amen! Anno a nativitate ejusdem etc. (1458) personaliter constituti, honorabiles ac egregii viri, domini doctores et licentiati, totum collegium juridicae facultatis pro ista vice repraesentantes: Hinricus Rubenow, utriusque juris doctor, almae universitatis Grypeswaldensis vicecancellarius perpetuus, tam quam fundator principalis universitatis saepe dictae, nec non decanus juridicae facultatis, Hinricus Zankenstede, artium et legum doctor eximius, sacrarumque legum ordinarius universitatis praefatae; Hermannus Slupwachter, decretorum licentiatus, Camminensis ecclesiae canonicus ac thezaurarius; Joachim Zotebotter, legum licentiatus, ea vice totum juridicae facultatis repraesentantes — venerabilem ac egregium virum, dominum Georgium Walter, juris canonici doctorem eximium, in lectionem ordinariam sacrarum canonum, — vice et loco egregii doctoris Hinrici Zankenstede, primum ad eandem lecturam ordinariam canonum acceptati, et in receptione praedicti doctoris Georgii consecuti totumque suum jus, ex tali ejus receptione ad eam lecturam sibi (H. Zankenstede) competens, in praefatum doctorem Georgium transferentis seu conscedentis, — acceptaverunt et constituerunt; ac etiam dominus doctor Henricus Rubenow, tam quam fundator universitatis praedictae principalis, eum acceptat sub eadem pensione ac forma, quae prius nominatus doctori Henrico Zankenstede in sua receptione nominatim fuit constituta, sc. pro summa annuatim XL floren. Rhenens. cum media collecta, una cum habitatione in domo Juristarum pro ordinaria deputata; sup. f. proximo festo Michaelis instantem stipulationem ac solempnem permissionem merite ordinaverunt sup. q. etc.

Namentlich ist die Bestimmung des Gehalts (pensio) eines Ordinarius der Juristen-Facultät interessant, d. i. 40 Gulden Gehalt, collecta Collegienhonorar und freie Wohnung im collegium juristarum, dem zuletzt von Professor Gesterding bewohnten Amtshause.

f. 243. Nr. 8. Appellatio Adriani de Mera s. Theol. prof. an. 1478; Abschrift von Meilof.

f. 244. Nr. 9. Edictum Adriani de Mera contra Hermannum Meyer Saxoniae fratrem, 1488; alte Handschrift wie Nr. 6; an Meilof eingesendet, wie sich aus der Brief-Aufschrift Venerabili fratri Meilof ergiebt; dazu Nachträge von Meilofs Hand.

f. 246. Nr. 10, 11 u. 12. Drei Actenstücke aus einem Proceß zwischen dem Presbyter Ludolphus van Dorpen und dem civis Gryp. Jacobus Petzkow wegen eines Hauskaufes in

1) Vergl. Koseg. I. p. 93, II. p. 161, 283, 285 über die zu ergänzende Jahreszahl.

Greifswald im Jahr 1474, von derselben Hand geschrieben und mit Zusätzen von Meilofs Hand. Nr. 10. Libellus Jacobi Petzkow contra presb. Ludolphum van Dorpen coram officiali Bartoldo Hiltermann; Nr. 11. Exceptio Ludolphi van Dorpen; Nr. 12. Duplicatio [1]).

f. 258. Nr. 13, 14, 15, 16, 17 a, b. Sieben Actenstücke betreffend die Verleihung einer Präbende an den Professor der Rechte Martin Karith in Greifswald vom Jahr 1482, von derselben Hand geschrieben mit Nachtrag von Meilof. Nr. 13. Bulla Sixti IV oblata abbatibus in Belbuck et Hilda (beglaubigt durch den oben erwähnten Notar Joh. Mordorp manu propria. Vergl. Bd. 4. A. IV. Koseg. II. 112.) f. 260 v. Nr. 14. Libellus Martini Karith iisdem oblatus, von Joh. Mordorp beglaubigt manu propria. f. 262. Nr. 15. Articuli ab eodem oblati. f. 264 v. Jnstrumentum declarationis Nicolai Bruckmann vicedomini episcopi Camminensis, vom Notar Wesseling beglaubigt. f. 268. Nr. 17 a. Jnstrumentum protestationis, vom Notar Nic. Barnekow beglaubigt. Nr. 17 b. Jnstrumentum electionis, vom Notar Jac. Gherardi beglaubigt.

f. 273. Nr. 18. Libellus Conradi de Gnoyen oblatus coram M. Joh. Parleberg subconservatore universitatis et commissione. (Diese Schrift fällt etwa in die Zeit zwischen 1480 und 1483, wo Parleberg starb) von Mordorp m. p. geschrieben und wohl ebenso wie Nr. 13—17 aus Parlebergs Nachlaß.

f. 274 v. Nr. 18 b. Appellatio Martini Groper a denegatione petitae institutionis, von Meilof geschrieben.

f. 275. Nr. 19. Libellus obl. a fratribus Ghatebent coram officiali Alberto Ludwigshusen per procuratorem Petrum Badendick; in alter Handschrift mit brieflicher Aufschrift: Dom. Petr. Badendik et Hen. Ghatebent [2]).

f. 277. Nr. 20. Nachtrag zu den oben erwähnten Actenstücken aus dem Proceß Dorpen — Petzkow, Nr. 10—12, von anderer Hand, mit Zusätzen von Meilof.

f. 277 b. Nr. 21. Exceptio Nicolai Mechow studentis almae universitatis studii Gryp., alte Handschrift in Quart.

f. 278. Nr. 22. Protestatio Hinrici Nigebur clerici Zweri-

---

[1]) Vergl. Brockmann, vom Bischöfl. Official zu Greifswald, 1784. p. 12—14. Dieser Ludolf van Dorpen war wohl ein Verwandter von Rubenows Feind oder derselbe, da die Nachrichten über sein Ende verschieden lauten. Vergl. Koseg. I. p. 110, II. p. 165, 168.

[2]) Vergl. Brockmann Offic. p. 15.

nensis contra exceptiones oblatus a Dorothea Beckeren vidua mercatrice Gryp., von derselben Hand, wie Nr. 10—12 geschrieben, mit einer Brief-Aufschrift: Honorabili viro Gryp. residenti p. v. Gr. Der verloschene Name war vielleicht Hiltermann. (Vergl. Brockmann Official p. 13.)

f. 276 v. f 281—286. Nr. 23, 24, 25, 26, 27. Verschiedene Actenstücke aus einem Proceß der Stadt Riga, von Meilofs Hand, dabei Abschriften von Bullen Alexander IV und Gregor VIII und Innocentius IV. Nr. 25. Litterae concilii Basiliensis de ecclesiis Rigensibus, vom Jahre 1440, in alter Handschrift. Nr. 26. Bulla Urbani IV, mit der Bemerkung: Jsta copia concordata de verbo ad verbum cum bulla originali. Nr. 27. Bulla Clementis IV, mit derselben Bemerkung.

f. 287. Nr. 28. Libellus Joach. Schröder clerici Sver. contra Berend Moltzan vasallum et marschalcum Stettinensem coram officiali Bartoldo Hiltermann oblatus.

f. 287 v. Nr. 29. Libellus contra Arnoldum Vader presbyterum, perpetuum vicarium in capella St. Spiritus Gryp. coram Nic. Krogher eccl. St. Nic. Gryp. rectore 1445 oblatus, in Abschrift von Meilof; enthält die Anklage gegen den Priester Arnold Vader i. p. furti et spolii durch die Herzoge Wartislaw IX und Barnim und ihren Procurator Hinr. Dabermann, und den Bericht über das Gefängniß, die Vertheidigung, Leibesstrafe (ligatio), coronatio und Prangerstellung (inschalatio) „propter famosos libellos contra (accus.) conscriptus". Ausführlich wird die ligatio in dorso, die impositio coronae scandali in caput und die inschalatio, d. h. die Aufrichtung der scala (Pranger) beschrieben und wie die Leute „fur, fur, raptor, raptor" gerufen. Diese Schrift ist unterzeichnet von vier Notarien u. i. Hermannus Kock clericus Havelbergensis dioeceseos. Dabei bemerkt Meilof: Qui quidem Hermannus Kock clericus Havelbergensis dioeceseos post aliquos annos fuit etiam inschalatus ibidem in eodem oppido Gryp. ob conscriptionem famosi libelli contra dominum Henricum Rubenow u. j. drn. et proconsulem Gryp. [1])

f. 289. Nr. 30. Executorium Olavi episcopi Avosiensis (Abo) a. 1425 von den Notarien Henricus Pattensen und Henricus Trugeleibb beglaubigt, in Abschrift von Paul.

---

[1]) Vergl. Brockmann Official. p. 9, welcher diese Acte wegen des darin vorkommenden bischöflichen Officials Petrus Mertze erwähnt. Annal. p. 18. Koseg. II. p. 168.

Elvink, enthält Bullen von Innocentius VI und Martinus und Beilagen von Meilof.

f. 298. Nr. 31 und 32. Zwei Briefe in Niederdeutscher Sprache vom Jahre 1476, an die Ritterschaft und Mannschaft von Livland (Harien und Wierlandt oder Weyern d. h. die beiden Theile von Livland) und den Rath von Reval vom Hochmeister Bern. v. d. Borch und Antwort an demselben; von Paul Elvink geschrieben.

f. 300. Nr. 33. Supplicatio in causa Rostockensi ad papam Jnnocentium VIII, von Meilofs Hand.

f. 302. Nr. 34. Niederdeutsche Urkunde von Paulus Elvink geschrieben, mit der Aufschrift: **Saken twyschen den Darplischen und Herrn Symon van der Borch vorliketh und verdregeth**, d. h. Rechtshändel zwischen Johannes, Bischof von Dorpat und dem Hochmeister Sym. v. d. Borch. Beilage von Meilof.

f. 303. Nr. 35, 36 a, b, c. **Vier Niederdeutsche Urkunden über Streitigkeiten zwischen d. Stadt Greifswald u. d. Kloster Eldena wegen d. Wyker Hafens.**

Nr. 35. Bestätigung des Vertrags durch Wizlaw IV von Rügen im Jahre 1306 [1]).

Diese Urkunde ist in lateinischer Sprache abgedruckt in Daehnerts Pomm. Bibl. V. p. 308 und IV. p. 17.

Nr. 36 a. Vergleich zwischen der Stadt Greifswald und dem Kloster Eldena über einen Teich zu Boltenhagen v. J. 1304 [2]).

Nr. 36 b. Vergleich wegen des Hafens zu Wyk und der Fischerei so wie über die Jurisdiction in Wyk v. J. 1306 [3]),

Nr. 36 c. Vergleich zwischen Stadt und Kloster wegen des Wyker Hafens durch Bischof Philipp von Kammin im Jahre 1383, enthält nur die Erklärung des Raths, nicht die bei Daehnert, Pomm. Bibl. IV. p. 179 abgedruckte Erklärung des Klosters [4]). Die 3 ersten Urkunden haben die Bemerkung: Auscultata et translata est pr. copia de latina in teutonicum per me Bernhardum Conradi clericum Verdensis dioeceseos publ. sacra Jmperiali notarium et concordata cum suo vero originali de verbo ad verbum, quod manu protestor mea propria.

---

[1]) Vergl. Gesterding, Beitr. zur Gesch. d. Stadt Greifsw., p. 30, Nr. 58.

[2]) Vergl. den lat. Abdruck bei Daehnert, Pomm. Bibl. V. p. 305. Gesterding, p. 29, Nr. 54.

[3]) Vergl. den lat. Abdruck bei Daehnert, Pomm. Bibl. V. p. 307. Gesterding p. 29, Nr. 57.

[4]) Vergl. Gesterding, Beitr. zur Gesch. d. Stadt Greifsw., p. 74, Nr. 194.

Unter der letzten Urkunde steht:

Auscultata et collationata est pr. copia ultima cum suo vero originali per me Georgium Putkammer clericum Camminensis dioeceseos, Jmperiali auctoritate notarium et concordata cum suo vero originali de verbo ad verbum, quod protestor manu mea propria.

f. 306—328. Nr. 37. Alter Abdruck der goldenen Bulle vom Jahr 1477 aus Anton Coburgers Officin in Nürnberg, enthält 22 Blätter mit einspältigem sehr schönen Druck; f. 307—323: 23 cap. aureae bullae cum tabula eorum f. 306 v.; f. 323—328: 8 leges promulgatae per Carolum IV. 1356; f. 329—331: Nachschrift von Meilof.

11. B. VI. Verzierter brauner Lederband,

Folio, 323 Blätter, von Brockmann paginirt. Mit der Handschrift sind zwei alte Drucke zusammengebunden.

Dieser Band bildet den zweiten Theil zu dem gleichgebundenen Bande 10. B. V. und enthält den zweiten Theil der Urkunden-Sammlung.

p. 1—645. 27. Urkunden-Sammlung,

Theil II. Nr. 38—136.

p. 1. Nr. 38. Conservatorium Friederici archiepiscopi Coloniensis (IV partes) in Abschrift des Everhardus de Wampen praepositi Grip. v. J. 1386, vielleicht aus Rubenows Bibliothek. Der Anfang lautet:

Dominus praepositus Gripeswaldensis quoddam transscriptum cujusdem originalis conservatorii secreto reverendissimi in Christo patris domini Friederici, archiepiscopi ecclesiae Coloniensis, in pressula pergamenea pendenti cerae viridis coloris rotundo, in cujus medio crux sive imago crucis apparuit inschulpta, aquilam sive aquilae figuram extensis alis in medio crucis cum duobus capitibus affixam deferens, has litteras circumferenciales continente: Sig. Friederici archiepiscopi ecclesiae Coloniensis, sigillatum produci fecit, cum quo suam fundaverat jurisdictionem. Nachdem so das Pergament-Original mit dem Siegel beschrieben ist, folgt die Abschrift des conservatoriums und zwar v. J. 1386:

I. p. 6. subdelegatio. p. 8. citatio. p. 16. executio. p. 19. procuratorium ord. Theut. in Livonia. p. 22. procuratorium Lubicense. 25. protestationes proc. Lub. p. 26. Libellus proc. ord. Theut. de Livonia.

II. p. 32. Procur. Lubec. 1386. p. 34. Proc. ratihabitionis dom. Joh. Clendenest episcopi Lubicensis. p. 36. exceptio canonicorum Lub.

III. p. 47. Replicatio ord. Theut. de Livonia 1387. p. 60. schedula producta. p. 61. appellatio Lub.

IV. p. 65. Pronunciatio voluntatis. p. 66. schedula producta 1387.

Die am Schluß p. 68 unterschriebenen Zeugen sind:

Conradus Haghemester, Adam Hilghemann, Johannes Westphael person.
Magist. Mathias de Grymis jurisperitus.
Ropertus Deghen et Mathias Wakenitzen cler. notar. publ.
Thidericus Wilden et Hartwicus de Wampen consul. Gryp.

p. 69. Nr. 39. Niederdeutscher Brief des Grafen Heinrich des Jungen von Schwarzburg-Arenstädt und Sondershausen an den Grafen v. Hohenstein und Herrn zur Plesse v. J. 1480, in alter Abschrift.

p. 70. Nr. 40. Gutachten des Franziscus Brevius [1]) in einem das Gut Dersekow betreffenden Proceß des Klosters Eldena i. J. 1491, als Lambertus Abt, Michaelis Prior und Enwaldus (Schinkel) Subprior waren [2]) von Meilofs Hand.

p. 73. Nr. 41. Decreta XIX et XX sessionum consilii Basiliensis 1435.

p. 80. Nr. 42. Reichsacht Kaiser Friedrich IV. wegen Ludwig von Lindenborgs Klage über die Holländischen Städte durch Hans Hagemeister und Heinrich Schulenburg ausgesprochen; in niederdeutscher Sprache von Paul Elvink abgeschrieben.

p. 81. Nr. 43. Litterae oblatae consilio Basiliensi 1436, in alter Handschrift, vielleicht aus Rubenows Bibliothek.

1. Litterae domini Imperatoris Graecorum (Johannis Palaeologi) 1436.
2. Litterae domini Patriarchae Constantinopolitani (Josephi) anno a creatione mundi 6944.
3. Litterae Johannis de Ragusio et Symonis, fratrum ambasiatorum sacri concilii, 1436.
4. Litterae Symonis Juliano cardinali.
5., 6. Litterae Johannis de Ragusio Juliano cardinali, 1436.

p. 101. Nr. 44. Nicolai V. papae Concordata Germanicae nationis Romae, 1448. Scriptum de registro camerae apostolicae collationatum p. G. Walteris; in Abschrift von Meilofs Hand.

p. 105. Nr. 45. Brief des Deutsch-Ordensmeisters Czisse v. Rutenberg über einen Acker, Mitau, 1427, in Niederdeutscher Sprache. Original.

p. 107. Nr. 46. Litterae archiepiscopi Rigensis ad episcopum Osiliensem, 1473. Abschrift mit der Bemerkung:

Also hefft de Herre Ertczbisschop to Rige dem Herren Bisschope tho Osel geschrewen.

---

[1]) Vergl. Panzirol. III. 44. [2]) Vergl. Koseg. I. p. 166.

p. 109. Nr. 47. Notae 24 Sigismundi imperatoris et decretum consilii Basiliensis, 1433, in Abschrift von Meilofs Hand; die Mehrzahl in deutscher Sprache, unter ihnen Lehnbriefe, treugae etc.

p. 123. wird in einem Fragment von Meilofs Hand erwähnt: Johannes Seghvridt de Sundis, rector universitatis studii Pragensis, wohl ein Verwandter des Greifswalder Professor Sabellus Seghevrid[1]).

p. 124. Nr. 48. Articuli coram legatis Jmperatoris (Friderici IV.) oblati pro parte ducum Stettinensium (Erici II et Wartislai X).

p. 127. Nr. 49. Oratio pro parte ducum Stettinensium coram Jmperatore (Friderico IV).

p. 131. E. v. Jmp. maj. humilis Mathias Wedel, minimus decretorum doctor archidiaconus Stolpensis in ecclesia Caminensi Jllustrium principum dominorum Erici et Wartislai Stettinensium etc. ducum nuncius et orator, beide in Abschrift von Meilof.

Diese Rede, welche die Ansprüche der Herzoge von Pommern Erich II und Wartislaw X auf das Herzogthum Stettin nach Otto III Tode 1464 gegen den Markgrafen von Brandenburg Friderich II vertheidigt, ist abgedruckt bei Balthasar Vitae Jurisconsultorum Progr. III. vit. IX. als Anhang zum Leben des Mathias von Wedel, der dieselbe vor Kaiser Friderich IV hielt, und zusammen mit Nr. 48, 55 und 56 bei Kosegarten, Balt. Stud., XVI. 2. p. 73—124[2]).

Hierzu gehören noch die Nrn. 55, 56, ebenfalls von Meilofs Hand.

p. 133. Nr. 50. Epistola Turchi ad summum Pontificem destinata; collationat. in alter Abschrift. Das Schreiben beginnt:

Morbosanus Heber Bessi cum fratribus suis Cerebi et Lussbaich Jmperatore Organei collaterales pugiles et in partibus Achajae domini etc. magno sacerdoti Romanorum juxta merita dilecto. — Nuper auribus nostris innotuit, quod in partibus Ytaliae ad partes et instantiam populi Venetorum in Basilicis facitis publice divulgari, quod, quicunque superserit arma contra nos et nostros, in hoc seculo remissionem recipiet peccatorum, eisque beatam vitam promittitis in futuro, cujus etiam rei veri-

---

1) Vergl. Kosegarten, I. p. 13, 89, 95, wo er als Decan der Prager Juristen-Facultät erwähnt wird. Mon. un. Prag. III p. 4, 17, 45, 79, 105, 136, 146.

2) Vergl. den Erbfolgestreit bei Kosegarten, Gesch. d. Univ. I. p. 93, 95, 96, 119 und Hasselbach in den Balt. Stud. XVI. 1. 1856, p. 178—210, Anm. 6, wo auch die Kirchenhandschrift erwähnt wird.

tatem occulta fide decernimus per adventum quorundam cruciferorum, qui nuper in Venetorum naviglis transferuntur, per quae admirari cogimur vehementer, quia dato, quod summo donante vobis attributa esset potestas absolvendi animas et ligandi, tamen adhuc maturius procedere deberetis nec Christianos et maxime Ytalicos cruce insignitos caute super nos inducere, quum secundum quod patres nostri ante dixerint nobis, populi nostri Turchorum innocentia fuit mortis et injuriae Christi vestri, et tamen terra et loca, ubi sanctuaria vestra sunt, nunc possideantur per nos, ymmo per populos Judaeorum, quos semper habemus et habuimus exosos, prout in historiis antiquis et cronicis nostris audivimus, qui proditorie et per invidiam Christum vestrum Jerosolimis tradiderunt praesidi Romanorum: quem in crucis patibulo mori fecit.

Sodann werden die Kreuzzüge mit dem Trojanischen Kriege verglichen; Priamus, Antenor, Aeneas, Hectors Tod und der Raub des Palladiums wird erwähnt und zum Schluß ein Bund der Orientalischen Herrscher mit Orchanes zum Schutze des Landes verheißen. Das Schreiben ist datirt Anno Machameti VIICXLV in introitu Helden, d. ist 1345. Sultan Orchanes starb 1357. Der Papst ist Benedict XII.

p. 132, 134 ff. Nr. 51. De conservatore s. jud. dat. s. violent. Cons. Frid. de Senis, von Meilofs Hand.

p. 137. Nr. 52. Conservatorium Silvestri ep. Rigensis, vom Notar Theodorich Hannemann unterschrieben.

p. 139. Nr. 53. Conservatorium Silvestri Rig. anno 1476, von Meilofs Hand.

p. 148. Nr. 54. Executorium ejusdem, 1468, von Paul Elvink geschrieben.

p. 151. Nr. 55. Articuli pro parte ducum Stettinensium (Erici II et Wartislai X) coram rege Poloniae oblati (Casimir IV, 1447—1492).

p. 159. Nr. 56. Supplicatio ad regem Poloniae pro parte ducum Stettinensium.

Beide sind von Meilofs Hand geschrieben und gehören zu dem oben erwähnten Erbfolgestreit zwischen den Herzogen von Pommern und Churfürsten von Brandenburg, vergl. Nr. 48 u. 49.

p. 161. Nr. 57. Libellus oblatus a Hinrico Nigebur contra Dorotheam Bekerer mercatricem viduam relictam Bartholomaei Bekerer coram officiali Bartoldo Hiltermann anno 1463, gehört zu dem oben erwähnten Proceß 10. B. V. f. 278. Nr. 22; alte Handschrift des Originals.

p. 163. Nr. 58 a. Notificatio Silvestri archiepiscopi Rigensis super controversiis inter Johannem Vatelken ecclesiae Osiliensis suffraganeum et Jodocum episcopum Osiliensem.

Nr. 58 b. Notificatio Johannis Vatelken, 1467.

p. 163. Nr. 58 c. Notificatio Silvestri a. Rig.

Nr. 58 d, e. Jnstrumenta obligationis domini electi et capellani (Johannis Vatelken) for. canonic. 1467, von einem Notar beglaubigt.

Diese fünf Actenstücke eines Processes vor dem geistlichen Gericht sind alle von derselben Hand, vermuthlich von dem ungenannten Notar sehr schön auf feinem geglätteten Papier geschrieben.

p. 183. Nr. 59. Jacobi de Mucciavellis u. j. doctoris Bononiensis consilia in processu Johannis Loetzen c. Vinc. Verchemyn i. p. debiti, 1466, in Abschrift von Meilof.

p. 184. Nr. 60. Litterae Jodoci episcopi Osiliensis (1467) potestatis datae ad impignorandum bon. ecclesiae. Copia.

p. 187. Nr. 61. Niederdeutscher Brief des Bischofs Silvester von Riga und der livländischen Geistlichkeit wegen der Burg und des Schlosses zu Riga, 1474, von Paul Elvink geschrieben.

p. 189. Nr. 62. Litterae exhibitae episcopi Tarbatensis, 1468, von drei Notaren unterschrieben, in Abschrift von Paul Elvink.

p. 191. Nr. 63. Francisci de Heylsberg episcopi notificatio instrumenti transsumpti Friderici Jmperatoris, 1443, in rebus ordinis Theutonici, 1447, in Abschrift von Paul Elvink.

p. 197. Nr. 64. Copia indulti concilii Baliensiensis, 1435, in reb. ord. Theut., alte Abschrift.

p. 199. Nr. 65. Notificatio Silvestri episcopi Rigensis procuratori Johanni Meilof in rebus ord. Theut., 1474, von drei Notaren unterschrieben, in Abschrift von Paul Elvink, mit Beilagen von Meilof: Jnstrumentum transsumpti und: An lex positiva sit mutanda.

p. 211. Nr. 66. Bulla Benedicti X. Avignon, 1335. Extrav. commun. III. II. 13. Ad Regimen.

p. 213. Nr. 67. Bulla Sixti IV. Romae, 1473.

p. 215. Nr. 68. Bullae Jnnocentii VIII. Romae, 1486, alle drei Bullen in Abschrift von Meilof.

p. 217. Nr. 69. Bulla Calixti III, 1455, in rebus ord. Theut., alte Abschrift.

p. 221. Nr. 70. Glossae de nullitate summae ejusque remediis, alte Handschrift, gehört zu C. II. f. 182—188, und ist mit B. VI. zusammengebunden.

p. 230. Nr. 71. Drei Niederdeutsche Urkunden von Herzog Albert von Meklenburg v. J. 1349: 1. super villa Sildemowe; 2. super villa Niendorpe; 3. super villa Wendisch Russenisse, in Abschrift von Meilof.

p. 234. Nr. 72. Exc. in causa laesionis et vulnerationis presbyteri, von Meilofs Hand.

p. 237. Nr. 73. Constitutio ad impetrandum beneficium, 1472.

p. 239. Nr. 74. Jnstrumentum constitutionis ad resignandum benefic. 1473.

p. 241. Nr. 75. Libellus Johannis de Brame ejusque uxoris Margaretae oblatus coram Silvestri episcopi Rigensis commissario Dethmaro Roper, alte Handschrift. Beilagen dazu von anderer Hand v. J. 1471, und von Meilofs Hand: Nota transsumpti de camera apostolica; Jnstrumentum citationis; Commissio examinis testium affuturorum episcopi Brandenburgensis; Außerdem zwei Fragmente, die als Maculatur betrachtet sind, von denen das eine die Sache eines Gregorius Rumpeler [1]) betrifft, das andere eine Erklärung der Namen civitas, urbs, castrum, castellum, villa, oppidum, municipium enthält, so wie ein Brieffragment mit der Ueberschrift: domine Curoniensis.

p. 261. Nr. 76. De sacerdotibus, von Meilof und Paul Elvink geschrieben, dazu ein vom Notar beglaubigtes procuratorium in Abschrift als Beilage, so wie eine forma transsumpti executorial.

p. 269. Nr. 77. Libellus oblatus pro Ludolpho Naghell i. p. injuriarum, von Meilofs Hand, mit Beilage de clericis.

p. 276. Nr. 78. Lib. pro Jwano Stoltewer electo Revaliensi, von Paul Elvink geschrieben.

p. 277. Nr. 79. Libellus coram episcopo Bononiensi oblatus in causa criminali, von Paul Elvink geschrieben.

p. 282. Nr. 80. Zwei Briefe in Angelegenheiten der Kirchen von Livland und Esthland, von denen der eine, wohl vom Bischof von Riga, Ronnenburg, i. J. 1474, der andere von König Christian I von Dänemark Copenhagen 1456 datirt ist. Der König schreibt seinen Namen Christiernus rex Daciae, eine damals übliche [2]) Form für Daniae, vergl. 10. B. V. W. 25, wo auch Daciae geschrieben ist; von Paul Elvink geschrieben.

p. 286. Stück 81. De servis legalibus, von Meilofs u. Paul Elvinks Hand.

p. 289. Nr. 82. Libellus appellationis R. Borke Stettinensis coram Nic. de Quitzow oblatus, 1467, alte Handschrift. (Auf der Rückseite steht: Homo quidam fecit).

p. 291. Nr. 83. Johannis Meilof appellatio ad Sixtum IV

---

1) Vergl. Brockmann, Bischöfl. Offic. p. 20, und unten p. 397, Nr. 119.

2) Vergl. Kosegarten, Gesch. d. Univ. I. p. 2, Anm. 7.

papam, 1473. Meilof war zum Canonicus des Capitels der Livländischen Insel Oesel durch den Bischof Johannes von Dorpat ernannt, von dem Capitel von Oesel aber nicht angenommen worden, aus diesem Grunde beschwerte er sich in dieser Appellationsschrift beim Papste Sixtus IV. 1473.

Diese Abschrift oder Entwurf, dessen Original nach Rom gesendet wurde, wird schon von Balthasar in seinen handschriftlichen Zusätzen zu seinen vitae jurisconsultorum erwähnt [1]).

p. 293. Nr. 84. Kauf und Rentenbrief des Raths von Alten-Stettin, bezüglich eines Stettiner Bürgers Arndt Bremer, 1479, in niederdeutscher Sprache mit der Aufschrift: Detur religioso patri magistro Johanni Meilof. Original.

p. 297. Nr. 85. Brief in Sachen von Jacobus Rust presb. Rost. und des officialis et praepositus Gryphiswaldensis, 1492 von Arnold Zegheberg an Meilof übersendet mit der Aufschrift: Venerabili viro ac religioso patri, domino et magistro Johanni Meilof, ordinis praedicatorum in Grypeswaldia residenti, fautori suo sincerissimo [2]).

p. 299. Nr. 86. Bulla Eugenii IV contra spoliatores, Romae, 1432, Abschrift von Meilof [3]).

p. 301. Nr. 87. · Causae quinque sollicitandae per procuratores Bernhardi Kobbink apud episcopum. Hierzu gehört als Fortsetzung f. 313, Nr. 89, welches unrichtig geheftet ist.

p. 303. Nr. 88. Bulla Johannis XXII. Avignon, 1316, in reb. ord. Theut. Abschr. von Paul Elvink, dabei citatio u. A. von Meilofs Hand p. 310—312.

p. 313. Nr. 89. Fortsetzung von Nr. 87.

p. 315. Nr. 90. Notificatio Sigismundi Jmperatoris, 1426, in rebus ecclesiae Rigensis, enthält Mittheilungen früherer Erlasse von Kaiser Carl IV. und Heinrich VII.; Abschrift von Paul Elvink, dabei von Meilofs Hand: Requisita ad judices; S. privationis ecclesiae; bulla transs.

p. 325. Nr. 91. Libellus ordinis Theutonicorum, 1473, von Meilofs Hand.

p. 327. Nr. 92, 93. Libelli Helmici de Mallinkrodt episcopi Tarbatensis, 1468, welche namentlich dessen Decan Andreas Peper betreffen [4]), von Meilofs Hand.

p. 336. Nr. 94. Libellus Thilonis de Hertzenrade, 1474, betreffend eine Urkunde von Bernhard de Borch, von Meilofs Hand.

p. 337. Nr. 95. Libellus oblatus coram Johanne patriarcha

---

[1]) Vergl. Kosegarten, Gesch. d. Univ. I. p. 147.

[2]) Vergl. über diesen Brief Balthasar vit. jurisc. IV. XVII. p. 9. Kosegarten I. p. 147.

[3]) Vergl. A. II. f. 280; dabei treuga pro pace.

[4]) Vergl. darüber B. II. f. 319.

Antiocheno per procuratorem Frankonis Kochkurp magistri ordinis Theutonicorum. Hierzu gehört als Fortsetzung p. 351, Nr. 101, alte Abschrift.

p. 339. Nr. 96. Originalbrief des Bischofs Henning Iven von Kammin vom 12. März an den Professor der Rechte Dr. Georg Walter in Sachen gegen den Priester Peter Schmürrer in Demmin [1]).

p. 341. Nr. 97. Notificatio electionis papae Felicis V ex consilio Basiliensi, 1440, schöne alte Handschrift, vielleicht aus Rubenows Bibliothek.

p. 345. Nr. 98. Litterae Alberti episcopi Rigensis de instituto coenobii virginum Rigensis, 1257; sehr alte Abschrift, mit der Bemerkung: Dit ys ene copie von der Jnrichtunge des Jungfrouwenklosters tho Ryge.

p. 347. Nr. 99. Libelli oblati coram officiali Gryph. Alberto Ludwigshusen proc. Petri Horn consulis Colbergensis, atque Johannis Bulgrin clerici Camminensis, 1480. In dieser Zeit waren Martinus de Fregeno Bischof und Rubenows Freund Nicolaus Bruckmann Vicedominus des Bischofs; beide erwähnt die Urkunde [2]); alte Abschrift.

p. 349. Nr. 100. Originalbrief des Herzogs Johannes von Niedersachsen an seine Tochter Sophia in niederdeutscher Sprache:

Der Hochgebornen Furstinnen Frouchen Sophien, Hertoginnen to Sassen, Engern unde Westvalen unserer leven Dochter.

Weß wy leveß unde gudeß vormogen alletidt tovoren, Hochgeborne Furstinne, leve Dochter; wy don diner leve tho wethen, dat wy alle sampt mit dinen Sustern und Brodern gesundt syn, von gnaden deß allmechtigen godeß; deß wy ingelichen van diner leve stedeß begeren tho horende; unde offt dine leve weß Bedarff hadde to diner, offte diner Juncfrouwen Behoff, unß sulkenß wille vormelden, willen wy diner leve gerne schicken. Darmede bevelen wy dine leve Gode dem heren lange gesundt. Datum Lovenborch am Mandage na Invocavit, anno ꝛc. LXXXVII. under unserem Ingesigel.

Johan van godeß gnaden Hertoge to Sassen, Engern unde Westvalen ꝛc., deß hilligen Romeschen Richeß Ertze-Marschalk unde Dorothea van den sulven gnaden, geborne Marggrefinne to Brandenborch, Hertoginne dar sulveß.

---

[1]) Vergl. Brockmann, v. Bischöfl. Offic. p. 12.

[2]) Vergl. Koseg. I. p. 131 ff. Brockm. p. 15 ff.

Dieser Herzog Johannes von Niedersachsen ist, wenn das Datum als 1487' angenommen wird, Johannes IV, welcher mit Dorothea, der Tochter des Churfürsten Friedrich II von Brandenburg verheirathet war und 1507 starb. Seine Tochter Sophia war mit Anton von Holstein-Schauenburg verheirathet [1]). Auf welche Art dieser Brief in diese Urkunden-Sammlung gekommen ist, da er keine Angaben enthält, welche sich auf andere Urkunden derselben beziehen, ist mir unerklärlich.

p. 351. Nr. 101. Fortsetzung von Nr. 95.

p. 353. Nr. 102, 103, 104. Abschriften von Bullen Alexandri Gregorii und Innocentii, betreffend häretische Angelegenheiten der livländischen Kirche.

p. 359. Nr. 105. Litterae Pauli episcopi Curoniensis, betreffend Streitigkeiten zwischen Jodocus episcop. Osiliens. et Joh. Vatelcanne can. Osil.

p. 361. Nr. 106. Instrumentum notarii Johannis Czanow, betreffend einen Proceß des Borchardus Trupenicht dec. ecc. Osil. 1473; alte Handschrift.

p. 363. Nr. 107. Recognitio Borchardi Trupenicht, von Meilofs Hand.

p. 365. Nr. 108 a, b, c. Mehrere Urkunden, betreffend Streitigkeiten zwischen dem deutschen Orden mit dem littauischen Adel, 1473, darunter Abschrift eines Edicts Kaiser Rudolph I von Habsburg 1370, von Meilofs Hand.

p. 371. Nr. 109. Tractatus de tyrannis; von Paul Elvink und Meilof geschrieben. (Sav. Vl. p. 174.)

p. 375. Nr. 110. Originalbrief des Raths der Stadt Riga an den Rath der Stadt Stralsund v. J. 1477, in Angelegenheit eines Kaufmanns der deutschen Hansa, Herman Hunteberg und dessen Procurator Joh. Meilof, in niederdeutscher Sprache, auf Pergament.

p. 377. Nr. 111. Notificatio Silvestri ep. Rig. von Meilofs Hand.

p. 379. Nr. 112. Abschriften von Bullen Sixti IV, in Angelegenheit der Kirche von Reval, 1475, von Meilofs Hand.

p. 381. Nr. 113. Litterae archiepiscopi Rigensis pro Johanne Stocker canonico Rigensi, qui castratus erat a cive Rigensi.

p. 383. Nr. 114. Bulla Bonifacii in rebus ord. Theut., Abschrift von Meilof.

p. 385. Nr. 115. De debito solutatoris, alloquium solventis, von Meilofs Hand.

p. 387. Nr. 116. De Sepulturis (Decr. III. 28.) von Meilofs Hand.

---

[1]) Vergl. Annalen p. 54. Kosegarten II. p. 190. Ritterhusii Genealogiae; Tubing. Cotta 1664. Stammtafel.

p. 391. Nr. 117 a, b. Instrumenta duo notarii Arnoldi Boem in rebus Johannis Vatelcanne canonici eccl. Osiliensis, 1458 und 1459, alte Abschrift.

p. 393. Nr. 118. Abschrift eines Briefes des Bischofs von Riga an den Doctor Arnoldus canonic. ecclesiae Warmiensis (Frauenburg in Ostpreußen) Cockenhusen 1473, von Meilofs Hand.

p. 397. Nr. 119. Appellatio ad Innocentium VIII. per Gregorium Rümpler contra Petrum Sartoris officialem Camminensem, 1490 [1]).

p. 399. Nr. 120. Libellus Ludolphi Nagel canonici Osiliensis oblatus coram capitulo Osiliensi, 1469. Original.

p. 401. Nr. 121. Abschrift einer Bulle Innocentii VIII, 1486, von Meilofs Hand.

p. 405. Nr. 122. Originalbrief des Bischof Simon von Reval an Johannes Meilof (Romae ad manus) 1487, mit der Briefaufschrift in lateinischer Sprache, betrifft die Mittheilung einer päpstlichen Bulle an die Greifswalder Universität zur Interpretation, in Sachen eines Streits mit dem deutschen Orden.

d. 407. Nr. 123. Originalbrief des Deutsch=Ordensmeisters Johannes Fridach van Loringhane an Johannes Meilof, in niederdeutscher Sprache, Wenden 1486, mit der Aufschrift: Dem werdigen undt achtbaren Meister Johannes Meyloff, in beiden Rechten Licenciaten unser bsunder guden frundt. Dieser Brief bezieht sich auf Processe und Proceßkosten in Sachen des deutschen Ordens, welchen Meilof als Anwalt vertrat. p. 409. Nachschrift von Meilof. Unter dem abgefallenen Siegel steht: Consecretum sigillum officii Magistri Livoniae.

p. 411. Nr. 124. Bulla Bonifacii de absolutione in casibus episcopalibus.

p. 413—492. (Nr. 125.)

28 a. Sammlung von Urkunden als Proceßformular,

in alter Handschrift, vielleicht aus Rubenows Bibliothek; Anfang und Ende fehlt.

p. 413. 1. Protestatio clerici Havelbergensis.
2. Procuratorium generale vicarii in Stendal.
p. 417. 3. Instrumentum appellationis, 1414.
p. 420. 4. Duae formae replicationum ordinis Theut. contra ambasiatores regis Angliae, Marienburg 1417.
p. 422. 5. Forma recognitionis supra debitis et circa censibus dandis, Stolp 1403.
p. 424. 6. Alia forma recognitionis de fratre in conventu, Danczke 1417.
p. 425. 7. Procuratorii forma melior, Danczke 1417.

---

[1]) Vergl. Brockmann, vom Bischöfl. Offic. p. 20 u. oben Nr. 75, p. 252.

p. 428. 8. Forma instrumenti supra quadam recognitione, Danczke 1417.
p. 431. 9. Forma monitionis super pecuniis decimalibus dandis, Johannis episcopi Wladislawiensis, Subkow 1417.
p. 432. 10. Forma appellationis contra monitionem praecedentem, 1417.
p. 434. 11. Forma appellationis (contra ratificationem compromissi subseq. Johannis episcopi Wladislawiensis) Rhogeri Wrangel, 1408 (1418).
p. 438. 12. Ratificatio compromissi Johannis ep. Wlad.
p. 439. 13. F. appellationis contra monitionem prox. sup. clerici signo signat. p. proc. Rogheri Wrangel. 1418.
p. 442. 14. F. procuratorii secund. Lubicens.
15. F. recognitionis sup. prior. pac. confoederationem et insinuationem.
p. 443. 16. F. procuratorii civitatis Herderwyck, 1410.
p. 445. 17. Recognitio sup. fama et natalicia, Danczke.
18. F. recognitionis Majoris Vice-comitis Aldermannorum et Burgensium villae novi castri in Angliae partibus; Novi Castri supra Tynam, 1414 (Newcastle).
p. 447. 19. Recognitio sup. fidelitate, atque qui postulare debet multa bona etc., nomine procuratorio a Henrico IV. rege Angliae et Fr. Marienburg, 1410.
p. 450. 20. F. recognitionis sup. legitime et bonorum hereditariorum consulum villae de Slusa in Flandria, 1406 (Sluys).
p. 451. 21. Praesentatio beneficii post obitum ultimi rectoris.
p. 452. 22. Praesentatio ad ecclesiam parochialem.
p. 453. 23. Forma sup. datione decimarum discutienda.
p. 454. 24. F. recognitionis bonorum patrimonialium per ordinem recipiendum. 25. Forma audivimus. 1415.
p. 456. 26. F. recognitionis bonorum patrimonialium per ordinem recipiendum, 1415. 27. Alia forma super eodem, 1404.
p. 458. 28. F. praesentationis ad ecclesiam vacantem.
29. F. procuratorii, 1415.
p. 460. 30. Vera forma procuratorii Johannis abbatis monasterii Olivae, 1415. 31. Forma super eodem.
p. 462. 32. Jnstrumentum quittationis pecuniae abbatis.
p. 463. 33. Alia forma super eodem.
p. 464. 34. Forma et instrumentum arbitrii et laudi (laudum est sententia arbitri).
p. 465. 35. Compromissio ex utraque parte in arbitrum.
p. 466. 36. Missiva ad civitates Hanseaticas.
p. 468. 37. Missiva ad consules et Majorem civitatis Edenborg in regno Scotiae.
38. Littera magistri generalis missa regi Angliae. Von diesem Briefe sind nur noch zwei Reihen erhalten. Der Schluß des Briefes, sowie der ganzen Sammlung fehlt.

p. 469—492. (Nr. 125 b.)

28 b. Sammlung von Executorien, Päpstlichen Bullen und Kaiserlichen Edicten in Angelegenheiten des Deutschen Ordens.

Der Anfang fehlt.

1. Tenor litterarum, monitionum et citationum per dominum Johannem Somor, canonicum Tarbatensem, executorem

decretarum, durch einen Notar Eykenebern beglaubigt. 2. Bulla Clementis. 3. Bulla Bonifacii. 4. Bulla Alexandri. 5. Bulla Alexandri. 6. Bulla Bonifacii. 7. Bulla Bonifacii. 8. Litterae Lodowici quarti Jmperatoris, Ulmae, 1332, mit dem Monogramm des Kaisers Ludwig v. Baiern in Majuskelschrift. In den Buchstaben, welche durch Linien so verbunden sind, daß man ihre Reihenfolge erkennen kann, sind folgende Worte enthalten. SIG-LODOVICI-QVARTI-ROMANORUM-IMPERATORIS: 9. Litterae Friderici secundi Jmperatoris, 1245, mit dem Monogramm des Kaisers in ähnlichen Majuskelbuchstaben wie im Signum Ludowici IV. Die Ortsangabe ist undeutlich; ursprünglich ist Romae geschrieben, dann eine andere Stadt, vielleicht Veronae. 10. Litterae Rudolphi I Jmperatoris, Wiennae, 1279. 11. Litterae Rudolphi I Jmp. Schluß fehlt.

p. 493. Nr. 126. Niederdeutsche Urkunde, in durch einen Notar beglaubigter Abschrift, enthält einen Brief der Testamentsvollstrecker von Michel Wilden von Rostock im Jahre 1481, namentlich in Betreff des Gutes Nygendorp [1]).

p. 495. Nr. 127. Libellus oblatus coram Ludolpho Tobingk praeposito Lubicense per procuratorem Johannis abbatis monasterii Hyddensee, Johannem Stramel canonicum Lubicensem; alte Handschrift.

Dieser Johannes Stramel ist derselbe schon oben B. I. f. 44 v. erwähnte Gegner Rubenows bei der Stiftung der Universität Greifswald [2]).

p. 497. Nr. 128. De electionibus; von Meilofs Hand.

p. 499. Nr. 129. Niederdeutscher Brief des Raths von Rostock in einem Proceß gegen den schon erwähnten Probst Bertold Hiltermann [3]) betreffend den Nachlaß von Mathias Wilde, eines Sohnes des oben erwähnten Michel Wilde [4]).

p. 501 — 515. (Nr. 130.)

28 c. Constitutiones extravagantes Johannes XII. atque communes.

Diese alte Handschrift ist auf 8 Blättern (I quaternus) starken pergamentartigen Papiers, zwiespältig, sehr schön geschrieben, stammt vielleicht aus Rubenows Bibliothek, und enthält den Text folgender Constitutiones extravagantes Johannis XXII et communes:

Extrav. comm. 1. Lib. I. 8. De majoritate et obedientia, c. 1. Unam sanctam ecclesiam. 2. Lib. I. 3. De electione, c. 1.

---

1) Vergl. Brockmann in Gadebusch Samml. I. p. 278 ff.

2) Vergl. Bruckmanns Schreiben an Rubenow. Koseg. II. p. 59.

3) Vergl. oben B. V. f. 246. Nr. 10—12. Brockmann. Bischöfl. Offic. p. 13.

4) Vergl. B. VI. p. 493. Nr. 126.

Injunctae. **3.** Lib. V. 10. De sententia excommunicationis, c. 1. Excommunicamus. **4.** Lib. III. 6. De sepulturis, c. 1. Detestandae. **5.** Lib. V. 10. De sententiae excommunicationis, c. 2. Provide. **6.** Lib. II. 3. De dolo et contumacia, c. 1. Rem non novam. **7.** Lib. III. 13. De immunitate ecclesiarum, c. 1. Quod olim. **8.** Lib. V, 3, De haereticis, c. 1. Ex eo, quod quaedam novella. **9.** Lib. I. 7. De officio judicis ordinarii, c. 1. Debent superioribus.

Extravag. Johannis XXII. **10.** tit. III. De praebendis et dignitatibus, c. 1. Execrabilis. **11.** Tit. I. De electione et electi potestate, c. 2. Suscepti regiminis. **12.** Tit. IV. De concessione praebendae, c. 1. Sedes apostolica. **13.** Tit. IV. c. 2. Ad apostolatus. **14.** Tit. VII. De religiosis domibus. c. 1. Sancta Romana. **15.** Tit. VI. De voto et voti redemptione, c. 1. Antiquae.

Dann folgen drei Bullae, Nr. 16—18 und später Nr. 20 u. 22, die nicht im corpus jur. can. stehen:

16. Caeca cordis cupiditas, Avignon. Pont. an. I. **17.** Super gregem. **18.** Ad nostri apost. officium.

Extr. Comm. **19.** Lib. III. Tit. 2. De praebendis et dignitatibus, c. 13. Ad regimen. **20.** Experimento didicimus, Avignon Pont. a. I.

Extr. Comm. **21.** Lib. III. Tit. 10. De censibus, c. 1. Vas electionis. **22.** Bulla Benedicti XII.; Ad futuram rei memoriam pastor bonus.

Extr. Joh. XXII. **23.** Tit. X. De crimine falsi, c. 1. Prodiens. **24.** Tit. XI. De privilegiis, c. 1. Ad nostri apostolatus.

p. 517. Nr. 131. Copia bullae Pii II, Mantuae 1459, mit der Briefaufschrift: Venerabili patri, fratri Martino Oesterstat priori singularissimo magna cum reverentia, alte Handschrift.

p. 519. Nr. 132. Litterae de miraculo in monasterio Cartusiensium Erfordiae, alte Handschrift.

p. 521. Nr. 133. Littera promemorialis Andreae episcopi Tarbatensis ad Paulum II papam, pro Petro Wetberg electo Osiliensi, Dorpat 1471, mit der Aufschrift: Sanctissimo in Christo patri et domino, domino Paulo, digna Dei providentia sacrosanctae Romanae ac universalis ecclesiae summo pontifici, domino suo metuendissimo et clementissimo.

p. 523. Nr. 134. Littera altera promemorialis dom. Silvestri archiepiscopi Rigensis ad Paulum II papam pro Petro Wetberg electo Osiliensi, Lempssel 1471, mit derselben Aufschrift wie Nr. 133.

p. 527—636. **28 d. Johannis Spull,**

u. j. doctoris, univ. Colon. professoris,

Commentar zum IV. Buch der Decretalen,

Tit. V—XVII;

Alte Handschrift wie in C. III., vielleicht aus Rubenows Bibliothek.

p. 636. Haec sunt cuncta copulata sub venerabili viro magistro, Johanne Spull, utriusque juris doctore, Coloniae reportata per quendam Joh. Clanth.

f. 527 bemerkt Joh. Meilof: Hic deficiunt primi IV tituli.

p. 638. Urk. Nr. 135. Mehrere Urkunden aus einem Proceß zwischen Nicolaus Lassau civis Stargardensis und Joh. Tymmermann cler. Havelberg. und Laurentius Bockholt conservator univ. Gryp. [1]), von Meilof und einem Unbekannten geschrieben.

Urk. Nr. 136. Citatio et inhibitio commissarii apost. Ottonis Bokholt officialis Swerinensis, Rostock 1466, enthält eine Bulle von Pabst Paul II, nnd betrifft einen Barthold Holste cler. Camm.

Mit diesen Handschriften sind in späterer Zeit, wohl nach Meilofs Tode, zwei alte Drucke zusammengebunden:

1. Titi Livii de Frulovisiis Ferrariensis oratoris ac poetae (1430) de Orthographia liber; Pars I et II. Der letztere enthält ein alphabetisches Lexicon.
2. Anthonii Libri Susatensis familiarium epistolarum compendium ex div. auct. recollect.

Sie waren im Besitze Meilofs, wie aus Randbemerkungen von seiner Hand hervorgeht.

Die nun folgenden sechs Bände von Handschriften B. VII—XII sind von Meilof in späterer Zeit geschrieben und dienten ihm vielleicht als Hefte zu seinen Vorlesungen, die er seit 1479 in Greifswald hielt; man erkennt dies aus der gleichmäßigen Handschrift und dem gänzlichen Mangel von Rand- und Schlußbemerkungen, welche in den älteren Handschriften wiederholt bei den einzelnen Werken hinzugefügt sind.

12. B. VII. Verzierter brauner Lederband, Folio, 412 Blätter.

Von diesen sind f. 169 — 356 von Meilof I — CLXXXVIII foliirt.

f. 1—401. **29 a. Johann Meilof,**

Abhandlungen zum Canonischen Recht, zum Erbrecht und zum Proceß.

f. 1. De fide instrumentorum (Decr. II. 22.).
f. 13. De testamentis et ultimis voluntatibus (Decret. III. 26) et de heredibus.
f. 133. Repetitio de jurejurando (Decr. II. 24.)
f. 167. De exceptionibus cum tabula exceptionum.
f. 356. De appellationibus; f. 356—360 von anderer Hand geschrieben, dabei eine commendatio studii Parisiensis, ejusque monitio v. J. 1491, sowie verba regis Ludowici IX, Phi-

---

[1]) Vergl. Koseg. I. p. 97.

lippi V, Johannis, Caroli V, Caroli VI, Caroli VII, Ludowici XI, regum Franciae; von 360—399 Meilofs Hand; enthält eine Menge Appellations-Formulare und Abschriften von Urkunden, welche aber wegen eingedrungener Nässe schwer zu entziffern sind. Wir erwähnen namentlich:

f. 381. Nr. 137. Appellation von Wedego Hyndenborch, Bürger zu Frankfurt a. d. Oder, in niederdeutscher Sprache, betrifft den Markgrafen Friderich von Brandenburg und Herzog Otto von Stettin, mit mehreren Beilagen.

f. 385. Nr. 138. Littera compulsoria Maximiliani I, regis Romanorum in causa appellationis, betrifft die Herzoge Magnus und Balthasar von Meklenburg und die Stadt Rostock; vom Jahre 1493; in niederdeutscher Sprache.

f. 386. Nr. 139. Missiva procuratoris Dr. Ambrosii Fuchshart ad senatum Rostockensem, de anno 1496.

f. 387. Nr. 140. Missivae procuratoris Dr. Ambrosii Fuchshart ad Lambertum Kropelin et Theodorikum Kerkhof, ordinis senatorii Rostock, 1496. Miss. 1 u. 2 sind von derselben Hand wie f. 356—360, Miss. 3 von Meilof geschrieben.

f. 392. Nr. 141. Appellatio Rostockensis in causa novi collegii fundandi, mit mehreren Missiven als Beilagen, v. J. 1496, betrifft die sogenannten Rostocker Domhändel und die Erhebung der Rostocker Jacobikirche zur Collegiatkirche, welche im Jahre 1484 von den Herzogen Magnus und Balthasar von Meklenburg verlangt wurde [1]).

Eine dieser Beilagen f. 397 ist folgendermaßen unterzeichnet: Et ego Petrus de Ravenna, utriusque juris doctor. Nach dieser Unterschrift läßt sich annehmen, daß diese Abschriften nach 1498 angefertigt seien, da der berühmte Italienische Rechtsgelehrte dieses Namens erst 1498 nach Greifswald kam und dort bis 1503 thätig blieb. Johannes Meilof hat also, wie es scheint, den Anfang des sechszehnten Jahrhunderts erlebt und war mit den beiden Ravennaten zusammen in Greifswald im Amt.

f. 401—412. **29 b.** Repetitio ad librum Sextum Decretalium;

Lib. II. tit. XV. De appellationibus; c. 5;

Alte Handschrift, vielleicht aus Rubenows Bibliothek.

Diese Repetitio ist in Prag 1389 unter dem Rectorat des Jaroslaus de Porzesin und unter dem Decanat des

---

[1]) Vergl. Krabbe, Gesch. der Univ. Rostock, I. p. 179—222.

Juristen Bohuslaus de Sderaz gehalten worden, vielleicht von Eberhard Sconord[1]). Von f. 410 v. folgen mehrere Abschriften von Appellations-Documenten von Joh. Meilof.

13. B. VIII. Verzierter Pergamentband, Folio, 402 Blätter.

f. 1—402. 30. Johannes Meilof, Abhandlungen zum Canonischen Recht und zum Proceß.

f. 1. De Ecclesia catholica (de summa trinitate et fide catholica).

f. 20. Casus de beneficiis et de non solvenda pecunia, mit Beilagen von Urkunden in Abschrift, unter diesen:

f. 30. Nr. 142 a. Litterae Henninghi Gude, doctoris et rectoris universitatis Erfordensis.

f. 35. Nr. 142 b. Appellatio a mandato exh Alberici ducis Magnopolitani, 1483, mit vielen Beilagen, darunter eine von 1493.

f. 61. Obs. ad Clement. III. 7. 2. De sepulturis.

f. 71. Nr. 143. Brief von Arnold Segheberg an Johannes Meilof mit der Aufschrift:

Venerabili ac religioso patri, fratri Johanni Meylof, artium liberalium magistro atque utriusque juris baccalaureo, ordinis praedicatorum conventus Grypeswaldensis, fautori et praeceptori suo sincerissimo.

f. 85. Nr. 144—152. Mehrere Bullen und Urkunden, betreffend die Reformation des Minoritenordens, in alter Abschrift, vielleicht von Segheberg.

f. 85. Nr. 144. Bulla Pii II ad episcopum Brandenburgensem Theodoricum, propter appellationem fratrum minorum contra episcopum Magdeburgensem, Romae 1461.

f. 86. Nr. 145. Bulla Pii II ad episcopum Fridericum Magdeburgensem, Tiburae 1461.

f. 88. Nr. 146 Replicatio fratrum minorum contra exceptionem episcopi Magdeburgensis infra notatam.

f. 94. Nr. 147. Exceptio archiepiscopi Magdeburgensis contra fratres minores.

---

1) Vergl. Band C. II. f. 150 v. und Mon. univ. Prag. III. p. 3, 28, 75 ff.

f. 96 von Meilofs Hand: Dictus dominus Theodericus episcopus Brandenburgensis optaverat de praedicatoribus informationem juris a collegio doctorum facultatis juridicae universitatis studii Grypeswaldensis, quae juristica pronunciavit, se in causa tacta ipsorum minorum, vigore dicta, in praesenti non esse juridice competentem.

f. 96. Nr. 148. Bulla Sixti IV., Romae 1470, de fratribus minoribus.

f. 97. Nr. 148 b. Consilium Petri de Ravenna de reformatione fratrum minorum, mit folgender Unterschrift, in Abschrift von Meilof:

f. 98 v. Ego Petrus de Ravenna, utriusque juris doctor et eques Caesareus, ordinarie legens jura in universitate Grypeswaldensi ita consulo etc.

Aus dieser Abschrift geht mit Sicherheit hervor, daß Meilof das Jahr 1498 überlebte und ein Amtsgenosse des 1498 nach Greifswald berufenen Juristen Petrus von Ravenna war. Ein drittes Consilium Petri de Ravenna findet sich handschriftlich, zusammengebunden mit dem Apparatus Joh. Andreae ad Sextum Decretalium et Clementinas, am Schlusse dieses Bandes, in Abschrift von Fr. J. Kerkhof, ord. praedicatorum Pasew.

f. 99. Nr. 149. Bulla Sixti IV, Romae 1474, de privilegiis fratrum praedicatorum et minorum, transsumpta per Jacobum de Mucchsiavellis de Bononia, utriusque juris doctorem; Alte Abschrift, sehr schön geschrieben, mit vielen Beilagen und Abschriften von Meilofs Hand.

f. 113. Nr. 150. Bulla Jnnocentii de regula fratrum et sororum de prima beati Dominici, quae dicitur tertia regula fratrum praedicatorum; alte Handschrift, mit vielen Beilagen von Meilofs Hand.

f. 116. Nr. 151. Bullae Sixti et Martini, in Abschrift von Meilof.

f. 125. Nr. 152. Fragment eines Briefes von Arnold Segheberg an Meilof, mit der Aufschrift:

Honorabili ac — fratri Johanni Meilof — conv. Gryp. — suo semper dilecto —

f. 138. Consilium Alexandri Tartagni de Jmola de fratribus Praedicatorum (Panzirol. II. 88).

f. 140. Determinatio doctorum Bononiae Joh. de Lignano, Richardi de Salicete, Laurentii de Pino de fratribus minorum.

f. 149. De Electione (Decr. I. 6.)

f. 150. Consilia Oldradi de Ponte (Panzirol. II. 52).

f. 244. De clericis et beneficiis cum consiliis Oldradi de Ponte.

f. 244. Nr. 153. Consilium de materia: Circa domos, quas presbyteri habent in oppido; alte Handschrift.

f. 260. Nr. 154. Originalbrief eines M. Tancks an seinen Neffen mit der Aufschrift:

De voto frat. Joh. Tancken in monasterio ordinis praedicatorum Rostockiensi novicio, suo nepoti favorosissimo.

f. 323. De religiosis (Decret. III. 36).
f. 330. De matrimonio (Decret. IV. 16).
f. 348. De testamentis (Decret. III. 26).
f. 376. De haeretibus et aliis infidelibus (Decret. V. 7).

f. 388. Nr. 155. Consilium Alberti Make, juris pontificii doctoris, prioris ecclesiae Ratzeburgensis de homicidio; Original, Datum und Siegel fehlen.

14. B. IX. Verzierter brauner Lederband, Folio, 379 Blätter.

f. 1—379. **31. Johannes Meilof,**

Abhandlungen zum Canonischen Recht und Proceß.

f. 1. De officio delegatorum (Decret. I. 30).

f. 8 und f. 10. Beilage von sehr alten Drucken, die aus einem Buche herausgenommen zu sein scheinen, und mit Randbemerkungen von Meilof versehen sind.

f. 11. De officio ordinarii judicis (Decret. I. 31.)

f. 18 v. Nr. 156. Commissio officialatus per Benedictum episcopum Camminensem ad Henricum Buckow juniorem, anno 1494; alte Handschrift.

Diese Urkunde ist abgedruckt bei Brockmann, vom Bischöflichen Official, 1784, p. 21—23.

f. 19. Nr. 157. Commissio officialatus capituli Camminensis ad Albertum Ludwighusen, 1481; in Abschrift von Meilof, abgedruckt bei Brockmann, vom Bischöfl. Offic. p. 16—17.

f. 19 v. Nr. 158. Commissio altera officialatus Benedicti episcopi Camminensis ad Albertum Ludwighusen, 1486; in Abschrift von Meilof, abgedruckt bei Brockmann, vom Bischöfl. Official p. 17—18.

f. 23. De foro competenti (Decr. II. 2).

f. 35. Nr. 159. Concessio imperatoris Ludovici comitibus de Marsiano.

f. 96. Nr. 160. De foro competenti scholarium; (Cod. IV. 13. Ne filius pro patri conveniatur c. V. Auth.: Habita); alte Handschrift.

f. 99. Circa processum citationis.

f. 98. Nr. 161. Notificatio bullae Jnnocentii VIII de citatione per Albertum decanum ecclesiae St. Mariae Hamburgensis, 1489; alte Abschrift.

f. 110. Nr. 161 b. Citatio Bogislai X, in Abschrift von Meilof.

f. 112. De libellis et articulis (Decret. II. 3).

f. 112. Nr. 162. Libellus oblatus proc. Simonis Bruneti contra magistrum Christianum, 1341; alte Abschrift.

f. 114. Nr. 163. Libellus oblatus coram Bernardo de Canlazone.

Nr. 163 b. Libellus oblatus coram Bernardo de Ceresio.

Nr. 164 a. Libellus oblatus coram Bertrando de Cardelhaco.

Nr. 164 b. Libellus oblatus coram Petro Alamanno.

Alle 5 Urkunden sind alte Abschriften derselben Hand auf altem pergamentartigen Papier.

f. 123. Nr. 165. Libellus oblatus coram Lamberto abbate Hildense per capitulum Camminense contra fratres Sleff[1]) de condictione indebiti; alte Handschrift nach dem J. 1491, da der Pabst Alexander VI (1491—1503) in derselben erwähnt wird.

f. 183. Nr. 166. Littera confirmationis Johannis episcopi Swerinensis, 1324; in Abschrift von Meilof, mit vielen Beilagen.

f. 198. Nr. 167. Visitationsreceß des Abts Petrus von Esthland im Kloster Eldena v. J. 1490 mit vielen Beilagen, in Abschrift von Meilof, darunter f. 206 Urkunden vom Jahre 1494.

f. 225. De confessis (Decret. II. 18).
f. 236. De probationibus (Decret. II. 19).
f. 272. De testibus (Decret. II. 20).
f. 320. Eine ältere Abhandlung zu demselben Abschnitt der Decretalen de testibus, namentlich mit Benutzung der Schriften des Alexander de Imola, von Meilofs Hand.

15. B. X. Verzierter brauner Lederband, Quart, 504 Quartblätter.

f. 1. **32. Johannes Meilof;**

De imperio et principatu papae et statu praelatorum[2]).

f. 14. **33.** De libellis et articulis.

---

1) Vergl. A. IV. f. 293.
2) Vergl. Gratiani decreti lib. I. distinctio 21. Jacobus de Alvarottis de usibus feudorum. Sav. VI. p. 479.

f. 20, 22 u. 26: Beilagen von Parlebergs und Mordorps Hand, desgl. f. 330.

f. 36—456. **34. Ein juristisches Lexicon,**

zur Erklärung der im Proceßgange vorkommenden Worte, alphabetisch geordnet von A—V, mit urkundlichen Beilagen, von Meilof zu verschiedenen Zeiten angelegt.

f. 160. Nr. 168. Statutum Innocentii IV de absolutione in concilio Lugdunensi

f. 196. Nr. 169. Jurisconsultum Pauli (Digest. XXII. 2. De ritu nuptiarum: Adoptivus filius). Jurisconsultum Modestini (Digest. XXXVIII. 10. De gradibus: Non facile); enthalten den Text der betreffenden Stellen in den Pandecten; alte Handschrift.

f. 216. Nr. 170. Religiosi juridice possunt parentibus in hereditate succedere; alte Handschrift.

f. 353. Nr. 171. Dictiones; alte Handschrift wie Nr. 84.

f. 405. Ein Papierstreif mit der Aufschrift: Religioso ac venerabili patri Mag. Joh. Meilof, fautori suo praecipuo.

f. 457. **35.** An suffraganus tenetur suo metropolitano fidelitatis juramentum.

f. 467. **36.** Distinctiones part. I et III atque causae II partis Decreti; zwei alte Handschriften, vielleicht aus Rubenows Bibliothek.

f. 480. **36b.** De poetica; script. per manum Mag. Enwaldi Kleyne, utriusque juris baccalaurei et collegiati. Der Verf. ist der im Decanatbuch[1]) erwähnte Enwaldus Klene oder Cleyne, unter dessen Decanat 1483 das erwähnte Decanatbuch fac. art. zuerst gebunden wurde.

f. 481. **37.** Casus presbyteri P. et G.

f. 486. **38.** Bulla Sixti IV de fratribus Minorum, notificata per Jacobum de Musciavellis de Bononia doctorem, 1476; alte Abschrift. Vergl. B. VIII. f. 99. Nr. 149.

f. 494. **39. Petri Jacobi,** doct. leg. montis Pessulani, Tractatus circa materiam arbitrationis et arbitratorum (Sav. VI. p.39).

f. 498. **40. Hinrici Token,**

art. lib. mag in sacraque theologia baccalaurei Rostockiensis, Tractatus pertinens ad petitionem cujusdam sanctionalis. Zwei alte Handschriften, vielleicht aus Rubenows Bibliothek. Heinrich Token war 1424 Rector in Rostock[2]).

---

1) Kosegarten I. p. 129, p. 144, II. p. 239.
2) Vergl. Krabbe, Gesch. d. Univ. Rostock. I. p. 67, 71.

16. B. XI. Brauner Lederband, 1863 neu gebunden, da der alte Einband, welcher dieselben Verzierungen wie B. XII. hatte, ganz zerstört war; Quart, 497 Quartblätter, der Anfang fehlt.

41. Johannes Meilof,

Abhandlungen zum Canonischen Recht und Lehnrecht, sowie zum Proceß und Criminalrecht.

f. 13. Ad materiam exceptionum, articulorum et testium.

f. 28. Nr. 172. Processus in causa beneficiali.

a) Commissio Henningi episcopi Caminensis ad Petrum Reper officialem anno 1459.

b) Tenor citationis Petri Reper anno 1460, mit vielen Beilagen.

f. 58. De spolio sui possessorio inter conjuges.
f. 65. Processus Belial super possessorio.
f. 89. De rebus ecclesiasticis et patrimonialibus clericorum.
f. 101. De ecclesiasticis beneficiis.
f. 111. De jure patronorum (pert. ad eccl. St. Ottonis Stettinensem).

---

f. 215. De Romanorum potestate et imperio et tributo.
f. 245. De principatu Jmperatoris.

f. 254. Nr. 172 b. Jnformatio juris consilii causa in discordiis abbatis Hildensis et civitatis Grypeswaldensis propter piscaturam in mare et fluvio Hilda vel Reka (Ryk).

Jnformatio juris super proprietate villarum Sancti Spiritus, Sancti Georgii et Civitatis Grypeswaldensis.

Dabei als Beilagen mehrere Abschriften und Auszüge aus folgenden Urkunden:

1. Wartislaw III. 1250. Gesterding, Beitr. z. G. d. St. Gr. I. Nr. 6.
2. Wartislaw III. 1264. „ Nr. 12.
3. Barnim I. 1264. „ „ 13.
4. Bogislaw IV. 1278. „ „ 27.
5. Barnim et Otto. 1294. „ „ 44.
6. Wartislaw IV. 1309. „ „ 62.
7. Otto et Barnim. 1327. „ „ 82,
8. Vergleich zwischen Stadt und Kloster. 1304. Gesterding, Nr. 54.
9. Bogislaw Barnim et Wartislaw. 1304.[1])

f. 266. De statutis laicorum circa res ecclesiasticas verg. contra libertatem ecclesiasticarum.

---

41 b. f. 282. Circa materiam feudorum.

f. 299. Nr. 173. Littera confirmationis Wenceslai imperatoris ad Jac. de Verme.

---

[1]) Vergl. oben B. V. No. 35 und 36 a. b. c.

f. 303. Nr. 174. Littera Caroli IV super infeudatione territorii Stettinensis ducis Barnimi, Pragae 1355.

f. 304. Nr. 175. Bulla Caroli IV concessa duci Barnim, Nürnberg 1357.

f. 306. Nr. 176. Bulla Caroli IV super infeudationem ducis Barnim.

f. 307. Nr. 177. Littera infeudationis concessae ducibus Barnim et Wartislao, in qua investivit duces Barnim, Bogislaum, Barnim et Wartislaum duces Stettinenses ad ducatum Stettinensem et principatum Rugianorum, 1348.

f. 308. Nr. 178. Bulla Caroli IV ratificationis causa concordiae inter Marchiones et duces Stettinenses, Pragae, 1355.

f. 311. Nr. 179. Jnhibitio Friderici III imperatoris de recessu inter duces Stettinenses Ericum II et Wartislaum X et Marchionem Brandenburgensem, 1466; in deutscher Sprache.

f. 312. Nr. 180. Sigismundi imperatoris concessio regalium ad episcopum Rigensem.

f. 313. Nr. 181. Friderici III littera ad episcopum Warniensem; in deutscher Sprache.

Nr. 181 b. Littera Caroli IV regibus Daniae, Sueciae, Norwegiae et Poloniae.

Nr. 181 c. Friderici II concessio Curlandiae, Letoviae et Semgalliae ordini Theutonicorum, anno 1245.

f. 314. Nr. 182. Ludovici IV confirmatio ordinis Theutonicorum, anno 1332.

Nr. 182 b. Rudolphi I concessio imperii in Riga ordini Theutonicorum.

f. 321. Nr. 183. Littera pro parte ducum Stettinensium Erici II et Wartislai X.

f. 322. Nr. 184. Littera Ludovici Marchionis, filii Ludovici IV Jmperatoris, concordiae initae inter illustres principes Ottonem et Barnym Stettinenses et Pomeraniae duces, Frankfurt 1338; in deutscher Sprache.

f. 322 v. Nr. 185. Bulla Ludovici IV Jmperatoris praecedentis litterae filii sui Ludovici Marchionis confirmatoria, concessa Ottoni et Barnym Stettini et Pomeraniae ducibus, Frankfurt 1338.

f. 323. Nr. 186. Contractus venditionis inter fratres Joachim et Borchard Bere et magistrum Hinricum Polzin; Gryp. 1406 [1]).

---

[1]) Vergl. Oesterding, Pomm. Geneal. 1842. I. p. 4, Nr. 25.

f. 326. Nr. 187. Contractus venditionis inter fratres Lippold, Heinrich, Dietrich et Henning Bere et fratres Stuppelenberch et Witte, Gützkow 1337[1]).

f. 326 v. Nr. 188. Contractus venditionis inter fratres Lippold, Heinrich, Dietrich et Henning Bere et fratres Stuppellenberch et Witte, Greifswald 1343.

f. 327. Nr. 189. Bestätigung des oben genannten Kaufcontracts (Nr. 187) durch den Lehnsherrn der Gebrüder von Behr, den Grafen Johannes von Gützkow; Gützkow 1337.

Sämmtliche 6 Urkunden Nr. 184—189 sind alte Abschriften von Albert Ludwighusen (clericus et notarius, später Official in Greifswald[2]); vielleicht aus Rubenows Bibliothek.

f. 380. Nr. 190. Dicta Baldi de juramenti fidelitate; atque Jac. de Alvarotis de jure feudorum; sehr schön geschrieben, vielleicht aus Rubenows Bibliothek.

f. 381 v. Nr. 191. Littera donationis Wislai principis Rugianorum de villa Niegendorp ad coenobium Jvenak, Tribsees 1276.

f. 382. Nr. 192. Littera confirmationis Wartislai V ducis Pomeraniae hujus donationis villae Niegendorp ad coenobium Jvenak, Stralsund 1326.

f. 383. Nr. 193. Littera venditionis utilis dominii villae Niegendorp cujusdam feudatarii infeudati cum eadem, Greifswald 1337.

Der Verkäufer ist Bartholomaeus Goltstede, der Käufer Everhard de Letzenisse, civ. Gryp.

f. 384. Nr. 194. Littera infeudationis villae Niegendorp ipsius emptoris Everhardi de Letzenisse per conventum Jvenak, Greifswald 1338.

f. 385. Nr. 195. Littera infeudationis successorum quorundam in villa Niegendorp, Greifswald 1368; bestätigt die obige Urkunde Nr. 194.

f. 385 v. Nr. 196. Littera ducum Bogislai, Barnim et Wartislai fratrum super praecaria in villa Niegendorp, Wolgast 1355.

Sämmtliche 6 Urkunden, Nr. 191—196, in Abschrift von Joh. Meilof, sind herausgegeben von Brockmann in Gadebusch, Pomm. Samml. 1783, I. p. 278—285.

f. 386. Nr. 197. Littera abbatis Roberti Hildensis super

---

1) Vergl. Oesterding, Pomm. Geneal. I. p. 5, Nr. 27—31 und Band XI. E. 37 b. i. fine.

2) Vergl. Brockmann, Vom Bischöfl. Official p. 15.

quodam manso (i. e. villa) sito in Hinrikshagen, dicto: de Letzenissen hove; Eldena 1319.

f. 411. Nr. 198. De emptionis censura; sehr schön geschrieben.

f. 420 v. Nr. 199. Littera Bogislai emptionis villae Mesekenhagen; in niederdeutscher Sprache.

f. 423. De Criminalibus (de bannito acciso).

f. 451. De incarceratis.

f. 448. Nr. 199 b. Casus enormis vulneratoris cujusdam Joh. Schottelkorff in civ. Gryp.

f. 460—467. Nr. 200. Casus excusationis et exceptionis a damno homicidii cujusdam clerici Ghert Berndes, oblati per syndicum et procuratorem senatus Grypeswaldensis pro parte proconsulis Wedego Lotze ad Bogislaum X Pomeraniae ducem; in niederdeutscher Sprache, betrifft die Klage gegen den Burgemeister Wedego Lotze wegen des Studenten Gerhard Berndes, welcher durch die Nachtwächter gefangen genommen und im Gefängniß gestorben war; in Abschrift von Meilof. Eine spätere Abschrift von Palthen (Professor in Greifswald 1699 — 1710), befindet sich im Archiv zu Putbus, Cod. tit. XX Nr. 1289, p. 941 s. und erwähnt auch das Vorhandensein dieser älteren Abschrift in der Kirchen-Bibliothek. Aus Palthens Abschrift theilt Kosegarten Auszüge mit in der Gesch. d. Univ. I. p. 107, p. 137.

f. 487. De bannitu et tortura.

17. B. XII. Verzierter brauner Lederband, 667 Quartblätter; bezeichnet Volumen XII.

42. Johannes Meilof,

Abhandlungen zum Canonischen Recht und Proceß.

f. 1. De Roma capite mundi. f. 6. De Romana ecclesia. f. 21. De canonibus. f. 25. De rescriptis (Decretal. I. 3).

f. 45 v. Nr. 201. Rescriptum papae appellationis Jac. Bonow proc. parochialis ecclesiae in Krakevitze Roschildensis dioeceseos in rebus Bertoldi Holsten; Romae sine dato.

f. 62 v. Nr. 202. Littera gratiosa Urbani V Rykmanno de Lanken canonico Caminensi in rebus Woldemari regis Daniae; Avignon s. d.

f. 63. Nr. 203. Rescriptum Urbani V abbati monasterii in Hiddensee et praeposito Lundensi, testimonio Rykmanni de Lanken, Avignon 1364.

f. 64. Nr. 204. Rescriptum Sixti praeposito Walbucensi et Decano St. Blasii Brunsvicensi, Romae s. d.

f. 65 v. Nr. 205. Littera Johannis XXII praeposito monasterii Stadensis ac magistro Jacobo de Mulina; Avignon s. d.

f. 68. Nr. 206. Bulla Jnnocentii VIII de privilegiis; Romae 1487; alte Abschrift.

f. 71. Nr. 267. Rescriptum Conradi abbatis monasterii in Belbuk ad capitulum ecclesiae Caminensis propter commissionem officialatus ad Henningum Steffani, Belbuck 6. Dec. 1489.

Vergl. hierüber Brockmann: Vom Bischöfl. Official p. 19, welcher auch Auszüge aus diesem Erlasse mittheilt. Der von dem Kamminer Capitel (bestehend aus dem Decan Johan Lichtenoth, dem Cantor Georg Putkammer und dem Archidiacon Tarmon de Schenck) erwählte Official Henning Steffani war von dem Greifswalder Capitel (bestehend aus Mag. Schröder, Joachim Berter, Matthäus Hanow, Erasmus Hannemann u. Heinrich Bukow d. J.) nicht angenommen worden, und hatte sich deshalb beim Abt von Belbuk als Subconservator beschwert, welcher ihn darnach in seinem Amt bestätigte; alte Abschrift.

f. 75 v. Nr. 208. Rescriptum Conradi abbatis monasterii in Belbuck propter libellum oblatum a Henningo Steffani officiali contra Johannem Wopersnow administratorem ecclesiae Caminensis; Belbuck, 10. December 1489.

Vergl. hierüber Brockmann: Vom Bischöfl. Official, p. 20, wo dieses Cassationsrescript des Abts im Auszuge mitgetheilt wird. Wopersnow hatte Mandate gegen Steffani erlassen, welche der Abt als unrechtmäßig cassirt; alte Abschrift derselben Hand.

f. 80 v. Nr. 209. Bulla Jnnocentii VIII de anno 1489, notificata per Henningum de Glynden, ecclesiae St. Ottonis Stettinensis decanum ad Gregorium abbatem Hildensem, Stettin 1490; der Anfang von Meilof, der Schluß von Ludwighusen geschrieben.

f. 82 v. Nr. 210. Bulla Alexandri VI ad Gerwinum Ronnegarwe, archidiaconum Uzenamensem propter libellum oblatum Erasmi Smarsow, rectoris parochialis ecclesiae St. Jacobi Grypeswaldensis contra nobilem virum Rolavum Nienkerken et ejusdem fratres domicellos propter violentiam; Romae s. d.; in Abschrift von Meilof.

Diese Urkunde ist bei Brockmann: Vom Bischöfl. Off. p. 27 abgedruckt und von diesem ins Jahr 1488 gesetzt.

f. 84. Nr. 211. Bulla Jnnocentii VIII, notificata per Symonem abbatem; der Anfang von Ludwighusen, der Schluß von Meilof geschrieben.

f. 95. De contractibus. f. 98. De postulatione praelatorum (Decret. I. 5).

f. 101. De electione et electi potestate (Decret. I. 6).

f. 122. De potestate ordinariorum. f. 158. De dignitate ecclesiastica.

f. 165. Einschaltung von anderer Hand.

f. 181 v. De officio judicis (Decret. I. 29).

f. 222. De statutis praelatorum.

f. 250. De judiciis (Decret. II. 1).

f. 288, Nr. 212. Littera dispensationis Petri Cardinalis ad episcopum Caminensem pro parte Carstiani et Christophori Kamp, scholarium; Nürnberg 1467.

f. 289. Nr. 213. Littera Juliani episcopi Ostiensis ad episcopum Swerinensem pro parte Christophori Kamp, clerici Cam. Romae s. d.

f. 289 v. Nr. 214. Dispensatio episcopi Swerinensis pro parte Christophori Kamp; Bützow 1489; alle drei Urkunden von derselben Hand, vielleicht von Ludwighusen.

f. 299 v. Processus judiciarius. f. 328. De arbitris (Decret. I. 43).

f. 333. Nr. 215. Brief des Bischofs Busso von Havelberg in einer Streitigkeit zwischen Bernd Maltzan, Erbmarschall von Stettin und Degener Buggenhagen, Erbmarschall von Barth; Tangermünde 1488.

f. 334 v. Nr. 216. Vorladung der streitigen Parteien Bernd Maltzan und Degener Buggenhagen zum Vergleiche nach Malchow durch Bischof Busso von Havelberg, Lüdeke Malzan, Claus Hanne und Johann Thun, 1488.

Beide Urkunden sind in niederdeutscher Sprache abgefaßt und von derselben Hand, vielleicht von Alb. Ludwighusen geschrieben.

f. 355. Nr. 217. Concordia inter regem Poloniae Casimirum IV et ordinem Theutonicorum ejusque magistrum Ludovicum de Erlichshusen, 1472.

f. 358 v. Nr. 218. Concordia inter dominos Livoniae pro utilitate et parte terrae, Woldemar 1472; in niederdeutscher Sprache.

f. 371. Nr. 219. Compromissum Roloffi Barlin, Hinrici ducis Megalopolitani advocati, et Georgii Glousen et Johannis Brockmann, consulum Güstrowii.

f. 373. De causis spolii (Decr. II. 13).

f. 395 v. Nr. 220. Appellatio a subreptione Nicolai Beyer, ordinis praedicatorum, sacrae theologiae professoris, Saxoniae provinciae vicarii, pontificatu Jnnocentii VIII.

f. 397 v. Nr. 221. Tenor litterae Joachimi Turriani Veneti,

professoris sacrae theologiae, ad Hermannum Meyer, sacrae theologiae professorem, a qua appellatio ista fuit interposita, 1488.

f. 398. Nr. 222. Litterae Jnnocentii VIII ad vicarium congregationis Hollandiae ordinis praedicatorum, Romae; alte Handschrift.

f. 402. Nr. 223. Libellus appellationis oblatus coram Henningo Schomaker, commissario Sifridi episcopi Caminensis, per Henningum Rolof pro parte fratrum Jacobi et Laurentii Bokholt atque viduae relictae Johannis Nesseken nec non Nicolai Slupwachter, clerici Caminensis, 1427 sub pontificatu Martini V.

f. 432. De appellationibus (Decret. II. 28).

f. 442. Nr. 224. Appellatio Bogislai X ducis Pomeraniae oblatus per Johannem Parleberg. Das Datum fehlt, die Urkunde ist in Eldena ausgefertigt und der Name des Herzogs von Meilof ausradirt. Sie fällt zwischen die Jahre 1478 und 1483, denn in jenem Jahr trat Bogislaw X die Regierung an und 1483 starb Parleberg.

f. 470. De testamentis (Decret. III. 26).

f. 494. De testamentis clericorum.

f. 505. De matrimonio et legitimatione filiorum naturalium vel spuriorum.

f. 528. De impietate erga filios primi matrimonii.

f. 563. De usuris (Decret. V. 19).

f. 572. Fragm. repet. de usuris; in alter Handschrift.

f. 575. Nr. 225. Bulla Jnnocentii VIII in rebus ecclesiarum Poloniae et Litoviae, Romae 1486; alte Handschrift.

f. 584. Nr. 226. Transsumptum bullarum de commissariis deputandis; alte Handschrift.

f. 586. Nr. 227. Bulla Jnnocentii VIII de indulgentiis, Romae 1488; alte Handschrift.

f. 588. Nr. 228. Bulla Sixti IV de indulgentiis 1481; in Abschrift von Meilof.

f. 589. Nr. 229. Bulla Nicolai V de indulgentiis; in Abschrift von Meilof.

f. 589 v. Nr. 230. Bulla Sixti IV, 1471; in Abschrift von Meilof.

f. 590. Nr. 230 b. Executorium Marini de Fregeno episcopi Caminensis; mit vielen Beilagen [1]).

f. 607. De anno jubileo.

---

[1]) Vergl. Kosegarten, Gesch. d. Univ. I. p. 131.

f. 610 v. Nr. 230 c. Jnformatio Marini de Fregeno ep. Cam.

f. 612. Fragmentum de indulgentiis von derselben Hand, wie f. 572.

f. 614 v. Nr. 231. Bulla Jnnocentii VIII de indulgentiis contra Turkos, 1488; alte Abschrift.

f. 616. Nr. 232. Bulla Jnnocentii VIII de indulgentiis, notificata per Raimundum Peyrandum, archidiaconum Alvisiensem ecclesiae Xantonensis, 1488; in Abschrift von Meilof, mit Beilagen.

f. 619. De sententiae excommunicationis suspensione et interdicti (Decret. V. 39).

f. 633. Fragmentum repetitionis.

f. 640. De absolutione ab excommunicatione.

f. 649. De suspensione ab officio.

C. Rubenowsche Sammlung.

Diese Sammlung besteht aus sechs Foliobänden 18, C. I— 23, C. VI. Wie schon oben bemerkt, lassen sich die Werke dieser Sammlung nicht mit gleicher Sicherheit auf Rubenow zurückführen, wie die Werke Walters, Parlebergs und Meilofs auf ihre Verfasser und Besitzer. Wir finden in ihnen weder Rubenows eigene Handschrift, noch Bemerkungen, welche ihn als Besitzer der Bücher bezeichnen. Nur in der Handschrift C. VI. f. 113 ff. findet sich eine ähnliche Handschrift, die von Rubenow in flüchtigen Zügen geschrieben sein könnte. Dieser Mangel an Nachrichten erklärt sich jedoch leicht, wenn man die äußerliche Beschaffenheit der einzelnen zusammengebundenen Handschriften ins Auge faßt. Verschiedenheit in der Wahl des Papiers, des Gegenstandes und in der Handschrift zeigen, daß sie ursprünglich nicht zusammen gebunden waren. Oft ist die erste Seite sehr beschmutzt, oft fehlen Anfang und Ende, und man erkennt, daß diese Handschriften schon abgenutzt waren, ehe sie in späterer Zeit in diese Reihenfolge gebracht wurden. In Band C. I. findet sich auch eine jüngere Handschrift, welche vielleicht aus Parlebergs Bibliothek stammt, und unter Meilofs Amtsführung mit den älteren Werken zusammengebunden sein mag. Es erklärt sich demnach auch, daß die von Rubenow angeordnete Einzeichnung seines Namens zu Anfang und Ende der von ihm geschenkten Bücher fehlt, da die Einbände und ersten und letzten Blätter der Handschriften zerstört und durch neue ergänzt sind, bei denen man die Wiederholung der Einzeichnung vergaß. Man hielt dieselbe, wie es scheint, auch bei den Uebrigen für überflüssig, denn sie fehlt auch den Walter-Parlebergschen und Meiloffschen Büchern. Man begnügte sich mit einem Nachweise, den der juristische Bibliotheks-Catalog lieferte. Da uns das noch erhaltene Decanatbuch der philosophischen Facultät einen Catalog der Bibliothek dieser Facultät nachweist, so läßt sich wohl mit Sicherheit annehmen, daß auch das verlorene Decanatbuch der juristischen Facultät einen solchen Catalog über die Bücher der juristischen Facultäts-Bibliothek enthielt.

Sämmtliche Handschriften der Rubenowschen Sammlung zeigen in der Art der Schrift und in der Wahl des Papiers einen alterthümlicheren Character als die Bücher Walters, Parlebergs und Meilofs, auch fällt die einigen derselben hinzugefügte Jahreszahl vor das Jahr 1456, in welchem Rubenow das Vermächtniß seiner Bibliothek vollzog. Die Vergleichung hinsichtlich dieses alterthümlichen Eindrucks und das Zutreffen der Jahreszahl bewog mich auch mehrere Handschriften und Urkunden in der Walter-Parlebergschen und Meiloffschen Sammlung auf Rubenow zurückzuführen und habe ich dies bei A. II. 5; B. IV. 20; B. V. 24. 25; B. VI. 28. a. b; B. VII. 29 b; B. X. 35—40, sowie bei den Urkunden B. V. No. 7; B. VI. No. 38, 41, 43, 69, 70, 97, 125 a. b., 130; B. XI. No. 184—190 oben bemerkt.

18. C. I. Brauner Lederband,

1863 neu gebunden, Folio, 357 Blätter;

Enthält: Nr. 1 u. Nr. 3—6, zur Rubenowschen Sammlung gehörige Werke. Nr. 2 ist jüngeren Ursprungs und gehört vielleicht zu den Parlebergschen Büchern. Nr. 2 enthält 59 juristische Werke, fortlaufend von f. 13—315 von derselben Hand in kleiner Minuscelschrift geschrieben, welche wir zuerst aufzählen wollen.

Nr. 2. Parlebergsche Sammlung.

f. 13. Nr. 1. De processu judicii. Dasselbe Werk findet sich A. II. in der wahrscheinlich aus Rubenows Bibliothek stammenden Pergament-Handschrift f. 1—4.

f. 16. Explicit processus judicii anno d. 1458, in vigilia Marthae hospitae domini, in Uthin; sequitur introductorium quoddam juris etc., sive abcdarius juris secundum aliquos sive expositio juris secundum abcdarium.

f. 16. Nr. 2. **Expositio sive introductorium juris.**

f. 18. Explicit expositio allegationum juris, quae secundum quosdam dicitur abcdarius juris, in die Abdon et Sennen martyrum sive in vigilia Petri ad vincula anno d. 1458.

Diese expositio juris enthält namentlich eine Uebersicht der Abkürzungen in den juristischen Handschriften u. von f. 19—20 eine Erklärung von Rechtsregeln, die in Versen abgefaßt sind.

f. 22. Nr. 3. **Promptuarium decreti,** gibt eine Uebersicht des Inhalts der drei Theile des Decretum.

1. distinctiones CI. 2. causae XXXVI. 3. distinctiones V.[1])

f. 31. Nr. 4. **Declaratio super titulo de actionibus.**

f. 36. Nr. 5. **Diffinitiones titulorum in decretalibus.**

f. 38. Nr. 6. **Tabula Johannes Calderini,** continens auctoritates et summas bibliae. Diese Tabula findet sich auch in Bd. VIII. E. 38, f. 97—170.

f. 76 v. Et sic est finis istarum tabularum Johannis Calderini de auctoritatibus, quae inducuntur ex biblia in compilationibus decretorum, epistolarum decretalium, fueruntque conscriptae et finitae anno domini 1467 in Uthin, Lubicensis dioeceseos per magistrum Johannem S. pro cujus fine sit benedictus Deus.

Dieser Magister Johannes S. könnte Joh. Sartoris sein, (Vergl. Koseg. I. p. 133, p. 144, p. 149), welcher von der philosophischen Facultät zur Juristischen überging.

f. 77. Nr. 7. **De monialium receptionibus,** von der Hand des Mag. H. Oldestad.

f. 78. Haec quidam licentiatus in decretis Hinricus Oldestad scripsit in scriptis etc. subtiliter et peroptime etc. anno dom. 1470 in Rostock.

Dann folgt von der Hand des Mag. Joh. S.:

Mag. Hinricus Oldestad, natione Luneburgensis, recipiens actum anno supradicto paedagogium Rostockense (baccalaurei ausgestrichen) licentiati in decretis, haec, ut scripsit, colligens sic, ut praemissum est, in scriptis etc. (Actum paedagogium i. e. officium magisterii).

f. 78. Nr. 8. **Johannis Andreae** tractatus super quarto libro Decretalium (Sav. VI. p. 123).

f. 80 v. Et sic est finis summulae IV libri Decretalium dom. Joh. Andreae decretorum doctoris non minimi. (Duplikat in B. I. 1. f. 4.)

f. 80. Nr. 9 a. **Casus totius juris,** in quibus promoti dejiciuntur et deponuntur.

Nr. 9 b. **Casus utriusque juris,** in quibus aliquis est infamatus.

---

[1]) Vergl. B. X. f. 467 und 24. E. 8. f. 51.

f. 80. Nr. 9c. Consilium **Arnoldi Westval**, decretorum doctoris, licentiati in legibus, Lubicensis, 1462.

f. 82. Nr. 9d. Casus quidam, in quo declaratur, quis partus secundum tempus dicitur legitimus.

f. 82 v. Nr. 10a. Repetitio de homicidio (Decretal. V. 12. cap. 23. Johannes).

f. 84 v. Nr. 10b. Tractatus **Bartoli** de duobus fratribus.

f. 87. Nr. 11a. Vocabularium juris, alphabetisch geordnet.

f. 99. Nr. 11b. Vocabularium juris, alphabetisch geordnet.

f. 117. Expl. verbarius sive vocabularius exponens usitatas, ut communiter, dictiones juris sive legales; sequuntur quaedam practicalia, ut communiter, secundum consistorium Havelbergense.

f. 117 v. Nr. 12. Practicalia. De modo et ordine procedendi; de arresto; de citatione; de Notariis, advocatis et procuratoribus.

f. 120 v. Nr. 13. Tractatus de successione ab intestato, compositus per dominum **Dynum de Massello,** decretorum doctorem [1]).

f. 123. Nr. 13b. Alia notabilia de successione.

f. 124 v. Nr. 14. **Johannis Andreae,** lectura circa arborem consanguinitatis et affinitatis, Bononiae lecta.

f. 127 v.—129 v. sind die Stammbäume verzeichnet.
Dieselbe Abhandlung findet sich B. IV. f. 369. (Sav. VI. p. 124.)

f. 129 v. Nr. 14b. De cognatione spirituali.

f. 130. Nr. 15. Excerpta juris.
1. De restitutione spoliatorum. 2. Quorum oblationes non recipiuntur. 3. Accusari non potest sine libello. 4. Casus, in quibus absolutio competit episcopis et non presbyteris simplicibus.
5. Quae doctor docere debet.
6. Quae requiruntur ad doctorandum.
7. Quomodo doctor in jure appellatur.
8. Privilegia doctoris [2]).
9. An suspensus ab officio sit suspensus a beneficio.

f. 132. Nr. 16. Jnformatio juris super dispensatione domini **Theodorici de Calvis,** praepositi Lubicensis.

---

[1]) Vergl. Savigny, Gesch. d. Röm. R. III. p. 602; VI. p. 458. Fabricius s. v. Dinus de Mugello, de Rossonibus (Mugellanus).
[2]) Vergl. Genzelinus ad Clementin. V. 1. Panzirol. III. 20, wo Genzelinus auch Zenzelinus genannt ist.

f. 132. Nr. 16b. De interdicto tractatus, a summula Johannis Calderini extractum.

Nr. 16c. De probationibus; d. de beneficiis.

Nr. 16e. De monopoliis; f. de praesumptione et probatione.

f. 139. Nr. 17. **Johannes Calderinus**, de interdictis ecclesiarum.

f. 148. Nr. 18. **Guillelmi de Mandagoto**, archidiaconi Nemausensis libellus electionum abbreviatus (Fabr. s. v)

f. 150 v. Nr. 19. **Joh. de Deo**, de dispensationibus (Sav. V. p. 481).

f. 159. Expl. summa composita super dispensationibus praelatorum omnium et aliquorum laicorum, qui possunt de jure dispensare et sequitur forma dispensandi tam diffinitivarum quam interlocutoriarum a Johanne, doctore decretorum Hyspano, dicto de Deo, tempore Jnnocentii IV. edita.

f. 156. Nr. 20. Thema in collatione baccalaureatus, sive doctoratus decretorum.

Nr. 20 b. Glossa de Decret. II. 14. de dolo. cap. 4. Prout.

f. 160. Nr. 21. **Guillelmus de Monte Lauduno**, decr. Dr. de excommunicatione;

Nr. 22. Guill. de Monte Lauduno, de dispensatione (Fabr. s. v.)

f. 164 v. Nr. 23. Uebersicht der Juristischen Abbreviaturen und der Juristischen Litteratur. (Vgl. oben die Einleitung p. 25—30.)

f. 166. Nr. 24. Regulae cancellariae, promulgatae a Pio II per Rodericum eccl. Nicolai in carcere Tulliano diaconum, 1458.

f. 170. Lectae et publicatae fuerunt suprascriptae regulae in cancellaria apostolica anno 1458, V Sept, pontificatus praefati sanctissimi domini nostri papae Pii II anno primo.

f. 170. Nr. 25. Regulae lectae et publicatae anno 1459 a Pio II.

f. 171 v. Nr. 26. Regulae ultimae publicatae a Pio II.

Nr. 27. De festis palatii.

f. 172. Nr. 28. De ignorantia et injuria. De testamentis et inventario.

f. 173. Nr. 29. Repetitio ad Decretal. III. 50.: Ne clerici vel monachi securalibus negotiis se immisceant, cap. 8. Sicut te.

f. 175. Nr. 30. **Johannis Calderini**, summa de appellationibus.

f. 178. Nr. 31. **Johannis Andreae**, memoriale de modo observandi interdictum.

f. 181. Nr. 32. **Johannis de Borbonio**, tractatus de materia irregularitatis, concordantia diversarum opinionum de irregularitate, de suspensione et interdictis.

f. 184 v. Nr. 33. Constitutiones in concilio Basiliensi publicatae, 1435, de concubinatoriis et de conceptione virginis Mariae, 1439.

f. 185 v. Nr. 34. **Hinrici Oldendorp**, repetitio ad Decretal. V. t. 38. de poenitentiis et remissionibus c. 12. Omnis utriusque sexus;

f. 188. Nr. 34 b. Repetitio ad Decretal. VI, V. tit. 10. De poenitentiis et remissionibus. cap. 2. Si episcopus;

f. 189 v. Nr. 34 c. Altera repetitio ad Decret. V. 38. 12. Omnis utriusque sexus.

Ueber Henricus Oldendorp vergl. B. IV. f. 376. Balthasar vitae jurisconş. VII. XXXVII. Anm. Krabbe, Gesch. d. Univ. Rostock. I. p. 374—406. Koseg., Gesch. d. Univ. Greifsw. I. p. 172.

f. 191. Nr. 35. **Fratris Gherardi**, monachi ordinis Cisterciensis, tractatus de exceptionibus cont. XXXIII titulos.

f. 206 v. Nr. 36. **Johannis Urbachii**, decretorum doct. processus judiciarius vel judicii, collectae Erfordiae [1]),

f. 230. Nr. 37. Verschiedene Proceß-Formulare: De attestatione testium — libellus in causa injuriarum. Die Parteien sind meistens Geistliche in Thüringen.

f. 234. Nr. 38. **Egidii de Fiscariis**, decretorum doctoris Bononiensis eximii, Processus ordinis judiciarii. im Auszuge. (Sav. V. p. 522.)

f. 239 v. Nr. 39. Collecta ex statutis **Guidonis**.

f. 240. Nr. 40. Extravagantes Johannis XXII, datae in concilio Avinionensi, summatim ex veteribus constitutionibus sive decretalibus collectae; ein Auszug aus den Extravagantes Johannis XXII im Corpus jur. canon.

f. 241. Nr. 40 b. Extravagantium Johannis XXII. titulus III. de praebendis et dignitatibus: Execrabilis quorundam, Avignon 1307.

f. 241 v. Nr. 40 c. Bulla Clementis V in concilio Vienensi in Gallia, 1312. (Clement. V. 11. de verborum significatione. c. 1. Exivi de paradiso. Ecclesiast. i. e. Jesus Sirach XXIV. 35.)

---

1) Nach Jöcher, Gel. Lex. lebte Joh. Urbach zu Leipzig i. J. 1490. (Sav. VI. p. 480 s. v. Aurbach.)

f. 243 v. Nr. 40 d. Bulla Paulli II anno Jubilei, Romae apud sanctum Petrum, anno 1471.

f. 244 v. Nr. 40 e. Bulla Sixti IV revocationis sive suspensionis indulgentiarum, ex urbe anno 1473.

f. 245. Nr. 40 f. Constitutio Johannis XXII. (Extravag. Joh. XXII. tit. I. de electione. c. 2. Extravag. comm. lib. III. tit. 3.: Suscepti regiminis) Avignon 1318.

f. 245 v. Nr. 40 g. Bulla Martini V. Romae 1420. (Extravag. comm. III. 5. De emptione et venditione. c. 1.: Regimini universalis.)

f. 246. Nr. 40 h. Declaratio Martini V in statutis sinodalibus episcoporum Lubicensium de usuris.

f. 247. Nr. 41. Differentiae inter leges et canones centum [1]).

f. 249. Nr. 42. Glossae atque ordinariae contrariae in jure canonico et earum solutiones.

f. 256. Nr. 43. De nuptiis celebrandis.

f. 258. Nr. 43 b. Urk. 251. Narratio horribilis incendii in dioecesi Lubecensi in terra Holsatiae in parochia Werder ad I miliare prope Zegheberghe circa annos 1448—1450, in villa Owale dicta; incendium post nuptias celebratas exortum prodigium nominatur.

f. 259. Nr. 44. Observationes ad Jnstitutionum libr. IV. tit. I. De obligationibus, quae ex delicto nascuntur.

f. 260. Nr. 44 b. Excerpta ex speculo aureo decem praeceptorum **Henrici Herp** [2]).

f. 261 v. Haec scripsit quidam doctor de fratribus ordinis minorum dictus Johannes Polborne (oder Poworne) in suis scriptis s. decem praecepta mandat. VIII. Jtem sequuntur alia dicta beati Thomae.

f. 262. Nr. 45. Statuta de confessione, confessoribus et excommunicatione.

f. 263. Nr. 45 b. Statuta synodalia Caminensis dioeceseos, im Auszuge.

f. 264. Nr. 46. Formae libelli.

Nr. 47. De justitia et judice sec. V libr. Ethicorum.

f. 264 v. Nr. 48. Urk. 252. Bulla Bonifacii: Dudum si quidem fel. rec. Honorii III. Romae a. X.

f. 265. Nr. 49. Urk. 253. Bulla Gregorii: Ad futuram

---

1) Vergl. A. II. f. 360, wo noch mehrere Unterschiede angeführt werden.

2) Hain rep. bibl. II. 1. p. 38. Fabr. s. v. Henr. Harphius.

rei memoriam; cont. tenorem bullae Urbani: Ad perpetuam rei memoriam; Avignon.

f 265 v. Nr. 50. Urk. 254. Constitutio Caroli IV imperatoris, sive processus Carolinus, confirmatus per concilium Constantiense, 1417.

f. 267. Nr. 51. Urk. 255. Constitutio concilii Basiliensis, 1433.

f. 268. Nr. 52. Urk. 256. Constitutio Caroli IV imperatoris, Tangermünde 1377.

f. 268 v. Nr. 53. Urk. 256 b. Bulla Martini V extravagans de excommunicatione cum annotationibus.

f. 311—315 u. f. 270—304, welche Blätter falsch gebunden sind, enthalten:

Nr. 54. Dominicus a St. Geminiano, Commentar zum 6. Buch der Decretalen;

(VI. lib. I—V. 11.)

f. 311 v. Jncipiunt quaedam notabilia collecta ex dictis domini Dominici de St. Geminiano super VI libro Decretalium, qui fuit peritissimus juris interpres. (Fabr. s. v. Hain rep. bibl. I. 2. p. 441.)

f. 304. Nr. 55. Urk. 257. Libellus appellationis oblatus coram notario et testibus per Christianum Bernardi priorem conventus Gripeswoldensis et Nicolaum Uteske (oder Weske) priorem conventus Pasewalkzensis, ordinis praedicatorum, in causa reformationis ordinis per Leonardum de Perusio, magistrum ordinis, anno 1479.

f. 304 v. Nr. 56. Urk. 256. Libellus oblationis contra Marinum episcopum Caminensem, Stettin a. 1481, 3. Febr.; alte Abschrift.

Diese Appellation bezieht sich auf die Wahl des Bischofs Marinus de Fregeno zum Bischof von Kammin durch Sixtus IV im Jahre 1480. Da nämlich Graf Ludwig von Eberstein vom Capitel schon im Jahre 1469 nach Bischof Henning Jvens Tode zum Bischof vorgeschlagen war und bis 1480 das Bisthum verwaltet hatte[1]): so wurde gegen Marinus Wahl vom Kamminer Capitel und dem übrigen Pommerschen Clerus Appellation eingelegt. Die angeführten Namen sind:

1. Henning Dabermann, Archidiaconus von Usedom. 2. Henning Crammon, Scholasticus von Kammin. 3. Nicolaus Borwech, Decan an der Marienkirche in Stettin. 4. Jacobus Plate, Decan an der Ottokirche in Stettin. 5. Martinus Carith, Cantor an der Marienkirche in Kolberg. 6. Conradus Brinck. 7. Jacobus Vunke,

---

[1]) Vergl. Bd. A. III. f. 203 v. Brockmann, Vom Bischöfl. Offic. p. 15—18. Kosegarten, Gesch. d. Univ I. p. 131 ff. Barthold, Pomm. Gesch. IV. 1. p. 417—439.

Baccalaureen des canonischen Rechts. 8. Henning de Glinden. 9. Borchard de Ghuntersberg, Doctoren des canonischen Rechts. 10. Johannes Rosow, Baccalaureus des canonischen Rechts. 11. Johannes de Wopessnow, Archidiaconus von Pasewalk. 12. Johannes Holste. 13. Matthaeus Vlakenhaghen, Domherren vom Stettin. 14. Albert de Gudentow, Archidiaconus von Pyritz. 15. Georg, Subprior an der Jacobikirche zu Stettin. 16. Vrolicus Westphal, Decan. 17. Christian Mirow, Cantor. 18. Henning Peyne, Archidiaconus von Demmin, Domherrn von Kammin. 19. Sander Gützkow, Scholasticus von Kolberg. 20. Henning Horn, Thesaurarius von Kolberg. 21. Johannes Mileken, Doctor des canonischen Rechts, Praepositus von Güstrow. 22. Johannes Remmelin, Decan und Capellan von Güstrow. 23. Wilken Thomas, Praepositus von Soldin. 24. Johannes Pagenkop, Decan von Soldin. 25. Johannes Parleberg, Doctor der Rechte, Praepositus von Greifswald.

Diese Unterzeichneten reichten die Appellation ein im Namen der Praepostituren von Kammin, Kolberg, Stettin, Güstrow, Greifswald und Grantzow, sowie der Archidiaconate von Demmin, Usedom, Pyritz, Pasewalk, Arnswalde und Friedland und sämmtlicher Cleriker, Plebane und Vicare.

f. 305 v. Nr. 57. Urk. 259. Libellus appellationis contra capitulum Camminense oblatus per Marinum de Fregeno episcopum Camminensem, Colberg 7. April 1481.

Ueber diese Appellation des Bischofs gegen das Capitel vergl. die Universitäts-Annalen p. 59, Kosegarten, Gesch. d. Univ. II. p. 192.

f. 307. Nr. 58. **Guillelmi de Monte Lauduno,** qui fuit doctor decretorum excellentissimus in studio Tholosano, dicta in sacramentali suo de purgatorio et judicio. (Fabr. s. v.)

f. 308. Nr. 59. **Antonii archiepiscopi Florentini,** de ordine praedicatorum doctoris clarissimi dicta, de indulgentiis.[1])

Nr. 60. f. 311—315 ist der Anfang von Nr. 54, f. 270—304.

C. I. Rubenowsche Sammlung Nr. 1.

f. 1—12. **1.** Liber auctoritatum jurium.

Dies alphabetische Lexicon beginnt mit Animati und endigt mit L, ist also unvollständig und etwa zur Hälfte vollendet. Dasselbe ist mit alterthümlichen Schriftzügen in der Art, wie sie Rubenow eigen waren, zwiespältig geschrieben. Am Rande ist eine Inhaltsangabe der alphabetisch geordneten Gegenstände von jüngerer Hand hinzugefügt.

f. 13—315. **2.** Diese oben p. 95—102 beschriebenen Werke Nr. 1—59 stammen vielleicht aus Parlebergs Bibliothek.

---

1) Hain. rep. bibl. I. p. 139.

f. 316—340. **3.** Tractatus de substitutionibus.

Diese Abhandlung ist mit alterthümlichen Zügen auf starkem pergamentartigen Papier einspältig geschrieben, ist aber unvollständig. Meilof bemerkt f. 331 v. und f. 339 v. am Schluß: Hic est defectus. Sie ist abgetheilt in sex lectiones, wie f. 316 bemerkt ist:

f. 316. 1. de substitutione vulgari. f. 321. 2. de substitutione pupillari. f. 325 v. 3. de substitutione exemplari. f. 330. 4. de substitutione breviloqua. f. 331 v. defectus. f. 332. 5. de materia compendiosae substitutionis. f. 337. 6. de materia fideicommissae.

Vergl. die Tractatus de substitutionibus des Baldus, Bartolus und Rainerius de Forlivio. (Sav. VI. p. 247, p. 177, p. 191.)

f. 340—348. **4. Dom. St. Cruczis**
repetitiones ad Decretales.

f. 340. Decretal. II. 1. de Judiciis. c. 4.: At si clerici. §. 1. de adulteriis. f. 341 v. Decretal. II. 24. de Jurejurando. c. 10.: Querelam. f. 343 v. Decretal. lib. sext. I. 18 de Pactis. c. 2.: Quamvis pactum. f. 345. Stilus palatii Romanae curiae.[1])

Diese Handschrift ist mit sehr kleinen Schriftzügen einspältig geschrieben. Der als Verfasser angegebene Dom. St. Cruczis wird utriusque juris professor genannt, ist aber bei Panzirolus nicht aufgeführt. Er gehört vielleicht zu den französischen Juristen wo St. Croix als Name vorkommt, oder zu der Familie Kruse, aus welcher in Rostock und Greifswald Professoren vorkommen.[2])

f. 348—352. **5.** Glossae et notabilia ad Decretal.
I. 20. De corpore vitiatis ordinandis, vel non:

c. 3.: Ex parte. c. 4.: Significavit. c. 5.: Ex parte. c. 6.: Exposuisti. c. 7.: Thomas.

Diese Handschrift ist mit großen alterthümlichen Zügen einspältig geschrieben und unvollständig, da Anfang und Ende fehlen. Der Verfasser ist der später bei Beschreibung von C. II. angeführte Student Eberhardus d. S., welcher 1390 in Prag studirte und diese Abhandlung schrieb.

f. 352—356. **6.** Oratio pro datione doctoratus,
überschrieben:

Finit. principio sanctitate tue p. apostolica scripta a Snls S. Snis S. S. S. Sunt.

---

1) Vergl. Hain rep. bibl. II. 2. p. 363. s. v.)
2) Krabbe, Gesch. d. Univ. Rost. I. p. 134. p. 241. II. p. 327. Koseg., Gesch. d. Univ. Greifsw. I. p. 145.

Da das Thema dieser Rede aus den Sprüchen Salamonis entnommen ist, so sind die Worte der Ueberschrift wohl folgendermaßen zu ergänzen: Finita sunt principio sanctitate tuae potestatis apostolica scripta a Salamonis Sapientis Sermonibus. Sancti, Sancti, Sancti sunt (sc. sermones). Diese Handschrift ist vollständig und einspältig, mit großen alterthümlichen Zügen geschrieben.

Diese Rede, welche bei einer Doctorpromotion gehalten wurde, hat ebenso, wie die oben erwähnte Rede Rubenows in A. III. f. 200 v. — 203 v. ein biblisches Thema und zwar die Worte aus den Sprüchen Salamonis Cap. XXXI. v. 23:

Nobilis in portis vir ejus cum sederit cum Senatoribus terrae,

welche im übertragenen Sinne auf den Promovenden bezogen werden. Dieselben Worte führt Rubenow in der erwähnten Rede A. III. f. 202 v. an. Die Rede schließt f. 356 mit den Worten bei der Uebergabe der Insignien der Doctorwürde.

f. 357. Urk. 259 b. Bulla Urbani V., Avignon, 13. Mai 1362.
Urk. 259 c. Fragmentum de paradiso et Gregorio papa.
f. 358. Urk. 259 d. Fragmentum de culpa levi atque gravi, zwiespältig auf Pergament geschrieben mit sehr alten Zügen.

19. C. II. Brauner Lederband,

1863 neu gebunden, Folio, 292 Blätter.

f. 1—43. **7. Hermanni de Scildas,**

ord. Heremitarum St. Augustini,

Vocabula in jure canonico.

Herm. de Scildis starb in Würzburg 1357.[1])

Dieses juristische Lexicon ist alphabetisch geordnet, beginnt mit A. Abavus, endigt mit Y, und gibt am Anfang f. 1—2 eine Uebersicht der Rechtsbücher, aus welchen die einzelnen Worte und Rechtsbestimmungen entnommen sind, nämlich:

1. 50 libri Pandectarum. 2. 4 libri Jnstitutionum. 3. 12 libri Codicis. 4. 9 Collationes Authenticae. 5. Novella Lombarda et constitutiones feudorum. 6. 3 partes Decreti. 7. 5 libri Decretalium. 8. 5 libri Sexti libri Decretalium. 9. 5 libri Clementinarum.

---

[1]) Vergl. Fabricius bibl. lat. med. et inf. aet. lib. VIII. p. 717.

Als Rechtsgelehrte, deren Bücher excerpirt sind, werden angeführt Ysidorus, Azo, Hostiensis, Speculator et glossator, Goffredus, Archidiaconus, Johannes Andreae, Accursius. Am Schluß wird eine Uebersicht der Leges gegeben.

Dieses Lexicon ist zwiespaltig geschrieben und die alphabetisch geordneten Worte sind mit rother Tinte am Rande verzeichnet. Der Verfasser hat es den Cölnischen Prälaten Eberhard und Engelbert Grafen von der Mark gewidmet. Der erstere starb 1387, der zweite 1364. (Vergl. Ritterhusen Gen.)

f. 45—56. **8.** Tractatus de libellis et de exceptionibus contra libellum.

Diese Handschrift, welche mit sehr kleinen Zügen, einspältig geschrieben ist, gibt eine Uebersicht über den Begriff und den Inhalt der Libelle und zugleich Formulare mit Bezug auf wirkliche und fingirte Rechtsfälle. Letztere gehören meistens in das Gebiet des Erzbisthums Cöln.

f. 57—102. **9.** Formulare processus et instrumentorum.

f. 57. Formulare absolutionum et citationum. f. 61. Formulare libellorum in causis electionis. f. 62. Formulare libellorum in causis beneficiorum. f. 64. Formulare libellorum super subjectione et obedientia. f. 67. De sponsalibus et matrimoniis. f. 69. De libellis appellationum. f. 72. De dilationibus, exceptionibus et interlocutoriis. f. 74. De litis contestatione. f. 75. De juramento calumniae et veritatis. f. 75 v. De positionibus. f. 76 v. De testibus. f. 77. Formulare articulorum. f. 78. Formulare interrogatoriorum. f. 79 v. De publicatione testium. f. 80. De arbitris. f. 82. De sententiis diffinitivis. f. 84. De sponsalibus et divortiis. f. 92. De expensis judicii et exceptionibus judicialibus. f. 93. De appellationibus. f. 95. De officio judicis et de effectu appellationis. f. 100 v. De protestationibus.

Diese Handschrift ist mit denselben Zügen und auf ähnlichem starken Papier geschrieben wie der tractatus de substitutionibus in C. I. f. 316. Anfang und Ende scheinen zu fehlen.

f. 103—109. Nr. 10—16.

Repetitiones in universitate Pragensi.

f. 103—109. **10.** Repetitio de sexto libro Decretalium, lib. I. tit. 2.: de constitutionibus, cap. 2.: Ut animarum.

f. 109—121 v. **11.** Repetitio de Clementinis, lib. II. tit. X.: de exceptionibus, c. 1.: Excommunicationis exceptio.

Diese Abhandlung beginnt mit der Anführung aus dem Buche der Chronika i. c. Paralipom. II. c. I. 10.:

Da mihi, domine, sapientiam, ut ingrediar et egrediar coram populo tuo.

f. 121—147. **12. Johannis Calderini,**
distinctiones super Decretales,
Lib. I, II, III et V.

f. **121** v. De summa trinitate. Decr. I. 1. c. 2.: Damnamus. f. **122.** De constitutionibus. Decr. I. 2. c. 8.: Quum accessissent. f. **122** v. De rescriptis. Decr. I. 3. c. 2.: Ex parte Conventrensis. f. **123.** Decr. I. 3 c. 36.: Significavit. f. **123** v. De electione. Decr. I. 6. c. 23.: Bonae memoriae. c. 36.: Bonae memoriae. f. **124** v. Decr. I. 6. c. 40.: Scriptum. c. 48.: Ecclesia vestra. f. **126** v. De renunciatione. Decr. I. 9. c. 11.: Post translationem. f. **127.** De aetate et qualitate. Decr. I. 14. c. 3.: Jndecorum est. c. 6.: Quaeris. f. **128** v. De transactionibus. Decr. I. 36. c. 11. Ex parte. f. **129.** De postulando. Decr. I. 37. c. 3.: Quum sacerdotis. De procuratoribus. Decr. I. 38. c. 2.: Querelam.

---

f. **129** v. De judiciis. Decr. II. 1. c. 13.: Novit ille. f. **130.** De foro competenti. Decr. II. 2, c. 11.: Ex tenore. c. 12.; Si diligenti. f. **131** v. Ut lite non contestata non procedatur. Decr. II. 6. f. **132.** De causa possessionis. Decr. II. 12. c. 5.: Pastoralis. f. **133** v. De dolo et contumacia. Decr. II. 14. c. 4.: Prout; De eo, qui mittitur in possessionem. Decr. II. 15. c. 1.: Constitutis. f. **133** v. De probationibus. Decr. II. 19. c. 11.: Quoniam contra falsam. f. **134** v. De testibus. Decr. II. 20. c. 28.: Quum a nobis. c. 29.: De testibus. f. **135.** De testibus cogendis. Decr. II. 21. c. 10.: Dilectorum. f. **135** v. De fide instrumentorum. Decr. II. 22. c. 10.: Quum Johaunes. f. **136** v. De sententia et re judicata. Decr. II. 27. c. 24.: Ad probandum. f. **137.** De appellationibus. Decr. II. 28. c. 64.: Nicolao.

---

f. **138.** De concessione praebendae. Decr. III. 8. c. 6.: Quum nostris. f. **138** v. De conversione conjugatorum. Decr. III. 32. c. 9.: Ex parte. f. **139** v. De státu religiosorum. Decr. III. 35. c. 5.: Quod dei timorem.

---

f. **140** v. De accusationibus. Decr. V. 1. c. 17.: Qualiter et quando. f. **141** v. De haereticis. Decr. V. 7. c. 12.: Quum ex injuncto. f. **143.** De homicidio. Decr. V. 12. c. 24.: Petitio. f. **144.** De adulteriis. Decr. V. 16. c. Tua nos. f. **144** v. De novi operis nuntiatione. Decr. V. 32. c. 1.: Jntelleximus. f. **146.** De excessibus praelatorum. Decr. V. 31. c. 10.: Ex litteris. De poenitentiis et remissionibus. Decr. V. 38. c. 9.: Officii.

f. 146 v. Explic. distinctiones **Joh. Calderini** super Decretal.

f. 147—150. **13.** Repetitio de sexto libro Decretalium,
lib. III. tit. 2.: De clericis conjugatis, c. u. Clerici.

f. 150 v. Et sic est finis illius repetitionis super: De clericis conjugatis, libri sexti, capitulum unicum; per me Eberardum dictum de Sconoerdo anno nativitatis domini M. CCC. XC, 3a die, jheiunii, hora XXIII, vel quasi. Laudetur deo omnipotenti.

Diese Repetitio, so wie die vorhergehenden Repetitionen Nr. 10 und 11, ferner auch die Distinctiones Joh. Calderini Nr. 12 sind sämmtlich von derselben Hand des genannten Eberhard von Sconoerd geschrieben, und zwar als Promotionsschriften desselben auf der Universität Prag im Jahre 1390. In dem nach der Repetitio f. 150 angegebenen Datum: Anno 1390, tertia die jejunii, hora XXIII, vel quasi, bedeutet vel quasi ungefähr, denn alle Abkürzungszeichen fehlen, sonst könnte man darin eine Abkürzung für Quadragesimali i. e. jejunii sehen. Das Datum ist der erste Freitag nach dem Sonntag Quinquagesimae oder Estomihi, oder der dritte Tag nach Aschermittwoch, dem Anfang der Fasten, Jejunii. Dies Wort ist nach alterthümlicher Sitte Jheiunij geschrieben. Die 23. Stunde ist 11 Uhr Abends.

Ueber die Zeit und näheren Umstände, unter welchen diese Abhandlung geschrieben ist, können wir uns sorgfältiger unterrichten durch Vergleichung der Monumenta universitatis Pragensis ab anno 1367—1585, Pragae 1830—1834. Der erste Band enthält ein Calendarium universitatis, p. 1—17 ein Formulare facultatis artium, p. 18—25 ein Verzeichniß der Decane der philosophischen Facultät, p. 26—132 die Statuten der philosophischen Facultät, endlich p. 133—452 ein Verzeichniß der Promotionen in der philosophischen Facultät vom Jahre 1367—1419. Der zweite Band enthält p. 1—488 eine Fortsetzung dieses Verzeichnisses von den Promotionen der philosophischen Facultät vom Jahre 1419—1585 und p. 449—586 ein vollständiges Namenregister, sowie Beilagen mit Facsimile nach den Urkunden.

Der dritte Band enthält p. 1—163 ein Verzeichniß der in der juristischen Facultät Inscribirten: p. 1—8 der Doctoren, p. 9—27 der Baccalaureen, p. 28—159 der Studenten, nach Nationen geordnet: p. 28—57: Natio Boemorum, p. 58—84: Natio Bavarorum, p. 85—118: Natio Polonorum, p. 119—159: Natio Saxonum, p. 160—164: Nachträge. p. 165—215: ein ausführliches Namenregister, p. 217—444: den Codex diplomaticus universitatis Pragensis, eine Sammlung von 60 Urkunden vom Jahre 1347—1410.

Unter den Studenten, welche in der juristischen Facultät inscribirt sind, finden wir p. 76: Everhardus Sconord pp. Letztere Bemerkung bedeutet pauper, d. h. dem Inscribirten wurde das Inscriptionsgeld erlassen. Diese Inscription ist geschehen im Jahre 1389 unter dem Rectorat des Jaroslaus de Porzesyn, canonicus Pragensis ecclesiae, und der Inscribirte gehört zur Natio Bavarorum. Ich bemerke hierbei aber, daß mir die Lesart des Namens keineswegs sicher zu sein scheint, und daß nur das feststeht, daß der 1389 Inscribirte mit dem Verfasser der Repetitionen identisch ist. Der Name in unserer Handschrift kann auch Stomerdo und Scomerdo oder Sto. Merdo oder St. Omerdo oder St. Noerdo heißen. Ein Johannes de St. Omero lebte 1220 in Norfolk.

Die Promotion geschah, wie die Handschrift sagt, unter dem Rectorat:

Domini Nycolai hujus almae universitatis rectoris dignissimi, domini Bohveslay, hujus almae universitatis ordinarii, decani Pragensis dignissimi et dominorum meorum doctorum, specialiter domini doctoris Mathiae, sub cujus protectione pro nunc, licet immeritus, in sede cathedrali requiesco.[1])

Der genannte Rector Nicolaus ist Nicolaus Ergemes de Livonia, magister artium et baccalarius decretorum, welcher im Jahre 1390 das Rectorat verwaltete[2]). Der genannte Decan Bohveslaus ist der Jurist Bohuslaus de Sderaz, decretorum doctor, ordinarie legens in facultate juridica, welcher im Jahre 1372 in der Natio Boemorum unter dem Rectorat des Johannes comes de Pernsteyn inscribirt wurde. Bei seiner Inscription ist später von anderer Hand hinzugefügt: hodie doctor decretorum. Als solcher wird er auch in unserer Handschrift f. 103 v. an einer anderen Stelle bezeichnet[3]). Der dritte angeführte Mathias, welcher f. 109 v. und f. 147 decretorum doctor genannt wird, ist entweder Mathias Küle, praepositus Priswalkensis, welcher 1384 in der Natio Saxonum inscribirt und 1386 Rector der Universität war[4]) oder, was noch wahrscheinlicher ist, Mathias, plebanus in Sramnyk, welcher vor dem Jahre 1483 inscribirt und bei dieser Einzeichnung schon doctor decretorum genannt wird[5]). Bei Mathias Küle ist nirgends eine Bezeichnung seines gelehrten Grades angegeben.

f. 151—160. **14.** Repetitio de libro sexto Decretalium, lib. III. tit.: de rerum permutatione. cap. un: Licet.

Diese Repetition läßt sich vielleicht ebenso wie Nr. 10—13 auf Everhard S. zurückführen, ist aber zu einer anderen Zeit geschrieben, da die Handschrift sowie Papier und Tinte von Nr. 10—13 abweichen. Eine Angabe, welche den Verfasser mit Sicherheit nachweist, fehlt.

f. 160—176. **15.** Commentar zu den Pandecten, Buch XII. und XIII.

f. 160. De condictione indebiti (Dig. XII. 6.) f. 169. De condictione sine causa (Dig. XII. 7). f. 170. De condictione ex lege (Dig. XIII. 2). f. 172 v. De eo, quod certo loco dari oportet (Dig. XIII. 4).

Diese Handschrift ist von anderer Hand geschrieben, und zwar von derselben, welche wir in C. III. wiederfinden.

f. 176—181. **16a.** Repetitio de Decretalibus.

f. 176 v. De delictis puerorum (Decr. V. 23).

---

1) Vergl. oben B. B. VII. f. 401—412.

2) Vergl. Mon. un. Pragensis III. p. 76. ff.

3) Vergl. Mon. un. Prag. III. p. 3, wo er auch canonicus Olmuczensis genannt wird, und p. 28, wo seine Inscription verzeichnet ist.

4) Vergl. Mon. un. Prag. III. p. 3, 13, 39, 74, 98, 134, 137, 162.

5) Vergl. Mon. un. Prag. III. p. 1. Bei den ersten 15 Inscribirten fehlt die Jahreszahl.

f. 181—189. **16b.** Repetitio de Decretalibus

De sententia et re judicata (Decr. II. 27).

f. 186 beginnt eine Abhandlung über die Fragen, quis est efficiens summae und quid est nullitas summae, deren Schluß in diesem Bande fehlt. Dieser Schluß findet sich aber in der Meilofschen Sammlung: B. VI. p. 221. No. 70, wo er oben p. 71 angeführt ist.

Diese Repetitionen sind von dem oben genannten Eberhard S. i. J. 1390 unter dem Rectorat des Nicolaus Ergemes de Livonia und dem Decanat des Bohuslaus de Sderaz geschrieben, wie dies aus einer Bemerkung f. 181 v. hervorgeht, wo auch der oben erwähnte Mathias decretorum doctor erwähnt wird.

f. 189—273. **17. Gavydonis de Columpna,**

Historia Troyana.

f. 189. Mit diesem Blatte beginnt eine philologische Handschrift, welche eine Geschichte des Trojanischen Krieges enthält, und welche mit den juristischen Handschriften, wahrscheinlich unter dem Bibliothekariat des Prof. Johannes Meilof zusammengebunden ist. Diese Handschrift kann aber sehr wohl in Rubenows Besitz gewesen sein, da sie ein hohes Alter nachweist und Rubenow auch, außer seinen juristischen Büchern, Werke aus verschiedenen Wissenschaften besaß. Dies geht aus den oben p. 21 erwähnten Worten der Vermächtniß-urkunde hervor, welche die Bücher bezeichnet: **watterleye se syn, unde in wat kunst.**

Die Ueberschrift von Nr. 17 lautet, in rother Schrift:

f. 189. Jncipit historia troyana edita per magistrum Gavydonem de Columpna, Messanensem, judicem.

Am Schlusse enthält ein Distychon folgende Zeitbestimmung:

f. 272. Post M bis duo CCCC duplicatis quatuor in se
perrexit finem historialis apex;

d. h. Nach Eintausend zweimal Zweihundert und zweimal vier Jahren, also im Jahr 1408, beendet (duo CCCC bedeutet ducentos).

Ueber diese Zeit der Abfassung sind wir noch genauer durch folgende Worte unterrichtet:

Non infra tres menses, a XV die ipsius mensis Septembris primae indictionis usque ad XV mensis Decembris proximi subsequentis, opus ipsum in totum per me perfectum extitit et completum, licet longe ante ad instantiam domini mei Mathaei de Porta, venerabilis Salernitani archiepiscopi, magnae scientiae viri, de praesenti opere compleverim primum librum.

Eine Schlußbemerkung von anderer Hand lautet:

Compositum autem et perfectum est hoc opus super historia Troyana anno incarnationis dominicae 1287 indictione prima diebus mensium prius enarratis.

Der erwähnte Jurist Guido de Columna aus Messina, welcher später mit Eduard I. (1272—1307) nach England ging, bemerkt in der Einleitung und am Schluß, daß er in seiner Geschichte des Trojanischen Krieges dem Homer, Ovid und Virgil, namentlich aber dem Letzteren gefolgt sei, dem er natürlich im Geiste des Mittelalters den Vorzug gibt. Auch bezieht er sich auf Dares und Dyctis Cretensis, und bemerkt dabei, daß die von diesem Werke in Athen existirende Griechische Handschrift von Cornelius nomine Sallustii magni nepos ins Lateinische übersetzt sei [1]). Die Geschichte selbst beginnt f. 189 v. mit dem Argonautenzuge lib. I—IV; dann folgt Herakles Zug gegen Troja, bei dem auch Jason als Theilnehmer genannt ist lib. IV; Trojas Gründung durch Priamus, lib. V; Raub der Helena, lib. VI—VII. Von lib. VIII beginnt der Trojanische Krieg und schließt lib. XXX mit der Eroberung von Troja. Das folgende Buch enthält den Wettstreit des Ajax und Odysseus, sowie die Flucht des Aeneas, lib. XXXII die Rückkehr und den Tod des Agamemnon, lib. XXXIII die Orestie, lib. XXXIV ist ausgerissen, lib. XXXV berichtet über den Tod des Odysseus.

(Am Schluß f. 272 ist eine Uebersicht der juristischen Abbreviaturen in späterer Zeit von anderer Hand hinzugefügt, und ein Fragment einer Klosterregel.)

Die Zeit der Abschrift fällt nach f. 272 ins Jahr 1408, also in den Anfang des funfzehnten Jahrhunderts. — Sie ist zwiespältig mit rothen Ueberschriften und Initialen geschrieben und hat ähnliche Züge, wie die 18 Jahre früher geschriebene Handschrift E. 65, vom Jahre 1390, welche sermones fratris G. Herliacensis de oratione dominica enthält.

f. 273—283. 18. Fragment

einer juristischen Handschrift, wie es scheint von derselben Hand wie B. C. I. f. 316, f. 352, C. II. f. 57. Anfang und Ende fehlen. Der Inhalt bezieht sich auf das Verhältniß zwischen der Macht des Kaisers und des Papstes.

f. 273. c. 3. Argumentum ad potestatem negatam, quam pro veritate faciunt.

c. 4. Probatur hoc idem ex regibus antiquis, quod sola electio non sufficit ad administrationem imperii.

f. 274. c. 5. Ostenditur, quanta sit auctoritas summi pontificis.

In diesem Capitel werden sechs Kaiser aufgezählt, unter ihnen drei Beschützer der Kirche, nämlich: Constantinus, Justinianus und Carolus magnus, sowie drei Gegner der Kirche, nämlich: Julianus apostata, Otto IV und Fridericus II.

f. 275 beginnt in diesem Werke eine andere Handschrift:

f. 275. c. 6. Declaratio ejusdem potestatis per scripturas novi testamenti. f. 276. c. 7. Ratio naturalis ad idem propositum

---

1) Vergl. über diese Pseudo-Autorschaft des Sallustius u. Corn. Nepos Bernhardi, Grundriß der Röm. Litt. Anm. 518.

ostendendum. f, 276 v. c. 8. Ostendenda est ex jure positivo auctoritas summi pontificis roborata per principes principali subjectione. f. 277. c. 9. Ostenditur hoc idem de Justiniano imperatore. c. 10. Conclusio intenta de jurisdictione imperii, quid sit tenendum. c. 11. Circa jurisdictionem imperii. f. 278 v. c. 12. Qualiter in Carolo IV damnificatus est modus imperii. f. 279. c. 13. Alius modus Jmperatoris post Ottonem III. c. 14. Qualiter apparet auctoritas summi pontificis ex depositione principum, quae in diversis temporibus ab ipsis factae inveniuntur. f. 280. c. 15. Revisio ad argumenta facta in contrarium circa propositum in principio. c. 16. Revisio ad II argumentum in contrarium factum et qualiter intelligitur illa auctoritas: Reddite, quae sunt Caesaris, Caesari. c. 17. Revisio ad III argumentum et digressio in divinum exordium. f. 281. c. 18. Quod divinum est a deo promissum et provisum, cujus ratio primo hic sumitur ex natura entis. c. 19. Quod divinum hominum fuerit a deo, cujus ratio sumitur ex parte motus. f. 282. c. 20. Quod divinum hominum fuerit a deo, cujus ratio sumitur ex consideratione finis. c. 21. Quod divinum Romanorum praecipue fuit a deo provisum et ratio pro primo ex zelo patriae. c. 22. Qua ratione meruerint divinum Romani videlicet ex sanctissima legum transductione.

Von dem letzten Capitel ist nur die Ueberschrift erhalten. Darunter ist von der Hand des Johannes Meilof bemerkt, ebenso wie am Anfang der Handschrift: Hic est defectus. In Capitel 21 sind als Beispiele der Vaterlandsliebe der Römer angeführt: der Befehl des Brutus und T. Manlius Torquatus, die eigenen Söhne zu tödten; der freiwillige Tod des Marcus Curtius und Marcus Regulus; die Uneigennützigkeit des M. Curius Dendatus und Fabius Maximus.

f. 283—292. **19. Fragment**

einer juristischen Handschrift, welche einen ähnlichen Inhalt wie Nr. 18 hat und sich auf das Verhältniß der päpstlichen und kaiserlichen Macht bezieht. Anfang und Ende fehlen. f. 283 werden die vier Monarchien: 1. der Assyrer und Babylonier, 2. der Meder und Perser, 3. der Griechen, 4. der Römer aufgezählt; f. 284 v. wird von Carl dem Großen u. Otto I. berichtet; f. 285 v. de verbo Christi ad Pilatum: Regnum meum non est hoc mundo; f. 286 v. de Frederico II et Jnnocentio IV. (Einspältige unregelmäßige Schrift.)

20. C. III. Brauner Lederband,

1863 neu gebunden, Folio, 215 Blätter; enthält folgende Ueberschrift: Sequuntur reportata Dig. vet. circa VI, VII, VIII, IX, X, XI, XII et XIII libros.

f. 1—215. **Commentar zu den Pandecten,**

durchgängig von derselben Hand, wie C. II. f. 160 geschrieben.

f. 1—20. **20. Copulatio vocabularum libr. Digest.**. enthält ein sachlich angeordnetes Verzeichniß der Rechtsbegriffe, deren Inhaltsangabe mit bräunlich gefärbter Tinte an den Rand geschrieben ist:

f. 1—5. Copulatio Personarum. f. 5. Agnatorum. f. 7. Delinquentium. f. 8, 9. Significationum verborum et nominum. f. 10. Servitutum. f. 12 v. Legum. f. 13 v. Actionum. f. 18. Beneficiorum juris. f. 1 findet sich folgende Anmerkung, die den Schluß bildet, welcher auf f. 1 in unrichtiger Folge steht:

Expl. compendiosa collectio s. lib. Digestorum, continens vocabulorum proprietates et quod non habetur in hac pagina, stabit in fine hujus quaterni et ibi adde.

f. 21—215. **21. Lectura super Digesta.**

f. 21 beginnt der Commentar zu den Pandecten. Derselbe behandelt zuerst Dig. VI. 1. De rei vindicatione und zwar sind über diesen Abschnitt zwei Commentare vorhanden, von welchen der zweite mehrere Lücken hat. Bei VI. 1. 9—17 u. 19—32 ist von Meilofs Hand bemerkt: Hic est defectus. Auch die folgenden Abschnitte sind doppelt commentirt.

f. 21—51. f. 51—74. Dig. VI. I. De rei vindicatione. f. 75—76. f. 78—86. Dig. VI. II. De Publiciana in rem actione. f. 86—87. Dig. VI. III. Si ager vectigalis i. e. emphyteuticarius petatur. f. 87—100. Dig. VII. 1. De usufructu et quemadmodum, quis utatur, fruatur. f. 100 — 102. Dig. VII. II. De usufructu accrescendo. f. 102 v. — 103. Dig. VII. III. Quando dies ususfructus legati cedat. f. 103—105 v. Dig. VII. IV. Quibus modis ususfructus amittitur. f. 105 v.—108. Dig. VII. V. De usufructu earum rerum, quae usu consumuntur. f. 108—110. Dig. VII. VI. Si ususfructus petatur, vel ad alium pertinere negetur. f. 110—111. Dig. VII. VII. De operis servorum. f. 111—114 v. Dig. VII. VIII. De usu et habitatione. f. 114 v. — 116 v. Dig. VII. IX. Quemadmodum usufructuarius caveat. f. 119 — 124. Dig. VIII. I. De servitutibus. f. 125—131. Dig. VIII. II. De servitutibus praediorum urbanorum. f. 132—138. Dig. VIII. III. De servitutibus praediorum rusticorum. f. 138—140. Dig. VIII. IV. Communia praediorum tam urbanorum quam rusticorum. f. 141—144. Dig. VIII. V. Si servitus vindicetur, vel ad alium pertinere negetur. f. 145—147. Dig. VIII. VI. Quemadmodum servitutes amittuntur. (Bartoli dicta. f. 148—151. De lege notabili Digestorum XII. 1. De rebus creditis.si certum petetur, c. 5. Quod te. et de lege 9. Certi §. 8. Si nummos.)

f. 151—171. Digestorum XII. 1. De rebus creditis, si certum petetur et de condictione. f. 172—182. Dig. XII. II. De jurejurando, sive voluntario sive necessario sive judiciali. f. 183—185 v. Dig. XII. III. De in litem jurando. f, 185 v.—189. Dig. XII. IV. De condictione causa data causa non secuta. f. 190—191. Dig. XII. V, De condictione ob turpem vel injustam causam. f. 191—210. Dig. XII. VI. De condictione indebiti. f. 210—211. Dig. XII. VII. De condictioue sine causa. f. 211—214. Dig. XIII. I. De condictione furtiva. f. 214 v.—215. Dig. XIII. II. De condictione ex lege. f. 215—215 v. Dig. XIII. III. De condictione triticaria.

21. C. IV. Verzierter schwarzer Lederband, Folio, 250 Blätter.

f. 1—138. **22. Johannis Calderini,** breviarium decreti.

f. 138. Expl. anno domini 1451 quarta feria post festum Margaretae in alma universitate studii Lipcziensi continuata.

Pe. de Rosk.

Dieser Petrus de Rosk ist wohl ein Vorfahr des später an der Universität zu Greifswald angestellten Petrus Rust, welcher auch Petrus de Rostock genannt wird. Die Schreibweise seines Namens giebt eine sechsfache Möglichkeit, denselben entweder Rust — Rusch — Rusk, oder Rost — Rosch — Rost zu lesen. Da der jüngere Petrus in Greifswald im Jahre 1502 immatriculirt und als Professor in der philosophischen Facultät angestellt wurde, so kann der ältere Petrus sehr wohl sein Vater gewesen sein. Der oben mitgetheilte Name läßt eine doppelte Lesart P. de Rosk oder P. de Rostock zu.

Die Handschrift ist zwiespältig, mit rothen Initialen, zu Anfang mit sehr großer Schrift geschrieben, welche aber fortlaufend allmählig kleiner wird. Sie enthält das berühmte Werk des Johannes Calderinus über die Decretsammlung des Gratianus, welches einen ausführlichen Auszug aus den 3 Büchern des letzteren giebt.

f. 1—41. Decreti lib. I. distinctiones I—CI.; f. 41—127. Decreti lib. II. causae I—XXXVI (dabei Decr. caus. XXXIII. quaestio III tractatus de poenitentia); f. 127—138. Decreti lib. III. distinctiones I—V.

f. 143—189. **23.** Registrum Decreti, **M. Jacob. Mever.**

Diese Handschrift enthält ein alphabetisch angeordnetes Inhalts-Verzeichniß des Decretum Gratiani von Aaron-Zyzania, welches aber viel weniger Namen aufzählt als die oben C. I. f. 38 genannte tabula Calderina. Die Handschrift ist zwiespältig, mit rothen Initialen geschrieben, mit ungewöhnlichen Zügen, die schnell geschrieben zu sein scheinen, aber durchgängig einen gleichmäßigen Character zeigen. f. 189 v.—190 v. ist eine Uebersicht der Anfangsworte sämmtlicher Bücher des Corpus juris canonici et civilis und der Haupt-Commentare zu denselben gegeben. Diese Handschrift ist überschrieben M. Ja. Mever, und war demnach entweder im Besitz desselben, oder von ihm geschrieben. Dieser Mag. Jacobus Mever war in Leipzig 1457 Decan der philosophischen Facultät und heißt in der matr. f. a. M. Ja. Mewerer de Wratislawia[1]). Von derselben Hand rührt auch wohl die Bemerkung II marcas pro tegamento auf der Rückseite des Einbandes her, welche den Preis des Einbandes angiebt. Auf dem Deckel befinden sich zwei Pergamentblätter aufgeklebt, welche in sehr schöner Schrift Canonisches Recht enthalten.

1) Vergl. Zarnke, Urk. Quell. d. Univ. Leipz. Abh. d. Sächs. G. d. W. 1857, p. 804.

24. Excerpta Bibliae.

Diese Theologische Handschrift ist mit der Juristischen zusammengebunden und mag ebenfalls aus Rubenows Bibliothek stammen. Sie ist zwiespältig von derselben Hand geschrieben und enthält 60 Blätter.

Die Bücher der Bibel sind in folgender Ordnung mit folgenden Ueberschriften aufgeführt.

f. 1. Genesis. f. 4 v. Exodus. f. 7. Leviticus. f. 9. Numeri. f. 10 v. Deuteronomium. f. 13. Josuae. f. 13. Judicum. f. 13 v. Ruth. f. 13 v. Regum I. II., d. i. Buch Samuelis. f. 16. Regum III. IV. f. 18 v. Paralipomenon I. II., d. i. Buch der Chronika. f. 19 v. Esdrae I. II. (das zweite Buch Esra heißt jetzt Nehemia). f. 19 v. Thobias. f. 19 v. Job. f. 20 v. Psalterium vel Psalmi. f. 24 v. Proverbia Salamonis. f. 26. Ecclesiastes Salamonis. f. 26 v. Canticus canticorum Salamonis. f. 26 v. f. 26 v. Sapientia Salamonis. f. 27. Ecclesiasticus, d. i. Buch Jesus Sirach. f. 28 Ysayas. f. 29 v. Jeremias. f. 30 v. Trenorum, alias Lamentationes. f. 30 v. Baruch. f. 30 v. Ezechiel. f. 31 v. Daniel. f. 32 v. Ozeas. f. 33. Joel. f. 33. Amos. f. 33 v. Jonas. f. 33 v. Micheas. f. 33 v. Naum. f. 33 v. Zephanias. f. 34. Aggeus. f. 34. Zacharias. f. 34. Malachias. f. 34 v. Maccabaeorum I. II.

---

f. 35. Mathaeus. f. 43. Marcus. f. 44 v. Lucas.

Mehrere Blätter zwischen f. 48 und 49 fehlen und enthielten wohl die Excerpte aus dem Evangelium Johannes und den Paulinischen Briefen an die Römer, Korinther I und II und Galater, welche fehlen.

f. 49. Ad Ephesios. f. 49 v. Ad Philippenses. f. 50. Ad Colocenses. f. 50 v. Ad Tessalonicenses. f. 50 v. Ad Thymotheum I. II. f. 52. Ad Tytum. f. 52. Ad Hebraeos. f. 53. Actus Apostolorum. f. 53 v. Actus Apostolorum. f. 56. Epistola Jacobi. f. 57. Epistola Petri I., II. f. 58. Canonica Johannis I., II., III. f. 59. Epistola Judae. f. 59. Apocalypsis.

Bei dieser Anordnung ist namentlich bemerkenswerth, daß die in den späteren Ausgaben der Bibel unter dem Namen der Apokryphen abgesonderten Bücher unter die übrigen Schriften des alten Testaments vertheilt sind, so das Buch Tobiä zwischen die Bücher Nehemia und Hiob, das Buch der Weisheit unter die übrigen dem Salomo zugeschriebenen Werke, ebenso das Buch Jesus Sirach, ferner das Buch Baruch nach den Klageliedern des Jeremias, endlich die beiden Bücher der Maccabäer an den Schluß der Reihenfolge der 12 kleinen Propheten. Ferner ist zu bemerken, daß des Buch Judith, die beiden Propheten Obadja und Habakuk, so wie die kleineren Stücke der Apokryphen, nebst dem III. und IV. Buch Esra und dem III. Buch der Maccabäer ganz fehlen.

Merkwürdiger noch als diese Abweichungen in der Reihenfolge der Bücher des alten Testamentes ist der Umstand, daß die Apostelgeschichte zwischen die Paulinischen Briefe, denen hier natürlich auch der Hebräerbrief zugerechnet ist, und die Briefe der übrigen Apostel gestellt ist. Vielleicht soll durch diese Stellung angedeutet werden, daß sie jünger als die Paulinischen Briefe ist.

22. C. V. Folio-Band in gelblichem Leder, mit schwarzem Rande, enthält 217 Blätter.

Der Einband dieser Handschrift unterscheidet sich von allen übrigen Einbänden der juristischen Handschriften und läßt die Vermuthung gelten, daß diese Handschrift sich noch äußerlich in demselben Zustande befinde, wie sie Rubenow in Besitz hatte. Diese Vermuthung wird auch dadurch bestätigt, daß sie nur ein einziges fortlaufendes Werk enthält. Bemerkenswerth ist auch, daß zu Anfang eine Pergament-Urkunde und mehrere unbeschriebene Blätter mit einem schwarzen Rande eingeklebt sind. Da die Urkunde im Jahr 146. (die letzte Zahl ist zerstört) ausgestellt ist, so kommt man auf drn Gedanken, der schwarze Rand des Einbandes und der Blätter beziehe sich auf Rubenows Tod im Jahre 1462.

f. 1—127. **25. Jacobi de Zochis,**

Lectura super quartum librum Decretalium;

Tit. I—XVII.

Cf. Decretal. IV. tit. II. de desponsatione impuberum. c. 13. Ad dissolvendum.

f. 78. Hanc Decretalem legi in diebus festivis commendando ipsam in hoc studio Paduano per viam repetitionis.

Expedio etiam hic materiam et primo ante omnia originaliter positam pro argumento, et famosum est hoc cap., sed famosius redditur propter materiam supradictam, quam illi adjungo, quam materiam hic publice disputavi, post ea ad lecturam hujus libri redegi et dominus Anthonius de Butrio leviter legit et hanc Decretalem dominus Cardinalis Florentinus aliqualiter Perugiis.

f. 87. Et sic finis hujus repetitionis, quae repetitio est pars c. Tuae (Decr. IV. tit. II. De desponsatione impuberum. c. 14.: Tuae nobis). Sed materiam divisi propter prolixitatem, et hanc et illam commentavi et publice disputavi in hoc studio Paduano.

Nachdem ein ausführlicher Commentar über das vierte Buch der Decretalen tit. I—XIV gegeben ist, folgt die schon zweimal in den Handschriften B. IV. f. 369 und C. I. f. 124 vorgekommene Abhandlung:

f. 165. **Johannes Andreae**, circa lecturam arboris consanguinitatis et affinitatis.

f. 165—167. Textus lecturae de arbore consanguinitatis.

f. 167—174. Apparatus et glossae Johannis Andreae ad textum.

f. 175—175 v. Textus lecturae de arbore affinitatis.

f. 175 v.—179. Apparatus et glossae Johannis Andreae ad textum.

f. 174 v. Et hic finiatur arbor. Tractatus super arborem consanguinitatis compilatus per me Jacobum de Zochis, doctorem minimum in studio Paduano MCDXXVIII. Sed reformatus et reductus ad lecturam meam Quarti (libri Decretalium) anno domini 1440, die penultima Julii. Laus Deo. Ex Campagnyan. IX die mensis Novembris.

Nach dem Schlusse dieser Aufzeichnung scheint sich der Verfasser 1440 in Campanien aufgehalten zu haben.

Von f. 179 v. wird der Commentar zum IV. Buch der Decretalen von tit. XV—XVII. 12 fortgesetzt. Der Schluß fehlt, da zwischen f. 216 und 217 mehrere Blätter ausgerissen sind. f. 217 enthält:

Johannis Andreae, lectura arboris cognationis spiritualis.

Der obengenannte Verfasser des Commentars zum 4. Buch der Decretalen führte den Namen Jacobus Zochus oder Zoccus oder de Zochis, war gebürtig aus Ferrara und wurde später Prof. des Canonischen Rechts in Padua, erbaute in der Kirche St. Giustinae eine Capelle, in welcher er auch 1490 beerdigt wurde. Die Grabschrift unter seinem marmornen Bilde lautet: Jacobus Zoccus, excellentissimus legum doctor. Von seinen Schriften sind am bekanntesten: Repetitio ad Decretales lib. V. tit. XXXVIII. de poenitentiis et remissionibus, cap. 12: Omnis utriusque sexus; sowie der Tractatus perutilis egregii decretorum doctoris domini Jacobi Zocchi de jejunio, abgedruckt in den Tractatus illustrium in utraque tum Pontificii tum Caesarii juris facultate Jurisconsultorum, Venetiis 1584; tom. XIV. f. 159 v.—162, welches Werk die Greifswalder Universitäts-Bibliothek besitzt.

Dieser Commentar zum 4. Buch der Decretalen ist wahrscheinlich nicht im Druck herausgegeben worden und hat deshalb einen um so höheren Werth, besonders da er auch über das Leben des Jacobus de Zochis berichtet, über welchen Panzirolus, de claris legum interpretibus lib. III, c. 33 und Marcus Mantua, epitome virorum illustrium §. 130, nur sehr kurze Aufzeichnungen haben. Da Panzirolus vermuthet, daß Jacobus de Zochis 1440 seine Professur in Padua angetreten habe, so ersehen wir, daß die erste Aufzeichnung des tractatus de arbore c.

vom Jahre 1428 zu der Zeit vor sich gegangen ist, als der Verf. in Padua studirte. Die zweite Ueberarbeitung vom Jahre 1440 ist demzufolge in der Zeit vollendet, als derselbe seine Professur in Padua antrat, und scheint er sich nach den letzten Worten der Aufzeichnung von f. 174 v. zuvor in Campanien aufgehalten zu haben.

Aus dieser doppelten Zeit der Aufzeichnung erklären sich auch die Abweichungen und Lücken der Handschrift. Da nämlich mehrere Werke des Paduanischen Juristen ungedruckt und unbekannt geblieben sind, so steht der Annahme Nichts entgegen, in unserem Exemplar die Originalhandschrift seiner eigenen Hand zu vermuthen. Auf diese Art erklärt sich leicht, daß der tractatus de arbore cons. et aff. mit schönen, großen, regelmäßigen Zügen, wie sie der Jugend eigenthümlich sind, geschrieben ist. Die später verfaßte Vorlesung über das 4. Buch der Decretalen zeigt dagegen f. 1—22 eine ungewöhnlich kleine Schrift, 74 Zeilen auf einer Seite, während der tractatus 57 Zeilen, also 17 Zeilen weniger auf der Seite hat. Von f. 23—28 wird die Handschrift größer und regelmäßiger, kehrt aber von f. 29—96 v. zu ihrer früheren Kleinheit zurück und wird von f. 96 v. — 141 wieder größer und regelmäßiger. Von f. 111 — 121 folgt ein gröberes Papier, f. 122 — 140 folgt das frühere feinere und geglättete Papier, f. 141 — 150 gröberes Papier und kleinere Handschrift, welche f. 149—150 rundere Formen, als die früheren eckigen Buchstaben zeigt. Von f. 150—175 tritt die sehr schöne, jugendliche Hand des Verfassers ein, von f. 175 — 187 die spätere Hand, wie auf f. 141 — 150. Von f. 187 — 203 beginnt gröberes Papier und eine größere, sehr unregelmäßige Handschrift, die wohl aus dem höheren Alter des Verfassers zu erklären ist. Von 203—214 wird die Handschrift wieder regelmäßig, ähnlich in Größe und Zügen wie f. 23—28 und 96—141, und schließt von f. 214—216 mit den unregelmäßigen Zügen wie f. 187—203. Die Handschrift von f. 217: Joh. Andreae lectura arboris cognationis spiritualis scheint von einem Anderen geschrieben zu sein. Auch ist zu bemerken, daß f. 32, 157, 158 und 202 keine Lücken, sondern nur unbeschriebenes Papier enthalten, f. 202 steht auch angemerkt: Hic nihil deficit. Die leeren Blätter sind dadurch zu erklären, daß an diesen Stellen Handschriften verschiedener Zeiten zusammengeheftet sind, von denen die erstere nicht bis zum Schlusse des Blattes ausgefüllt war, so namentlich f. 157—158, wo zwischen die aus der Jugendzeit des Verf. stammenden Hefte (f. 150—157 u. f. 160—175) zwei Blätter f. 159 und 160 mit späterer Handschrift eingeheftet sind.

Merkwürdig ist noch die Abweichung, daß Jacobus de Zochis in seiner Grabschrift in der Kirche St. Giustinae zu

Padua doctor legum, in den tractatus illustrium jurisconsultorum dagegen decretorum doctor genannt wird.

Die vorn in diesem Bande befindliche Urkunde auf Pergament **Nr. 260** ist in ihrem Anfange selbst mit Schwefelammonium nicht zu entziffern; sie betrifft eine Geldangelegenheit von Johannes Schellin und Nicolaus Segevelt aus Stargard und ist von einem Notarius Nicolaus Dubberkow unterzeichnet und mit dessen signetum versehen. Das Datum der Urkunde ist der 6. December 146-. Die letzte Zahl ist abgeschnitten.

23. C. VI. Folioband, früher in rothem Leder, 1863 neu gebunden, 306 Blätter.

f. 1—138. 26—29. Acta concilii Constantiensis.

f. 1—85. 26. Protocolla Sessionum concilii Constantiensis I—XIX.

f. 1—2. Einleitung.
f. 3—9. Sessio prima conc. Const. (Vergl. v. d. Hardt Historia conc. Const. 1699, tom. IV. Corpus actorum conc. Const. p. 16.)
f. 9—10 v. Sessio secunda conc. Const. (Vergl. v. d. Hardt, IV. p. 31.)
f. 10 v.—11. Sessio tertia conc. Const. (Vergl. v. d. Hardt, IV. p. 63.)
f. 11—13 v. Sessio quarta conc. Const. in ordine et secunda post recessum papae Johannis XXIII. (Vergl. v. d. Hardt, IV. p. 86.)
f. 13 v.—17. Sessio quinta conc. Const. (Vergl. v. d. Hardt, IV. p. 96.)
f. 17—21. Sessio sexta conc. Const. (Vergl. v. d. Hardt, IV. p. 113.)
f. 21—29 v. Sessio septima conc. Const. (Vergl. v. d. Hardt, IV. p. 140.)
f. 22—23 ist eine Lücke.
f. 29 v.—34. Sessio octava conc. Const. (Vergl. v. d. Hardt, IV. p. 150.
f. 31. Articuli Johannis Wicleff condemnati (v. d. Hardt, IV. p. 153.)
f. 34—38. Sessio nona conc. Const. (Vergl. v. d. Hardt, IV. p. 166.)
f. 38—41 v. Sessio decima conc. Const. (Vergl. v. d. Hardt, p. 179.)
f. 41 v.—51. Sessio undecima conc. Const. (Vergl. v. d. Hardt, p. 228.)
f. 42—50. Articuli LIV concilii Constantiensis oblati contra Johannem XXIII. papam pro ejus depositione. (Vergl. v. d. Hardt, IV. p. 230—235.)

Diese Artikel sind von anderer Hand, mit anderer Tinte u. auf anderem Papier geschrieben. Die vorhergehenden Abschnitte scheinen, obwohl zu verschiedenen Zeiten, bald regelmäßig, bald flüchtig geschrieben, doch von derselben Hand aufgezeichnet zu sein. Nach f. 51 tritt die frühere Hand wieder ein.

f. 51—53 v. Sessio duodecima conc. Const. (Vergl. v. d. Hardt, IV. p. 269.)
f. 53 v.—55. Sessio tertia decima c. Const. (Vergl. v. d. Hardt, IV. p. 305.)
f. 55—62. Sessio quarta decima c. Const. (Vergl. v. d. Hardt, IV. p. 341.)
f. 61—70. Sessio quinta decima c. Const. (Vergl. v. d. Hardt, IV. p. 385.)

In diesen letzteren Sessionen fand das Verhör und die Verurtheilung des Johannes Huß statt.

f. 63. Probationes articulorum contra **Johannem Huss** datorum (Vergl. v. d. Hardt, IV. p, 415—428.)
f. 70—72 v. Sessio sexta decima c. Const. (Vergl. v. d. Hardt, IV. p. 455.)
f. 72 v.—74 v. Sessio septima decima c. Const. (Vergl. v. d. Hardt, IV. p. 468.)
f. 74 v.—76. Sessio octava decima c. Const. (Vergl. v. d. Hardt, IV. p. 485.)
f. 76—81 v. Sessio nona decima c. Const. (Vergl. v. d. Hardt, IV. p. 499.)

In dieser Session beginnt der Proceß des Hieronymus de Praga.

f. 76. Professio et abjuratio **Hieronymi de Praga**. (Vergl. v. d. Hardt, IV. p. 500—508.)
f. 79. Deinde fuit lecta cedula observantiae sive ordinationum de fratribus regulae St. Franscisci per deputatos sacrosancti concilii conclus. concorditer et in eadem sessione decret. per honorabilem virum dominum Bertholdum Wildunghen. (Vergl. v. d. Hardt, IV. p, 515—522.)
f. 80. De salvo conductu imperatoris. De salvo conductu Johannis Huss. (Vergl. v. d. Hardt, IV. p. 522—531.)

Bis f. 81 v. sind die acta concilii Constantiensis von der 1sten bis zur 19. Sitzung im Zusammenhange mitgetheilt, wenn auch nicht vollständig, so doch in einem ausführlichen Auszuge. Wahrscheinlich hatte der Verfasser eine oder mehrere jener Handschriften vor sich, welche die Acten vollständig mittheilten und welche v. d. Hardt in seinem großen Werke historia conc. Const. tom. I. p. 4—36 beschreibt. Ich habe deshalb überall auf das genannte Werk verwiesen, damit man die mitgetheilen Actenstücke mit unserer Handschrift vergleichen kann. Die Handschrift ist, wie schon bemerkt, ungleichmäßig, zu verschiedenen Zeiten, vielleicht aber von derselben Hand geschrieben, wahrscheinlich damals als die Rostocker Professoren, in Folge des vom Concil zu Basel über Rostock verhängten Bannes, 1436 nach Greifswald flüchteten. Mehrere Abschnitte zeigen eine Aehnlichkeit mit Rubenows Handschrift.

Von f. 81 v.—83 v. sind von anderer Hand drei Briefe des Kaisers Sigismund an das Concil zu Basel mitgetheilt:

f. 81 v. Urk. **261.** Littera Sigismundi imperatoris ad Concilium Basiliense, datirt vom Januar 1432, abgedruckt in Martene et Durand, Veterum scriptorum collectio, Paris 1733. Tom. VIII. p. 54, mit dem Datum 10. Jan. 1432. Da beide Mittheilungen in vielen Worten abweichen, so scheint der Brief in unserer Handschrift nur ein Auszug des Originals zu sein.

f. 82. Urk. 262. Littera secunda Sigismundi imperatoris ad conc. Bas., datirt Placentiae 31. Jan. 1432. (Martene et Durand vet. scr. coll. tom. VIII. p. 60.)

f. 82. Urk. 263. Littera tertia Sigismundi imperatoris ad conc. Bas., datirt Placentiae, 20. Febr. 1432 (Mart. et Dur. v. s. c. t. VIII. p. 65.)

f. 85—96. 27a. Regulae cancellariae Martini V.

(Sessio conc. Const. XLI. 12. Nov. 1417);

abgedruckt in v. d. Hardt hist. conc. Const. tom. I. pars XXI. p. 965—991. Vergl. auch tom. IV. p. 1486—1487.

f. 96—98. 27b. De potestate domini vicecancellarii.

f. 98—101. 28. Concordata Martini V.

ad ecclesiastici regiminis emendationem, 1418;

abgedruckt bei v. d. Hardt tom. I. p. 1055—1069. IV. p. 1509.

Dieses Concordat ist mit kleiner Schrift geschrieben und unvollständig, indem es f. 101 mitten in dem Abschnitt de causis tractandis in curia Romana (v. d. Hardt. p. 1064) abbricht.

f. 102. 29a. Martini V reformatio in capite et curia Romana, 1418;

abgedruckt bei v. d. Hardt. IV. p. 1021—1045.

Auch diese Acte ist unvollständig. Sie beginnt mit dem Art. IX. der Reformatio Martini V. de exemtionibus (v. d. Hardt, IV. p. 1029). von dem f. 101 v. ein Duplikat von anderer Hand steht.

Dann folgt Art. XI. de fructibus medii temporis (v. d. Hardt, IV. p. 1030. Dann f. 102 v. de simonia (v. d. Hardt, art. XIV. p. 1033), dann art. XV. de dispensationibus (v. d. Hardt, p. 1033), dann art. XVIII. de decimis (v. d. Hardt. IV. p. 1039), dann f. 103 de vita et honestate clericorum.

Sodann folgt ein Duplikat der schon oben unvollständig mitgetheilten Acte:

f. 103—107. **29 b.** Concordata Martini V. ad ecclesiastici regiminis emendationem, c. I—XI. (Vergl. v. d. Hardt, IV. p. 1055—1069).

f. 107. Expl. Reformationes et statuta juxta decretum consilii reformand.

f. 107—109. **29 c.** Uebersicht der 18 Artikel der Reformatio Martini V. u. d. betr. Concilbeschlusses. (v. d. Hardt, IV. p. 1021—1045).

f. 109—111. **29 d.** Uebersicht der wichtigsten Ereignisse auf dem Concil zu Constanz, vom 28. October 1414 bis zum 14. Januar 1315.

Diese Handschrift von f. 102—111, ist mit ungewöhnlich großen, alterthümlichen Zügen, einspältig, sehr schön geschrieben. Sie ist wohl die älteste im ganzen Bande und später mit den übrigen zusammengebunden.

Nun folgen mehrere Urkunden, welche Zwistigkeiten zwischen dem deutschen Orden und der Geistlichkeit in Livland betreffen.

f. 113—122. Urk. **264.** Concordia Martini V. per Eugenium IV. confirmata.

f. 123—126. Urk. **265.** Littera Eugenii IV. ad episcopum Tarbatensem, Basel, 15. Octbr. 1434: Jnter alias sollicitudines; beide von derselben Hand wie f. 85—98.

f. 127—129. Urk. **266.** Querela de fratribus ordinis St. Mariae Teutonicorum, mit Randbemerkungen.

f. 130. Urk. **267.** Petitio Henninghi archiepiscopi Rigensis licentiae, permutandi possessiones, et bona mensae archiepiscopalis, in kleiner Schrift, Copie.

Zwischen f. 130 und 131 fehlt ein Blatt.

f. 131. Urk. **268.** Fragmentum narrationis de Theseo, Phaedra et Pasiphae.

f. 132. Urk. **269.** Epistola dm. Benvitendi cancellarii Veneti ad d. Paulum de Bernardo oratorem eximium. Statt Benvitendi stand wahrscheinlich im Originale Benedicendi, o. Beneventani, o. Bentivenga o. a.

f. 134 v. Urk. **270.** Bulla Bonifacii IX, Romae, anno XIV pontificatus: Ad perpetuam rei memoriam.

Diese in sehr schöner Abschrift vorliegende Bulle ist nach

einer Schlußbemerkung f. 136, am 28. April 1410, unter dem Pontificat Alexander V. in Stralsund von Gerh. Warstow, Pfarrer zu Gingst auf Rügen, vorgelesen worden. Als Ort der Handlung wird genannt: Capella bonae memoriae domini Mathaei Zollweden, sita in capite chori ecclesiae beati Nicolai in Sundis.

f. 136. Urk. **271.** Littera mutuationis oblata coram Jacobo Gronow, Johanne Cunckermann et Gherardo Wulf, presbyteris per Bertoldum Tytkener 1429.

Die Verschreibung ist in niederdeutscher Sprache im Jahr 1428 ausgestellt, die Verhandlung über deren Verlesung in lateinischer Sprache im Jahre 1429. Ort derselben ist parochialis ecclesia beatae Mariae virginis oppidi Sundensis. Unter den Zeugen kommen Magnus Czeghenvrit und Hermann Oldendorp vor. Merkwürdig ist die Hausmarke im Siegel des letzteren, der wohl ein Vorfahr des berühmten Juristen Oldendorp, späteren Professors in Greifswald war[1]).

(signum Hermanni Oldendorp)

f. 138—173. **30.** Formulare processus et instrumentorum.

Diese Handschrift ist fortlaufend von derselben Hand, klein und regelmäßig geschrieben, ähnlich wie f. 70—73. Das Ende des Formulars fehlt.

f. 174. Urk. **272.** Bulla concilii Basiliensis ad Christianum de Erpel, legum doctorem et praepositum beatae Mariae ad Gradum Coloniensem, Basel 1434; alte Abschrift unbekannter Hand.

f. 176. Urk. **273.** Querela episcopi Rigensis de ordine Teutonicorum ad concilium Basileense.

f. 178—187 **31a.** Tres bullae Eugenii IV. de anno 1433, promulgatae per concilium Basileense 1434.

Diese drei Bullen sind in derselben Weise geschrieben, wie f. 42—50.

f. 188. Urk. **274.** Littera ad concilium Basileense in rebus ordinis Teutonicorum.

---

[1]) Vergl. Krabbe, Gesch. d. Univ. Rostock I. p. 374—406. Koseg. I. p. 172. Balthasar vitae jurisc. VII. XXXVII. Anm.

f. 200. Urk. 275. Articuli inter alios de libris revelationum sanctae Brigittae, qui videntur absurdi [1]).

f. 203. Urk. 276. Errores Graecorum [2]).

f. 205—282. 31 b. Decreta concilii Basileensis; sessio I—XXXV.

Diese Handschrift enthält die Verhandlungen des Concils zu Basel im Zusammenhange von der ersten Sitzung im Jahre 1431 bis zur 35. Sitzung im Jahre 1439, darunter auch die obengenannten Bullen des Papstes Eugenius IV.; (f. 178—187) auf f. 233 v. — 238, — ferner die Verhandlungen aus der Handschrift B. VI. 1, p. 73 — 78, Nr. 41 auf f. 243—246, welche auch von derselben Hand geschrieben sind, ferner die Constitutiones vom Jahre 1435 und 1439 in C. I. Nr. 33, f. 185 v.—185 v.

Die Handschrift ist fortlaufend mit kleinen, aber sehr schönen, regelmäßigen Zügen geschrieben. Bemerkenswerth sind die zierlich ausgeführten, ausnahmsweise mit schwarzer Tinte gezeichneten, großen Initialen. Leider ist der erste größte Initial der ganzen Handschrift und mit ihm das ganze erste Blatt ausgerissen, von dem nur ein kleines Fragment der unteren Hälfte erhalten ist. Von f. 279 wird die Hand etwas unsicherer, auch fehlen die Initialen; vielleicht ist dieser Theil von f. 279—282 im höheren Alter geschrieben. Der Schluß fehlt und scheint schon beim Einbinden dieser Handschrift gefehlt zu haben; der Anfang ist später entwendet.

f. 283—306. 32. Tractatus circa materiam ecclesiastici interdicti.

Diese in alterthümlichen großen Zügen und von f. 1—24 alt foliirte Handschrift zerfällt in 7 Capitel, von denen c. 7 wahrscheinlich schon beim Einbinden der Handschrift fehlte.

Mit diesen 7 juristischen Handschriften ist eine philosophische Handschrift f. 190—199 zusammengebunden, welche aber ebenso wie die historia Troyana Guidonis de Columna in C. II. f. 189—272, Nr. 17 in Rubenows Besitz gewesen sein kann. Da sie ein größeres Format als die juristischen Handschriften gehabt hat, so sind oben, unten und an der Seite Theile der Worte und die oberste Zeile hin und wieder abgeschnitten. Die Handschrift ist flüchtig und unregelmäßig.

---

1) Vergl. Fabricius bibl. inf. latin. I. p. 764.

2) Vergl. Andreas Hispanus contra errores Graecorum in Bd. B. IV. f. 170—186.

f. 190—199. **33.** Tractatus de arte Rhetorices et memoriae.

f. 190. De fundamentis et impedimentis rhetorices secundum Tullium. (Hierunter sind wohl die Bücher des M. Tullius Cicero de oratore oder orator gemeint.)
f. 191. Circa ymagines rhetorices.
f. 191 v. Circa nomina accentuata atque circa hystorias.
f. 192. Ad recitandum.
f. 192—193 ist eine Lücke, dann folgt: Index quarti decimi libri, ohne daß vorher von den vorangehenden Büchern die Rede gewesen wäre.
f. 193. Lib. XIV. de memoria, continens 14 capitula.
f. 194 v. Tabula stratarum centum rhetoricarum.
f. 198. Tabula verborum rhetoricorum centum.

Schließlich sind noch einige juristische Handschriften zu betrachten, welche mit theologischen Handschriften zusammengebunden sind, und nicht zur Rubenowschen Sammlung gehören.

24. E. 8. Quartband in schwarzem Leder, 337 Blätter.

f. 1—46. Bonaventurae tractatus de ymagine vitae.
f. 47—48. Tituli Decretalium, in alphabetischer Ordnung.
f. 48—50. Tituli Decretalium, nach der Ordnung des Corp. jur. canon.
f. 50 v. Finis in profesto Thomae apostoli in Berlin, anno 1485.
f. 51—61. Distinctiones, causae et quaestiones Decreti p. I—III.
f. 59. Expl. excerptum decreti anno domini 1486 perfectum in Berlin.
f. 61. Anno domini 1486 in Berlin in b. Joh. b.
f. 63—337. Sermones cum indice f. 190.
f. 190. 1486 fin. est post Quasimodogeniti in Berlin.
f. 390. Johannes Grisk de agno innocente[1]).
f. 337. Bulla Eugenii IV. papae de anno 1446. Romae ap. St. Petr.
f. 323—334. Versus leonini theologici.

(E. 38. Folioband in rothem Leder.)

f. 97—170. Nr. 5. Tabula Calderina.
f. 97. Jncipit tabula auctoritatum et summarum bibliae positarum in librum decretorum et decretalium c. sec. ordinem alphabeti.

---

[1]) Vergl. Inventar-Catalog Nr. 103, 125.

f. 170. Expl. tabula Calderini anno domini 1405 in vigilia assumptionis Mariae.

f. 170—171. Nr. 6. Tituli Decretalium nach der Ordnung des Corp. jur. can.

f. 171—173. Nr. 7. Registrum dierum dominicalium.

Diese Handschrift ist von f. 97—170 zweispältig, von f. 170—173 dreispältig mit regelmäßigen Zügen und rothen Initialen geschrieben.

25. E. 71. Verzierter, gelber Lederband, Hochfolio oder gebrochenes Folio, 300 Blätter.

f. 1—17. Sermones et regulae.

f. 17 v. Engelberti Cultificis epistola brevis ac perutilis de Simonia vitanda in receptione noviciorum et noviciarum ad religionem.

f. 20. Expl. epistola brevis ac perutilis de simonia vitanda in receptione noviciorum et noviciarum ad religionem, collecta per reverendum magistrum Engelbertum Cultificis, sacrae theologiae professorem, ordinis praedicatorum, anno domini 1479 mensis Julii die IX in Novimagio impressa per me Johannem de Westfalia.

Diese Handschrift ist deshalb merkwürdig, weil sie nach einem alten Druck abgeschrieben ist [1]).

f. 20 v. Johannis Nider tractatus de contractibus mercatorum.

f. 35 v. Expl. tractatus de contractibus mercatorum reverendi patris, fratris Johannis Nider, sacrae theologiae professoris, ordinis praedicatorum, admissus et approbatus in alma universitate Coloniensi.

Auch diese Handschrift ist vielleicht nach einem alten Druck geschrieben [2]).

f. 36. Bulla Benedicti XI. de privilegiis et excessibus privilegiatorum anno 1304.

(Extravagant. commun. lib. V. tit. VII. de privilegiis c. I.)

f. 39. De cantico canticorum.

f. 43. Eintheilung der Wissenschaften und der sieben freien Künste: Grammatica, Logica, Rhetorica,

---

[1]) Vergl. über denselben Hain rep. bibl. I. 2. p. 214.

[2]) Vergl. Hain. rep. bibl. II. 1. p. 499 und oben den Inventar-Catalog A. 83. B. 40, wo mehrere Werke von Johann Nider angeführt werden.

Arithmetica, Geometria, Musica. Astronomia, außerordentlich klein geschrieben.

Die Handschriften von f. 17 v.—43 sind, mit Ausnahme der letzten, durchgängig mit regelmäßigen Zügen von derselben Hand geschrieben, vielleicht von Theod. Gammerath, es steht nämlich vorn an der inneren Seite des Deckels Assatura praedicatorum, Theodorici Gammerath (Assatura bedeutet hier bildlich Speise.

f. 44. Tabula Martiniana seu Margarita Decreti.

Ueber das alphabetisch geordnete Wörterbuch des Martinus Polonus, welches eine Uebersicht des canonischen Recht gibt, vergl. Fabr. s. v. Sav. V. 36. Hain rep. bibl. II., 1. p. 367 und den Inventar-Catalog I. 35.

Diese Handschrift ist von f. 44—54 mit flüchtigen Zügen, von f. 54—129 mit regelmäßigen, kleinen Zügen und rothen Initialen von derselben Hand geschrieben.

f. 129. Tabula legum.

f. 131. Tabula distinctionum, causarum et quaestionum decreti, p. I—III.

f. 150 v. Explicit Ydulicon.

f. 150—300. Sermones et regulae.

f. 290. Gregorii regulae.

f. 293 stehen folgende Verse:

Justitia is geslaghen doth, Veritas licht in groter noth,
Fallacia is ghebarun, Fides hest den strith vorlarun.
Ghewalt, ghelt un günst
breket breve, recht und künst.

f. 295. Regulae quantitatum syllabarum; wahrscheinlich aus dem doctrinale des Alexander Gallus de villa dei entnommen.

(E. 4. enthält außer Predigten eine Abhandlung de cognatione spirituali mit einem arbor consanguinitas.)

Juristische Incunabeln.

Unter den Incunabeln, welche aus der ältesten Universitäts-sammlung (1456—1526), der Bibliothek des grauen Klosters und der Marienkirche 1602 in die Nicolaikirche übergingen, und die ich f. 2—9 aufgezählt habe, befinden sich mehrere von sehr hohem Alter und hohem Werth, welche ich p. 15 ausführlicher zu beschreiben versprach. Prof. Dr. u. jur. Mühlenbruch, welcher dieselben 1818 untersuchte, nennt unter ihnen:

1. Aurea bulla,
Nurnberg per Anthorium Coburger 1477 [1]).

2. Vocabularius utriusque juris,
Basil. 1488.

3. **Petri Ravennatis,**
Repetitio de immunitate ecclesiarum,
Lubic. 1499 [2]).

Wir beschreiben unter den Incunabeln noch folgende:

4a. Liber Sextus Decretalium
domini Bonifacii papae VIII.
cum apparatu **Johannis Andreae,**
impensis Anthonii Koberger, Nurembergae 1486.
Anfangsworte: Quia praeposterus est ordo, 116 Seiten [3]).

Diese Ausgabe enthält die ältere Bearbeitung des Commentars von Joh. Andreae, d. h. die glossa in Sextum, welche von der späteren Novella in Sextum zu unterscheiden ist, und zwar ist diese glossa in der zweiten Ausgabe abgedruckt. Der Text ist in zwei Columnen in der Mitte der Seite mit größerer Schrift gedruckt, und wird von dem apparatus, welcher ebenfalls in zwei Columnen aber mit kleinerer Schrift gedruckt ist, rings umher eingeschlossen. Die Initialen sind mit blauer und rother Farbe gemalt. Der erste Initial, ein B am Anfang des Namens Bonifacius ist mit blauer Farbe gemalt, und zwar auf Goldgrund mit gepreßten Verzierungen. Eingeschlossen ist derselbe von rothen und grünen Rändern mit gelben Streifen.

---

1) Hain rep. bibl. I. p. 511.

2) Hain II. 2. p. 292. Biederstedt, Beiträge zur Geschichte der Kirchen und Prediger in Neuvorpommern, 1819. IV, p. 23. Koseg. I. p. 154—162, Balt. Stud., Jahrg. XX. 1. p. 161 ff., wo ich in meiner Abhandlung über Petrus von Ravenna diese und die übrigen auf diesen Juristen bezüglichen Incunabeln beschrieben habe.

3) Vergl. Hain rep. bibl. I. 1. p. 497. Savigny, Gesch. d. Röm. R. i. M. VI. p. 117d.

Mit diesem Werke sind in gleicher Ausstattung zusammengebunden:

4 b. Constitutiones Clementis papae V una cum apparatu dom. **Johannis Andreae,**

per Anthonium Koberger, Nurembergae 1486 (56 Seiten).

Die in den neueren Ausgaben des Corpus jur. can. als 1. Capitel des lib. V. tit. XI. de verborum significatione angeführte Constitutio Clementis: Exivi de paradiso, steht hier abgesondert als Anhang, während Clem. V. tit. XI. c. 2. Contingit den Schluß des zusammenhangenden Textes der Clementinen bildet [1]). Der Initial J am Anfange des Textes, als erster Buchstabe des Namens Johannes, ist mit blauer Farbe, auf Goldgrund mit gepreßten Figuren, gemalt.

Beide Werke des Johannes Andreae sind in einem Bande von braunem Leder mit gepreßten Verzierungen, ähnlich wie Petri Ravennatis repetitio de immunitate ecclesiarum, gebunden. Auf der Vorderseite ist mit Goldschrift gedruckt: Sexti et Clementin., auf der Rückseite befinden sich 4 Greifen. Auf den Klammern sieht man in zierlicher Gravirung viermal das Stralsunder Wappen, wie es sich auch auf den gleichzeitigen Münzen findet. Wir können deshalb vermuthen, daß das Buch in Stralsund gebunden ist.

Auf dem letzten Blatt findet sich handschriftlich ein Consilium mit folgender Unterschrift:

> Etiam dico et consulo, juris esse, Ego Petrus de Ravenna, juris utriusque doctor, Jtalus, ita decisive dico et consulo ego Jacobus Retzo, decretorum doctor, quod protestor manu mea propria; nec ab opinione super scriptorum doctorum dissentio Ego Johannes de Kytzetzer, juris utriusque doctor, sed sic in puncto juris posse tueri arbitror, quod cirographo commendavi melius sentientium opinione non refutata.
>
> Per manus fratris Jacobi Kerkhof in conventu Paſswalcensi ordinis praedicatorum.

Als Inhalt dieser in Abschrift des Predigermönchs Jacobus Kerkhof erhaltenen Urkunde bezeichnet die Ueberschrift Notabilis casus de usuris. Die Abfassung fällt zwischen die Jahre 1498 und 1503, als Petrus von Ravenna und

---

[1]) Vergl. Hain rep. bibl. I. 2. p. 167. Savigny, Gesch. d. Röm. R. i. M. IV. p. 120. V. glossa in Clementinas.

Johannes Kitscher zusammen in Pommern verweilten [1]). Bemerkenswerth ist die abweichende Orthographie in unserer Handschrift Kytzetzer statt Kitscher.

5. Guidonis de Baysio, archidiaconi Bononiensis, Rosarium super decreto.

Dieses Werk enthält einen Commentar des berühmten Juristen Guido de Baysio über die drei Theile des Decretum Gratiani. Guido de Baysio war Lehrer des canonischen Rechts in Bologna und Lehrer des Johannes Andreae [2]) und diese Summa Decretorum, welche den Namen Rosarium führte, eins der bekanntesten Handbücher des Mittelalters. Guido selber führt gewöhnlich nur den Namen Archidiaconus. Unser Incunabeldruck gehört zu den ältesten Ausgaben des Rosarium, und ist ohne Angabe des Druckorts, der Officin und Jahreszahl ausgegeben. Wir erfahren aber aus Hain repertor. bibl. I. 1. p. 351, daß dieselbe: Argentorati 1472 von Joh. Mentelin gedruckt ist. Sie enthält 403 Blätter, 2 Columnen und 72 Zeilen in der Columne. Das Format ist Riesenfolio, der Einband besteht aus braunem Leder mit einfachen Verzierungen. Leider hat diese werthvolle Ausgabe bedeutende Lücken, und war so sehr durch Nässe und vielleicht durch den Einsturz des Nicolaikirchthurms im Jahr 1650 beschädigt, daß sie 1864 neu geheftet werden mußte.

Die Anfangsworte des Textes lauten:

Reverendo in Christo patri, suo domino, Gerardo, dei gratia episcopo Sabinensi, Guido de Baysio, Bononiensis Archidiaconus, suus clericus et cepellanus.

Der Initialbuchstabe R ist auf einem Hintergrunde von rothen Arabesken mit Ultramarin gemalt.

Auf der ersten Seite ist ein colorirter Holzschnitt eingeklebt. Derselbe zeigt eine Madonna in knieender Stellung, in langem Gewande, auf welches das lange blonde Haar herabwallt. Sie trägt das ganz unbekleidete Christuskind auf dem Arm, welches ebenso wie die Madonna durch den Nimbus ausgezeichnet ist. Zu beiden Seiten knieen Engel in anbetender Stellung. Der Holzschnitt ist von Rosen und anderen pflanzenartigen Verzierun-

---

1) Vergl. Tragico-comoedia de Hierosolymitana profectione ducis Pomerani a Joh. de Kitscher j. u. dr., praeposito Colbergensi, Stettin 1594, wo mehrere Gedichte der Ravennaten an Joh. Kitscher, ebenso wie in den Aurea opuscula Petri Ravennatis, verzeichnet stehen.

2) Vergl. Savigny, Gesch. d. Röm. R. i. M. VI. p. 104.

gen eingeschlossen gewesen, welche von dem Bilde abgeschnitten und rund herum um die Textesworte als Verzierungen eingeklebt sind. Rechts steht geschrieben: Titulus Rosarii doctoris (Guid.) oben über dem Holzschnitt von derselben Hand: Liber domini Arnoldi Zeghebergh doctoris. Sonstige auf den Commentar zu den Decreten bezügliche Randbemerkungen finden sich von der Hand des Prof. Johannes Meilof, von dem XII Bände Handschriften auf der Kirchenbibliothek erhalten sind. Die anderen Bemerkungen auf der ersten Seite scheinen von Arnold Segheberg geschrieben zu sein. Der Letztere war ein Sohn von Berthold Segeberg, welcher auf dem alten Gemälde der Nicolaikirche zu Greifswald, vom Jahr 1460, abgebildet ist und in diesem Jahr auch starb. Er war mit Anna Rubenow, einer Verwandten des Universitätsstifters verheirathet. Arnold Segeberg war ein Schüler von Johannes Meilof[1]).

Am Schluß des ersten Theils des Rosarium ist ein Holzschnitt eingeklebt, welcher zwei knieende Engel darstellt, die einen Hostienschrein oder Sacramenthäuschen, im gothischen Stil, halten. Darunter steht von Meilofs Hand: Juste judicate, filii hominum, deum prae oculis habentes.

Der Anfangsbuchstabe des zweiten Theils, ein Q in dem Worte Quidam, ist ebenso, wie das R des ersten Theils, mit Ultramarin auf einem Hintergrunde von rothen Arabesken gemalt. Darüber steht von Meilofs Hand: II pars libri totius. Am Schlusse dieses zweiten Theils ist ein Holzschnitt eingeklebt, welcher einen Cardinal darstellt, der einen Rosenkranz in der Hand trägt. Hut und Talar sind roth angemalt.

Der Anfangsbuchstabe des dritten Theils, ebenfalls ein Q in dem Worte Quidam, ist einfach roth gemalt, darüber steht von Meilofs Hand: III pars libri. Am Schlusse ist ein Holzschnitt eingeklebt, welcher einen knieenden Engel darstellt. Derselbe hat ursprünglich zu einer Darstellung der Verkündigung Mariä gehört. Man bemerkt nämlich noch den Fuß der Maria an der Stelle, wo der Holzschnitt durchschnitten ist. Der Engel trägt ein langes, gelb colorirtes Gewand, blondes Haar und ein Scepter. Die Flügel sind roth und grün, der in Quadern getheilte Fußboden grün angemalt. Unter dem Engel steht von Meilofs Hand:

Angele Dei custodi rosarium (p. nunc) ab aquis et ignibus.

Die Schlußworte des Rosarium lauten:

Explicit Rosarium domini Guidonis, Archydiaconi Bononiae, super decreto.

---

1) Vergl. Balthasar vitae jurisconsultorum progr. IV. vitae XVII. XVIII. Kosegarten, I. p. 88, p. 147.

6. Decretalia Gregorii IX, de anno 1473 impr. Petr. Schöffer.

Die Anfangsworte lauten:

Jncipit nova compilatio decretalium Gregorii IX. Gregorius episcopus servus servorum dei dilectis filiis doctoribus scolaribus. Glossa incipit: Jn hujus libri principio quinque sunt praecipue praenotanda:

Am Schlusse lauten die Worte:

Anno incarnationis dominicae MCCCCLXIII, 9 Kalendis Decembris, sanctissimo in Christo patre ac domino, domino Sixto papae IIII pontifice maximo, Jllustrissimo nobilissimae domus Austriae Friderico, Romanorum rege gloriosissimo, rerum dominis, Reverendissimo in Christo patre domino Adolpho, archipraesule Maguntino, in nobili urbe Maguncia, quae nostros apud majores aurea dicta, quam divina etiam clementia dono gratuito prae ceteris terrarum nationibus arte impressoria dignata est illustrare, hoc praesens decretale, glossa cum ordinaria domini Bernhardi non atramentali penna cannavae, sed arte quadam ingeniosa imprimendi, cunctipotente aspiranti deo, **Petrus Schoiffer de Gernßheim,** suis consignando scutis feliciter consummavit.

Darunter sind zwei roth gedruckte Wappenschilder Peter Schöffers angebracht, von denen das eine zwei gekreuzte Wolfsangeln, das andere einen Sparren mit drei Sternen zeigt.

Der Anfangsbuchstabe in dem Namen Gregorii IX. ist sehr zierlich gemalt und aus blauen, violetten und grünen Blumenranken gebildet. Der groß gedruckte Text ist von der kleiner gedruckten Glosse umgeben. Beide haben zwei Columnen, und 61 und 81 Zeilen auf der Seite. Das Buch enthält 304 Blätter, hat ein Format in Riesenfolio und ist in braunes Leder mit Verzierungen und Messingbeschlägen gebunden.

7. Johannis Balbi de Janua, Summa, quae vocatur Catholicon.

Von diesem Werke besitzt die Kirchenbibliothek zwei Exemplare. Das eine, in Pergament gebunden, hat noch einen Kettenhalter und eine Kette an der Holztafel des Einbandes. Es enthält nur die erste Hälfte des Lexicons von A—K.

Das zweite vollständige Exemplar von A—Z ist in braunes Leder gebunden und hat außer zwei Klammern noch zwischen diesen einen eisernen Riegel zum Schutz des sehr schweren und dicken Bandes. Beide Exemplare enthalten roth gemalte Initialen.

Leider fehlt in dem vollständigen Exemplar das letzte Blatt. Wir können daher nur mit Rücksicht auf die Cataloge von Brockmann und Daehnert (Pomm. Bibl. I. p. 176. Biederstedt, Geschichte der Nicolaikirche p. 69) vermuthen, daß auch dieses Werk aus Peter Schöffers Officin im Jahre 1460 hervorging.

Die Anfangsworte lauten: Prosodia quaedam pars grammaticae nuncupatur. Die fehlenden Schlußworte lauten ähnlich wie bei der Ausgabe der Decretalia Gregorii IX., jedoch wird der Name Peter Schöffers nicht genannt. (Vergl. Hain rep. bibl. I. 1. p. 286.)

8. Philippi de Franchis,
lectura super textum Decretalium,

Venetiis per Bernhardinem Benalium, anno 1499, in. fol. m.;

enthält blaue und rothe Initialen.

9. Dominici de St. Geminiano,
lectura super textum Decretalium,

Venetiis per Andream Toresanum de Asula, anno 1491, in. fol. m.

II. Sammlung der Artisten-Facultät.

Geschichte der Bibliothek der philosophischen Facultät der Universität Greifswald.

Heinrich Rubenow, welcher durch die oben erwähnte Urkunde vom 11. November 1456 den Grund zu der juristischen Facultäts-Bibliothek legte, war auch der Begründer der Artisten-Bibliothek. Unter seinem zweiten Rectorat im Jahre 1459 schenkte er der philosophischen Facultät mehrere Bücher und sorgte für den Einband, ein passendes Local und die Verwaltung der neuen Bibliothek. Seine Freunde, Prof. Theodorich Steffani de Colberg, Prof. Johannes Parleberg, beide damals in der philosophischen Facultät thätig, und der Professor der Medicin, Nicolaus Degantz schenkten ebenfalls mehrere Bücher und Rubenow berichtete eigenhändig hierüber in den Annalen p. 21 (Kosegarten II. p. 170):

De erectione primae librariae in facultate artium.

Jllo tempore (1459) fuit primo deputatus et etiam adaptatus locus in majori collegio artistarum pro libraria, et ordinati duo provisores pro eadem et statim fuerunt ad eandem dati diversi libri per eundem dominum rectorem (H. Rubenow) et magistros, Tidericum Steffani et Johannem Parleberg, ac etiam magistrum Nicolaum Degantz, medicinae licentiatum, qui pro ista librariarum tamen donatione suarum inchoarunt, prout in libro facultatis artium desuper confecto plenius continetur. Et idem dominus rector (H. Rubenow) pro prima inchoatione dedit XXIIII kathenas bene praeparatas pro libris conservandis.

Der ausführliche Bericht über diese Bibliothek befindet sich in dem Decanatbuch der philosophischen Facultät vom Jahre 1456—1662, f. 33—44 (Kosegarten II. p. 232—234) und enthält ein Verzeichniß von 74 Büchern von sehr verschiedenem Inhalt. Dasselbe steht im Decanatbuch, nebst dem beigefügten Registrum poenarum pro excessibus und einem Registrum clenodiorum et utensilium ceterorumque legatorum facultatis artium studii Gripeswaldensis, in der Mitte zwischen d. Decanat des Johannis Petri v. J. 1482 und dem Decanat des Johannes Sartoris v. J. 1482, ist aber in seiner ersten Hälfte weit älter, als dieses Jahr angiebt. Dies erklärt sich aus einer Bemerkung, welche der Decan Mag. Enwaldus Kleyne oder Elene im Jahre 1483, f. 46 (Kosegarten, II. p. 239) in das Decanatbuch schrieb:

> Idem magister Enwaldus Klene fecit ligari praesentem librum; habebatur namque antea quasi sparsum in sexternis, indignum hoc arbitrans atque dedecus facultatis, sua ordinatione atque iussu ligatus est etc.

Wir erfahren hieraus, daß bis zum Jahr 1483 das Decanatbuch, ebenso wie die Annalen und das Album [1]) aus einzelnen Heften bestand. Während die Annalen aus Pecien und Quaternen, d. h. Lagen von 2 und 4 Bogen bestehen, ist das Decanatbuch in Sexternen abgetheilt, d. h. Lagen von 6 Bogen. Die erste Sexterne geht von f. 1—12, dann folgen zwei zwischen gelegte Blätter f. 13 und 14, dann die zweite Sexterne f. 15—25. Zwischen f. 16 und 17 ist ein Blatt ausgeschnitten, nach f. 25 ist Blatt 26 eingeklebt, dann folgt eine halbe Sexterne f. 27—32, endlich die Sexterne f. 33—44, welche die Uebersicht über die Bibliothek und die beiden andern Registra enthält, und endlich die Sexterne mit dem oben erwähnten Bericht, f. 46, des Professor Enwaldus Kleyne. Demnach wurde die erste Sexterne f. 1—12 zugleich mit der vierten Sexterne f. 33—44 angelegt. Jene enthielt den Bericht über die ersten Decanate, diese die Verzeichnisse der Bibliothek und die übrigen Registra der Facultät. Diese bedurften bei ihrem geringen Umfange nur weniger Blätter und so erklärt es sich, daß von dieser Sexterne die Blätter f. 37—38 und f. 41—44 unbeschrieben sind. Die erste Sexterne war aber schon mit dem 20. Decanat gefüllt und deshalb wurden die folgenden Sexternen f. 13—33 angelegt, welche die Decanate von dem 21sten bis zum 48sten enthalten. (Hierbei ist jedoch zu bemerken, daß nur die aufgezeichneten Decanate gezählt sind, während das Decanatbuch manche Lücken zu enthalten scheint.) Nachdem diese Sexternen f. 1—33 gefüllt waren, zeichneten zwei Decane Johann Sartoris 1482 und Hermann Melberg 1483 ihre Decanate auf f. 40 und 45 der Bibliotheks-Sexterne ein; dann wurde Enwaldus Kleyne 1483 Decan und fand es angemessener, ein größeres eingebundenes Decanatbuch für die philosophische Facultät anzulegen.

Demgemäß ordnete er die ungebundenen Sexternen in der angegebenen Weise, daß die Sexterne mit dem Bibliotheks-Verzeichniß den Schluß bildete, ließ dann noch 280 Blätter anheften, foliirte darauf das ganze Buch und trug dann f. 46

[1]) Vergl. meine historischen Beilagen zu Heinrich Rubenow, 1863, p. 17—23.

sein eigenes Decanat ein. Das Buch wurde in rothes Leder mit gepreßten Verzierungen gebunden, wie sie sich ähnlich auf den Einbänden der Kirchenbibliothek finden. Wir können daher annehmen, daß uns das Decanatbuch auch äußerlich, mit Ausnahme des ausgebesserten Rückens, noch in derselben Gestalt erhalten ist, wie Prof. Kleyne es 1483 binden ließ. Aus der späteren Foliirung erklärt sich auch, daß die ausgeschnittenen Seiten nicht mit zählen; f. 55 ist aber später nach 1483 ausgerissen und daher mitgezählt.

Der Bericht über die sechs ersten Decanate der Professoren Zegeberg, Lamside, Parleberg, Hensel, Zeghevrit und Steffani de Colberg ist von derselben Hand geschrieben, wie die ersten 19 Bücher des Bibliotheks-Verzeichnisses, wahrscheinlich von der Hand des Johannes Lamside; die folgenden Bücher scheinen von Mag. Steffani de Colberg aufgezeichnet zu sein, wenigstens findet sich dieselbe Handschrift bei Inscription seiner Decanate f. 7, 8, 8v., 11v., 15, und im Univ.-Album bei seinem Rectorat im Jahre 1465.

Wahrscheinlich waren Johannes Lamside und Steffani de Colberg jene beiden oben erwähnten, von Rubenow für die Bibliothek bestellten Vorsteher oder Bibliothekare, welche in den Annalen p. 21: ordinati duo provisores pro libraria, genannt werden, weshalb auch das genannte Verzeichniß von ihrer Hand angefertigt ist.

Ich werde nun das Verzeichniß der Bücher nach den, durch die verschiedenen Handschriften bezeichneten Abtheilungen mittheilen, zuerst den Titel des Buches mit größerer Schrift, dann mit kleinerer Schrift die von dem Bibliothekar dabei gemachte Anmerkung, und endlich bei jedem Buche Anmerkungen über den Inhalt, und darüber, ob dasselbe noch in der Bibliothek der Nicolaikirche erhalten ist. Das erste Buch ist mit Primo verzeichnet, die folgenden bis 28 mit Jtem, dann folgt die Angabe ohne diese Bezeichnung, welche später hin und wieder bei kürzeren Abtheilungen wiederholt ist. Ich halte es für angemessen, die Bücher bei dieser Mittheilung mit fortlaufenden Zahlen zu bezeichnen, was von Kosegarten II. p. 232 unterlassen ist.

Unter den Büchern der späteren Aufzeichnungen (Nr. 57—74 (1474—1517) konnten sich auch schon gedruckte Werke befinden, da in diesen Jahren Erzeugnisse der Buchdruckerkunst auch schon in Pommern Eingang gefunden hatten.

Die älteste Sammlung, welche von Rubenow, Steffani u. Parleberg geschenkt und von Lamside verzeichnet ist, besteht aus neunzehn Büchern, welche vorzugsweise Texte Aristotelischer Werke, und Commentare zu denselben von den bekannten scholastischen Philosophen Buridan u. Aegidius de Columna, einem Schüler des Thomas von Aquino († 1316) enthalten. Das Organon oder die Logik des Aristoteles zerfällt in der Terminologie der scholastischen Philosophie in zwei Theile: 1. Vetus ars, welche die Jsagoge Porphyrii (praedicabilia), die Kathegorieen, praedicamenta genannt, und das Buch de interpretatione enthält; die Bücher Topicorum und Elenchorum pflegen abgesondert behandelt zu werden; 2. Nova logica, welche die Analytica priora und posteriora enthält [1]). Die naturwissenschaftlichen Werke des Aristoteles werden unterschieden in die größeren Werke, welche Magna Naturalia heißen und in Parva Naturalia, welche die kleineren Schriften: de sensu et sensato; de memoria et reminiscentia; de somno et vigilia; de somniis; de divinatione in somniis; de longitate et brevitate vitae; de senectute et juventute; de respiratione et inspiratione; de vita et morte [2]) enthalten. Bei den meisten Büchern ist angegeben, ob sie auf Pergament oder Papier geschrieben sind, bei manchen auch, ob die Handschrift regelmäßig und schön sei, bei einigen auch, daß der Text verbessert sei, so bei Nr. 1, wo er textus alteratus et correctus genannt wird. Bei mehreren Büchern ist auch die Bemerkung: ad asseres ligatus oder in coopertorio ligatus hinzugefügt, welche sich auf die großen schweren Einbände bezieht, welche aus Holztafeln bestanden, und an Ketten geschlossen waren. Für diese waren die oben in den Annalen p. 21 erwähnten XXIV catenae bene praeparatae bestimmt, welche Rubenow pro libris conservandis schenkte. Diese Einrichtung, welche die nicht anders als handschriftlich vorhandenen und deshalb doppelt werthvollen und seltenen Bücher durch Ketten gegen Entwendung sicherte, war damals eine sehr gewöhnliche. Mehrere Bücher haben auch die Bemerkung in magno volumine rubeo. Diese bezieht sich auf den damals üblichen Einband in roth gefärbtem Leder, welchen man gern bei werthvollen Büchern als größeren Schmuck anwendete, wie ihn noch das Decanatbuch und mehrere Bände der Kirchen-Bibliothek zeigen. Rubeus ist eine seltenere Form statt ruber oder rufus.

---

1) Vergl. Mon. un. Prag. II. p. 564.

2) Vergl. Thomas de Aquino Explanatio textualis in libros parvorum naturalium Aristotelis f. I—XXXIX und Auctoritates Aristotelis ed. 1498. Mon. un. Prag. II. p. 567.

Registrum librorum facultatis artium studii Gripeswaldensis.

I. Erste Sammlung verzeichnet von Joh. Lamside (1456—1460).

1. Textus Ethicorum,
papireus, bene alteratus et correctus, ad asseres ligatus.

2. Magna Naturalia Physicorum,
in pergameno, in optima scriptura.

3. Parva Naturalia Physicorum et aliorum plurimorum,
in pergameno, ad asseres ligata.

4. Quaestiones Buridani super Veterem artem et Novam logicam,
in bona scriptura, in papiro.

5. Lectura bona et compendiosa super Novam logicam.

Diese Handschrift, welche sich durch ihre regelmäßigen und schönen Züge auszeichnet (bona) und bei einem geringen Umfang nur einen Auszug (lectura compendiosa) der Logik zu geben scheint, findet sich noch auf der Kirchenbibliothek in Band 25. D. II. am Schlusse f. 1—24. Der Schluß fehlt.

6. Quaestiones pulchrae super:

a) de Generatione et corruptione,

b) super Metheororum,

c) super Sphaeram.

d) Plures determinationes famosorum virorum super certis punctis scholasticis,

in uno volumine papireo antiquo.

Zu zwei Aristotelischen Schriften aus dem Gebiet der Naturwissenschaften, sind in diesem Bande Nr. 6, zwei andere hinzugefügt, von denen das eine ein Sammelwerk, das andere super sphaeram ohne den Namen des Verfassers angegeben ist. Diese Namensangabe fehlt bei den Aristotelischen Schriften stets, dieselben waren so bekannt und verbreitet, daß man bei der Angabe des Inhalts sogleich in Gedanken den Namen des Aristoteles ergänzte, wie jetzt etwa bei Erwähnung des Römerbriefs den Namen des Paulus. Bei den nicht Aristotelischen Büchern pflegt sonst der Namen des Verfassers genannt zu sein, was bei dem Buche super sphaeram versäumt ist. Der Verf. ist Johannes de sacro bosco, Eboracensis, welcher in Paris lehrte und 1256 starb.

7. Unum volumen pergameneum, continens Logicam Aristotelis, scilicet:

a) Veterem artem,
b) Priorum,
c) Posteriorum,
d) Elenchorum,
e) Topicorum,
f) Divisionum et diffinitionum,
g) Autorem sex principiorum.

Der Verfasser des vorletzten Buches ist Boethius, dessen berühmtes Buch de consolatione philosophiae unter Nr. 63 folgt; der namenlose autor sex principiorum wird in den autoritates Aristotelis ed. 1498 Gilbertus Porritanus genannt.

8. Lectura Egidii super Elenchorum.

9. Quaestiones super Metheororum, in pergameno.

10. Egidius super de Generatione.

11. Lectura super Priorum, in papiro, in parvo volumine.

12. Lectura super Topicorum, in pergameno.

13. Unum volumen in Mathematica, papireum, ad asseres ligatum continens:

a) Euclidem,
b) Librum Proportionum,
c) Musicam Muris,
d) Arismetricam theoricam,
e) Tabulas Alfonsii cum canonibus.

Dieser Band mathematischen Inhalts enthielt die damals in dieser Wissenschaft gebräuchlichen Werke, unter ihnen: Joh. de Muris, Parisiensis (1330) de musica arte [1]) und die berühmten Planetentafeln des Königs Alfons X. von Castilien, deren Herausgabe im Jahre 1252 vollendet wurde. Zu bemerken ist die seltsame Orthographie Arismetrica theorica für Arithmetica, welche aber bei den Extravaganzen des mittelalterlichen Lateins nicht befremden kann. — Liber proportionum ist vielleicht von Thomas Brodwardinus († 1349) verfaßt [2]).

---

[1]) Vergl. Mon. univ. Prag. I. p. 83. 92., II. p. 266. Koseg., Gesch. d. Univ. I. p. 3, p. 84. Wachler, Handb. d. Gesch. u. Litt. II. 14.
[2]) Vergl. Gräße, Litt. Gesch., II. 1. p. 847.

Die oben erwähnten Tabulae Alfonsii finden sich unter den Handschriften der Kirchenbibliothek in Bd. 31, D. VIII. f. 65—68.

14. Textus Veteris artis.

15. Lectura Posteriorum.

16. Lectura cum quaestionibus Posteriorum.

17. Accurtata super Veterem artem. (Compendium.)

18. Unum volumen continens:

a) Elenchorum,

b) Topicorum,

c) Posteriorum,

in pergameno, cum quaestionibus super eisdem.

19. Liber parvus papireus de quolibet.

Dieses Buch kann entweder ein Sammelwerk sein, welches verschiedene Gegenstände enthielt, oder eine Anweisung über die facultas de quolibet disputandi [1]).

Von diesen Handschriften befinden sich Nr. 15, 16, 17 und vielleicht auch Nr. 19 auf der Kirchenbibliothek in Bd. 32, B. IX. f. 1—20 und f. 60—127.

II. Zweite Sammlung, von Lamside verzeichnet.

(1456—1460.)

Diese zweite Sammlung ist mit weniger regelmäßigen Zügen, als die älteste, von Lamside verzeichnet, wahrscheinlich einige Jahre später. Sie enthält die erwähnten, von dem Prof. der Medicin, Nicolaus Degantz geschenkten medicinischen Werke, und mehrere andere Bände verschiedenen Inhalts aus dessen Bibliothek.

20. a) Textus Physicorum.

b) Textus Priorum,

c) Tractatus Sphaerae, (Joh. de Bosco.)

in uno volumine colligati.

21. Textus Ghamfredi.

Dieses Buch enthielt vielleicht die lectura Sententiarum Petri Lombardi von Galfredus Alievantus, welcher 1340 zu

---

1) Vergl. Koseg., I. p. 3, p. 29, p. 84, p. 110 Anm. 6. Mon. un. Prag. I. p. 65, p. 101. Kink, Gesch. d. Univ. Wien, I. p. 76.

Oxford lebte und dessen Name sehr verschieden bald Gaufredus, bald Ganfredus u. A. geschrieben wird (vergl. Fabr. bibl. s. v.) oder ein ähnliches Buch anderer Verfasser, die denselben Vornamen hatten (vergl. Fabr. s. v.), vielleicht die Nova Poetria oder Synonima des Galfredus Anglicus, oder den Amicus medicorum des Joh. Ganivetus [1]).

22. Commentum super de Generatione.

23. Exercitium Veteris artis et Novae logicae.
Nunquam venit ad praesentiam magistrorum.

Diese Bemerkung bezieht sich wohl darauf, daß dies Buch von dem oben genannten Professor als Geschenk der Bibliothek versprochen, aber entweder erst später oder gar nicht abgeliefert wurde, eine ähnliche Bemerkung findet sich bei Nr. 15, die aber nicht mehr lesbar ist. Diese erste Bemerkung ist von Steffanis Hand später hinzugefügt.

24. Lectura super tertium de Anima,
cum aliis annexis.

25. Commentum super Synonima.

26. Commentum super primum et secundum Prisciani minoris.

Diese beiden Bände sind mit dem unter Nr. 64 aufgeführten Vocabularium die einzigen grammatischen Bücher der Sammlung. Das Commentum super Synonima ist wohl das in Band D. III. f. 439 v. citirte im Mittelalter viel gelesene grammatische Werk des Johannes de Garlandia [2]).

27. Liber medicinalis de natura humanorum corporum.

Dieser Band enthielt wahrscheinlich das berühmte Buch des Rhazes (850—932) liber medicinalis [3]), welches im Mittelalter als Compendium auf Universitäten gebräuchlich war. Nr. 27 bildet mit Nr. 30, 31, 36, 46, 47 die medicinische Sammlung.

28. Textus Arismetricae, alteratus.

Dieser Band enthielt wahrscheinlich die Arithmetica des Boethius [4]). Diese neun Bände Nr. 20—28 sind am Rande durch eine große Klammer als zusammengehörig bezeichnet und dabei am Rande bemerkt: ct de...; die letzten Buchstaben des

---

1) Vergl. Hain rep. bibl. I. 2. p. 435—436.
2) Vergl. Graesse, Litt. G. II. 1. p. 364, p. 800. Hain rep. bibl. I. 2. p. 436. Ueber die Abtheilung der Werke des Priscianus in P. major u. minor vergl. Koseg. I. p. 8. Mon. un. Prag. I. 1. p. 77.
3) Vergl. Haeser, Gesch. d. Med. p. 228.
4) Vergl. Krabbe, Gesch. d. Univ. Rost. p. 349

letzten Wortes sind zerstört. Diese Bemerkung kann entweder gelesen werden:

Continuet De (gantzii collectionem)

oder: Dedit Degantz. Durch beide Lesarten werden die genannten 9 Bücher als Geschenk dieses Professors bezeichnet.

III. Dritte Sammlung von Steffani de Colberg (1460—1473) verzeichnet.

a) Erste Aufzeichnung Nr. 29—33.

Diese Sammlung ist wohl 1460, nach Lamsides Tode, verzeichnet und enthält Werke jeglicher Art.

29. Lectura Thomae (Aquinatis) super:
a) Physicorum,
b) de Somno et vigilia,
c) de Morte et vita etc.
in uno volumine, in pergameno, X libelli.

Bei diesem Buche findet sich eine alte Bemerkung über das Verleihen desselben gegen ein Pfand, wie solches auch von Rubenow für die Bibliothek verordnet war:

u. Mich. impignoratus secundum scientiam magistrorum seniorum.

Das Buch ist, wie es scheint, bis Michaelis verliehen und dazu die Genehmigung der Senioren der philosophischen Facultät nothwendig gewesen. Der Anfang des ersten Wortes ist zerstört.

30. a) Jn medicina Viaticus,
b) cum febre Ysaac,
in pergameno[1]).

Das erste Buch ist wohl Viaticus Constantini Africani, welcher das Viaticum peregrinantium des Algazirah (920—1004) ins Lateinische übersetzte, das zweite: Liber de febribus des Jsaac Judaeus (830—930).[2])

31. Medicinalis liber:
a) Chirurgia magistri Brunonis.
in pergameno ligatus, in cujus fine habetur:
b) Liber de aegritudinibus puerorum.

---

[1]) Ueber Medicin der Araber vergl. Kosegarten, Gesch. d. Univ. I. p. 6, 24, 104. Haeser, Gesch. d. Med. 1853, p. 216—264.

[2]) Vergl. Haeser, Gesch. d. Med., p. 234, 235, 278, 293.

Das erste Werk dieses Bandes ist von dem berühmten Italienischen Arzte Bruno de Longoburgo (1262) verfaßt[1]).

32. Ympnarius cum glossa,
in antiqua scriptura, in coopertorio.

Dieses Buch hatte Theologischen Inhalt, und bestand wahrscheinlich aus Text und Erklärung der Psalmen oder Hymnen, welche Bezeichnungen gleichbedeutend sind. Bei Kosegarten II p. 233 ist Ypomnarius gedruckt, er führt jedoch die andere Lesart Ympnarius in einer Anmerkung p. 256 selber an, welches die richtige ist, da hymnarius eine gewöhnliche Bezeichnung für Hymnensammlung ist, hypomnarius aber sich sonst nicht findet.

33. Lectura Metaphysicae,
in papiro.

Diese Handschrift findet sich in zwei Exemplaren auf der Kirchenbibliothek in Band 24, D. I. f. 143—227 und in Band 31, D. VIII. f. 1—60.

b) Zweite Aufzeichnung Steffanis de Colberg,
(1460—1473),
welche vorzugsweise theologische Bücher enthält.

34. Compendium Theologicae veritatis,
de papiro, in asseribus ligatum.

Der Verfasser dieser Handschrift war vielleicht Thomas de Argentina († 1357). Vgl. unter den Handschriften der Kirchenbibliothek Band D. 1, f. 229, wo derselbe als Verfasser eines sehr verbreiteten compendium Theologicae veritatis angeführt wird, das er nach dem gleichbenannten Werke des Albertus magnus ausarbeitete.

35. Sermones super epistolis dominicalibus,
in magno volumine bene ligato in rubeo.

Dieses Buch kann mit einer der zahlreich in der Kirchenbibliothek vorhandenen Predigtsammlungen identisch sein. Mehrere derselben haben auch einen Einband von rothem Leder.

36. Volumen continens Terminos medicinales,
secundum ordinem alphabeti cum plenario Elvetariorum.

Dieser Band enthielt ein alphabetisch geordnetes Medicinisches Lexikon, dabei als Anhang ein Compendium (Plenarium), wahrscheinlich bearbeitet nach arabischen Wörterbüchern von El-

---

1) Vergl. Haeser, Gesch. d. Med., p. 343, p. 364.

beithar († 1248) oder Alwardi (1358) oder des Persers Alhervi[1]. Da die Araber vorzugsweise im Mittelalter die Medicin bearbeiteten, so liegt die Vermuthung nahe, daß auch dieses Lexikon aus arabischen Quellen geschöpft ist, und hier bietet sich das alphabetisch geordnete Werk des arabischen Arztes Elbeithar über Arzneimittel als erste Autorität dar. Der oben angeführte Name Elvretariorum wurde im Mittelalterlichen Latein aus Elbeithars Kitab almofredat i. e. liber simplicium gebildet[2]). Die von Kosegarten II. p. 233 vorgeschlagene Lesart electariorum oder eine andere elementariorum sind nur dann aufzunehmen, wenn man annimmt, der Name des Buchs sei unrichtig geschrieben, die sehr deutlichen Züge zeigen jedoch offenbar die Lesart elṽtar. Im andern Falle sind noch ff. Lesarten möglich: elevatarum, elivagatarum, eliberatarum, eliquatarum, elvatarum, ellutatarum, welche alle sich auf das Purgiren beziehen.

37. Volumen continens:

a) Epistolam Rabi Samuelis cum

b) Bonaventura super Magistrum

c) et aliis libellis.

Das erste der in diesem Bande vereinigten Theologischen Werke enthielt: epistola ad Rabbi Jsaac de adventu Messiae, quem Judaei frustra adhuc exspectant[3]), von dem berühmten Samuel Marocchianus, welcher im Jahr 1085 zum Christenthum in Toledo übertrat, das zweite einen Commentar des berühmten Bonaventura († 1274) zu Petri Lombardi magister sententiarum.

38. Expositio Ympnorum.

Auch dieses Buch scheint eine Erklärung der Psalmen, ebenso wie oben Nr. 32, zu sein. Auch hier ist Kosegartens Lesart ypomnorum[4]) in ympnorum d. i. hymnorum zu verändern.

39. Exercitium Ethicorum,
in magno volumine rubeo.

40. a) Sermocinale
incipiens: Erunt signa in sole et luna, in parvo volumine rubeo, cum

b) Textu Senecae de quatuor virtutibus cardinalibus.

Dieser Band enthielt zwei Theologische Schriften a. eine

---

1) Vergl. Haeser, Gesch. d. Med., p. 235, p. 259.

2) Vergl. Gräße, Litt.-G. II. 2. p. 265.

3) Vergl. Gräße, Litt.-G. II. 1. p. 77. Hain rep. bibl. II. 2. p. 266.

4) Koseg., Gesch. d. Univ. II. p. 233.

Sammlung von Homilien (sermonicale) d. h. eine Form der Predigten und b. eine moralische Abhandlung, welche fälschlich dem Seneca beigelegt worden ist, aber dem christlichen Zeitalter angehört.[1])

41. Expositio super Cantica,
cum plenario, in coopertorio ligatus.

Diese Handschrift befindet sich in der Kirchenbibliothek in Band E. 62 f. 102—280.

42. Libellus de septem vitiis.

43. Summa de foro poenitentiali Berengarii,
in pergameno.

Wenn Kos. Lesart provinciali richtig ist, so bezog sich diese Schrift vielleicht auf die Häresie des Berengar von Tours und die Verhandlungen über dieselbe auf dem Concil zu Rom im Jahr 1059[2]). Auf diesem Concil kam vielleicht der eximirte Gerichtsstand (forum privilegiale) des Berengar zur Sprache. Forum provinciale kann das Forum der Provinz oder der Französischen Provence bedeuten[3]). Wahrscheinlich ist poenitentiali zu lesen und damit die Summa poenitentialis des Berengar, Bischofs von Bezier gemeint[4]).

44. Libellus Teutunicalis.

Auch dies Buch läßt sich wegen der allgemeinen Bezeichnung nicht genau bestimmen, da dieselbe eine doppelte Bedeutung haben kann. Entweder behandelt es Angelegenheiten des deutschen Ordens (ordo Teutonicorum) oder es enthielt die Glossen des Johannes Teutonicus zum Decret des Gratian[5]).

c) Dritte Aufzeichnung Steffani's de Colberg, (1460—1473).

Die Handschrift Steffanis wird bei jeder neuen Aufzeichnung kleiner, deshalb lassen sich die einzelnen Abschnitte von einander unterscheiden, auch weichen sie durch verschieden gefärbte Tinte von einander ab.

45. Canones Avicennae,
in magno volumine rubeo.

Dieser Band enthielt das berühmte Werk Canon medicinae

---

1) Vergl. Auctoritates Aristotelis atque Senecae ed. 1498.
2) Vergl. Martene et Durand vet. scr. coll. tom. VII. p. 59.
3) Vergl. Grässe, Litt.-G. II. 1. p. 117.
4) Vergl. Savigny, Gesch. d. R. R. V. p. 587. Fabr. s. v.
5) Sav., Gesch. d. R. R. i. M. III. p. 295. V. p. 282.

des großen arabischen Arztes Avicenna (980—1036). Vgl. Haeser, Gesch. d. Med., p. 237.

46. Lilium medicinae,
in magno volumine.

47. Practica de cura morborum,
universalium et particularium, in magno volumine pergameneo.

Nr. 46 war entweder das berühmte Regimen sanitatis Salernitanum, welches auch Lilium medicinae hieß[1]) oder ein anderes gleichbenanntes Compendium späterer Zeit, dessen Verfasser der Schotte Bernardus de Gordonio, ein Arzt in Montpellier um 1305, war. Bezeichnungen, wie Lilium, Rosarium und andere für Compendium, waren im Mittelalter sehr gewöhnlich[2]). Der Verfasser von Nr. 47 war entweder der jüngere Mesue († 1015) oder Gilbertus Anglicus (1290), welche beide Werke unter diesem Namen schrieben[3]).

48. Exercitium
a) Metaphysicae et
b) Porphyrii (Jsagoges),
in magno volumine rubeo.

d) Vierte Aufzeichnung Steffani de Colbergs, (1460—1478); weniger regelmäßig geschrieben.

49. Textus Elenchorum cum lectura Egidii,
scriptus per manum Lamsiden.

Dieses Buch, welches Lamside geschrieben hatte, kam vielleicht nach dessen Tode aus seiner Bibliothek an die Universitäts-Sammlung.

50. Lectura antiqua super Veterem (artem),
in papiro, Parleberg.

Dieses Buch war entweder von Parlebergs Hand geschrieben, oder ein Geschenk desselben. Später kommen noch mehrere Geschenke Parlebergs vor, jedoch mit dem Zusatze: dedit.

---

1) Vergl. Haeser, Gesch. d. Med., p. 284.
2) Vergl. Haeser, Gesch. d. Med., p. 321.
3) Vergl. Haeser, Gesch. d. Med., p. 236, p. 322.

51. Corpus sphaericum aeneum.

Diese 3 Worte sind eingerückt, auch ist zwischen denselben und der vorhergehenden Reihe ein viel größerer Zwischenraum, als zwischen allen übrigen Reihen. Man erkennt, daß dieselben von den übrigen unterschieden werden sollten. Da sich nun im Registrum clenodiorum ac utensilium, f. 39 in der 20. Reihe von oben, die Worte finden: Jtem corpus sphaericum aeneum, quod practicavit magister Theodoricus, so erkennt man leicht, daß Nr. 51 kein Buch, sondern ein mathematisches oder astronomisches Instrument, vielleicht eine Himmelskugel war, die Professor Steffani zu seinen Vorlesungen gebrauchte.

Zu bemerken ist auch, daß die erwähnten Worte auf f. 39, Z. 20 v. o. bei Koseg. II. p. 235 nicht mit abgedruckt sind. Nach ihnen ist auch Kosegartens Lesart II. p. 233: aereum in aeneum zu berichtigen.

IV. Vierte Sammlung, nach Steffani de Colbergs Abgange verzeichnet.

Diese Sammlung ist von verschiedenen Professoren verzeichnet, meist in sehr flüchtigen, schwer lesbaren Zügen. Dieselben Hände zeigen sich auch im Registrum clenodiorum ac utensilium nach Z. 20 v. o.

a) Erste Aufzeichnung,

(1465—1471)

vielleicht von **Nicolaus Kremer** [1]) geschrieben.

52) Exercitium Phisicorum cum lectura,
in papiro.

Diese Handschrift findet sich in der Kirchenbibliothek, Band D. IX. f. 154.

53) Exercitium novae Logicae,
in papiro.

b) Zweite Aufzeichnung,

(1459—1470)

von **Ludwig Groczkwyn** [2]) geschrieben, enthält drei von demselben geschenkte Bücher.

---

1) Vergl. Koseg., I. p. 128, II. p. 215.
2) Vergl. Koseg., I. p. 90, II. p. 210.

54) Liber logicalis sophistriae Mag. Joh. de Mynden, Erfordensis,

quem dedit Magister Ludowicus Groczwin facultati artium.

Dieses Buch enthielt die Logik eines Erfurter Professors. Ein Johannes von Münden wird im Jahr 1371 in Prag promovirt, ein Johannes von Erfurt im Jahr 1407[1]). Daß die Logik auch den Namen Sophistik hatte, sehen wir aus einer Ueberschrift zu Aristotelis de vetere arte in Band D. IX. f. 1: Campus Sophistarum.

55) Horalogium fericum.

Dieses Horalogium feriarum enthielt entweder eine Uebersicht der Festtage nach Art der Calendarien, oder eine Reihe von theologischen Betrachtungen, nach den Festtagen geordnet[2]).

56) Jtem magister Ludowicus (Groczwin) dedit unum Commentum super Priorum,

Pragae collectum, in antiquo libro.

Dieses Buch ist interessant als ein späteres Beispiel der Pommerschen Studien auf der Universität Prag[3]).

c) Dritte Aufzeichnung, von Petrus Lüder,

(1475—1489)[4]).

Von ihm ist auch das Registrum clenodiorum, f. 38 Zeile 21--28 von oben, geschrieben.

57) Textus Aristotelis de animalibus, in pergameno.

58) Expositio metaphisicae.

Statt Expositio kann auch Excerptum gelesen werden. Diese Handschrift findet sich auf der Kirchenbibliothek in Band D. I. f. 233—293.

59) Commentum super Physicorum.

Diese Handschrift findet sich auf der Kirchenbibliothek in Band D. IX. f. 166—266.

---

1) Vergl. Mon. un. Prag. I. p. 147, 148, 395.
2) Vergl. Hain rep. bibl. II. 1. p. 91.
3) Vergl. oben Band C. II. f. 103—188 und B. VII. f. 401.; XV. E. 67. Koseg., Gesch. d. Univ. Gr. I. p. 13—17.
4) Koseg. I. p. 144, II. p. 247, Decanatbuch f. 58.

d) Vierte Aufzeichnung, von Petrus Lüder, (1475—1489).

Beide Aufzeichnungen c und d unterscheiden sich durch verschiedene Tinte.

60) Commentum Dorp, in magno volumine rubeo.

Diese Handschrift, welche einen Commentar des Mag. Joh. Dorp, eines Erklärers des Buridanus, über Logik enthält, findet sich auf der Kirchenbibliothek in Band D. II. f. 1 166.[1])

61) Commentum Physicorum, in papiro, antiquum.

Dieser Titel ist Commentum p his. geschrieben, und da p ziemlich weit von his. steht, so ist vielleicht, statt Physicorum, Petri Hispani zu lesen, dessen tractatus logicalis damals als Handbuch diente[2]).

62) Lundorius, super

a) de anima,

b) disputatio parvorum naturalium et

c) Problemata.

Lundorius ist der Name des Schriftstellers von Kosegarten gelesen, jedoch kommt ein solcher Name nicht unter den Commentatoren des Aristoteles vor[3]). Da der Name eines Lunadorius[4]) vorkommt, so wäre es möglich, daß ein solcher in der Litteratur unbekannter Commentator des Aristoteles existirt habe. Wäre die Lesart zweifelhaft, so könnte man an einen Commentar des Olympiodorus denken. Eine dritte Möglichkeit ist die, daß das unter Nr. 62 angeführte Buch ein alter Druck wäre. Die Bücher de anima erschienen nämlich mit einem Comnemtar des Averroes, opera Laurentii Canozii Lendenariensis, Padua 1470.[5]) Vielleicht ist daher Lendorius zu lesen und durch diesen Namen der alte Druck bezeichnet.

63) Bohetius de consolatione.

---

1) Vergl. über Joh. Dorp Graesse, Litt.-G. II. 2. p. 696 und Hain Repert. bibliograph. I. p. 574, II. p. 279.

2) Mon. un. Prag. I. p. 77, II. p. 574.

3) Vergl. Buhle Arist. op. o. I. p. 277—358. Jourdain, die latein. Uebers. d. Aristot., übers. v. Stahr.

4) Vergl. Catal. bibl. un. Gryph. s. v.

5) Hain rep. bibl. I. p. 212. Fabr. bibl. graeca.

64) Vocabularius,
in papiro.

Dieses Lexikon findet sich in zwei Exemplaren auf der Kirchenbibliothek in Band D. III. f. 1–482 und Band E. V. f. 1–85.

65) Pe. He. et Bo. d'(i) d'na,
in papiro.

Diese Worte enthalten die Titel zweier Bücher in sehr großer Abkürzung und in flüchtigen Schriftzügen. Es ist daher der Inhalt des durch Pe. He. bezeichneten ersten Buches nicht mit Sicherheit festzustellen. Liest man Pe. Hi. so ist der tractatus de logica, Petri Hispani d. i. Johannis XXI., † 1277, gemeint; liest man Pe. He. so kann das grammatische Werk des Petrus Helias gemeint sein. Das zweite Buch ist die bekannte Schrift des Boethius de disciplina scholarium, deren Aechtheit im Mittelalter nicht bezweifelt wurde und die damals ein viel gelesenes Handbuch war [1]). Für d' d'na liest Kosegarten II., p. 234. vid. Dies ist daher gekommen, weil der Schreiber statt d' d'na zuerst di geschrieben hatte, dann das i auslöschte und d'na darüber schrieb, Kosegarten las das halb erloschene i, welches ich oben eingeklammert habe, mit, las d' als v und übersah na, so entstand die Lesart vid.

66) D. Catho, Phagizosus, Facetus, Cornutus,
in uno volumine papireo.

Diese Worte liest Kosegarten II. p. 234 Datho phizosus, welches keinen Sinn giebt. Der erste Buchstabe ist ein D, über welches ein C geschrieben ist, in dem zweiten Worte ist der zweite Buchstabe übergewischt. Als Inhalt des Buchs ergiebt sich deutlich das im Mittelalter sehr verbreitete Buch: Dionysii Catonis distycha moralia [2]). Es ist daher möglich, den Anfangsbuchstaben als ein mit D verschlungenes C zu lesen, obwohl auch ein C statt des D corrigirt worden sein kann. Phizosus ist wohl eine Corruption aus Phagifacetus [3]) und ebenso, wie die folgenden Facetus und Cornutus, wohl keine Bezeichnung des Cato, sondern der Name eines andern moralischen Gedichts des Mittelalters. Cornutus ist der Name eines dem Joh. de Garlandia zugeschriebenen Gedichts (Fabr. s. v.) Dieser Band vereinigte wahrscheinlich die Auctores octo morales, welche vorzugsweise im Mittelalter gelesen wurden [4]). Unter diesen werden aber an der Stelle des

---

1) Mon. un. Prag. I. p 77. II. p. 554. Fabr. s. v. Elias.
2) Vergl. Bernhardi Röm. Litt. Anm. 251 u. 471.
3) Thesmophagia. Vergl. Zarnke der deutsche Cato p. 2.
4) Vergl. Fabr. s. v.; Hain rep. bibl. I. 1. p. 240; Graesse Litt.-G. II. 1. p. 800. II. 2. p. 706.

Phagizosus gewöhnlich Theodulus, und für Cornutus bald Moretus bald Floretus aufgezählt.

67) Computualia.

Dieser Band enthielt wahrscheinlich ein astronomisches Werk über den Lauf der Gestirne und den Calender¹). Solche Werke nannte man computus, computum, computorium; eins derselben wurde dem Joh. de Sacro Bosco zugeschrieben²).

68) Textualia Marsilii,
cum exercitio eorundem.

Dieses Buch, welches Text und Commentar von Werken des Marsilius enthielt, war möglicherweise ein Commentar zu Petri Lombardi liber sententiarum. Ein solches Werk existirte von dem älteren Marsilius ab Jnghen, † 1394. Weniger wahrscheinlich ist der obige Titel auf Schriften des jüngeren Marsilius Ficinus (1433—1499) zu beziehen, dessen Werke wohl kaum bei seinem Leben nach Greifswald kamen. Auch können die Commentare des Marsilius ab Jnghen zu den Schriften des Aristoteles gemeint sein³).

e) Fünfte Aufzeichnung, vielleicht von Joh. Sartoris geschrieben.

(1481—1491).

69) Textus Physicorum,
quem dedit magister et doctor Johannes Parleberg.

70) Textus metaphysicae,
quem dedit idem doctor.

71) Textus Posteriorum,
datus ab eodem.

72) Textus Veteris artis,
in papiro, ab eodem.

Diese vier Schriften des Aristoteles wurden der Philosophischen Facultät von Professor Parleberg wahrscheinlich damals geschenkt, als er von dieser zu der Juristischen Facultät überging.

---

¹) Vergl. Mon. un. Prag. II. p. 556.
²) Vergl. Hain rep. bibl. I. p. 185.
³) Vergl. Hain rep. bibl. II. 1. p. 361. Graesse, Litt.-G. II. 2. p. 318, 657, 687.

73) Item dominus doctor Georgius dedit unum volumen, ligatum in asseribus, in pergameno, facultati, in quo continetur:

a) Porphyrius, cum pertinentiis, cum
b) Libro sex principiorum, nec non
c) Topicorum,
d) Elenchorum etc.

Dieses Buch ist wahrscheinlich ein Geschenk des Professor Georg Walter († 1475), der als namhafter Gelehrter nur mit dem Vornamen bezeichnet werden konnte, da er bis 1487 der einzige Gelehrte in Greifswald war, der diesen Vornamen hatte. Nimmt man an, daß die Aufzeichnung nach 1487 geschah, so könnte Georg Lotze damit gemeint sein, der 1462 Erzieher des jungen Herzog Swantibor in Rubenows Hause war, 1487 licentiatus in legibus und 1491 Rector wurde [1]). Dieser Georg Lotze ist zu unterscheiden von Henning Lotze, dem Feinde Ulrich von Huttens.

f) Sechste Aufzeichnung, von Petrus Rust,

(1502—1517.)

74) Jtem Augustinus de civitate dei, receptus in solutionem quinquaginta marcarum, quos recepit magister Johannes Byltzmann in summa capitali, qui liber est in facultate artium.[2])

Ordnen wir diese Bücher nach den Gegenständen, so gewinnen wir folgende Uebersicht:

I. Philosophie.

A. Texte und Commentare von Aristoteles.

1. Philosophische Schriften: Logik, Metaphysik, Ethik.

(6) Vetus ars, (Porphyrii isagoge, Cathegoriae, De interpretatione) Nr. 7a, 14, 17, 23. 50, 72. (4, 73a.)
(3) Nova logica, (Priora et Posteriora) Nr. 5, 23, 53. (4.)
(4) Priorum, Nr. 7b, 11, 20b, 56.

---

1) Vergl. Balthasar Randbemerkung ad vit. jurisc. progr. V. vita 26. p. 11. Koseg. I. p. 150.
2) Vergl. über Prof. Byltzmann und Rust Kosegarten I. p. 146, p. 153, 169.

(5) Posteriorum. Nr. 7c, 15, 16, 18c, 71.
(4) Topicorum, Nr. 7e, 12, 18b, 73c.
(3) Elenchorum, Nr. 7d, 18a, 73d. (8, 49.)
(3) Metaphysica, Nr. 33, 48a, 58.
(2) Ethicorum, Nr. 1, 39.
(2) Porphyrii isagoge (praedicabilia), Nr. 48b, 73a.
(1) Buridanus ad veterem artem et novam logicam, Nr. 4.
(2) Egidius ad librum Elenchorum, Nr. 8, 49.
(1) Commentum Dorp, Nr. 60.
(1) Liber logicalis sophistriae Mag. Joh. de Mynden Erfordensis, Nr. 54.

zus. 37 Schriften.

2. Naturwissenschaftliche Schriften.

(1) Magna naturalia Physicorum, Nr. 2.
(1) Parva naturalia Physicorum, Nr. 2, (29, 62).
(5) Physicorum Nr. 20a, 52, 59, 61, 69, (29). (61 vielleicht Petri Hispani tractatus logicalis).
(1) De animalibus, Nr. 57.
(1) De anima, Nr. 24, (62).
(2) De generatione et corruptione, Nr. 6a, 22. (Vielleicht Nr. 68. Marsilius ad de generatione et corruptione.)
(2) Metheororum, Nr. 6b, 9.
(1) Thomas Aq. ad Physica et parva Naturalia, Nr. 29.
(1) Lundorius de anima, parva Naturalia et Problemata, Nr. 62.

zus. 15 Schriften.

3. Compendien.

Nr. 6d, Nr. 19, Nr. 24 Annexa.

zus. 3 Schriften, also im Ganzen 55 Aristotelische Schriften.

B. Philosophische Schriften nach Aristoteles Zeit.

Autor sex principiorum, Nr. 7g, 73b.
Liber divisionum et diffinitionum, Nr. 7f.
Seneca de quatuor virtutibus cardinalibus, Nr. 40b.
Boethius de consolatione philosophiae, Nr. 63.
Boethius de disciplina scholarium, Nr. 65b.
Petri Hispani tractatus logicalis, Nr. 65a. (Petr. Helias) und vielleicht 61.
Dionysii Catonis distycha moralia, Nr. 66a.
Phagizosus, Facetus et Cornutus, auct. octo morales, Nr. 66b. c. d.

(Im Ganzen 12 Schriften.)

C. Grammatische Schriften.

Commentum super synonima, Nr. 25.
Commentum super I et II Prisciani minoris, Nr. 26.
Vocabularius Nr. 64.

(Im Ganzen 3 Schriften.)

D. Mathematische Schriften und Instrumente.

Johannes de Bosco super sphaeram, Nr. 6c, 20.
Euclides, Nr. 13a.

Liber proportionum, Nr. 13b.
Musica Johannis Muris, Nr. 13c.
Arithmetica theorica, Nr. 13d.
Tabulae Alfonsii cum canonibus, Nr. 13e.
Textus arithmeticae, Nr. 28.
Computualia, Nr. 67.
Horologium fericum, Nr. 55.
Corpus sphaericum aeneum, Nr. 51

(Zus. 9 Schriften und 1 Instrument.)
(Im Ganzen also 80 Nummern philosophischen Inhalts.)

II. Theologie.

A. Exegese.

Hymnarius cum glossa, Nr. 32.
Expositio hymnorum, Nr. 38.
Expositio super cantica, Nr. 41.

(Zus. 3 Schriften.)

B. Dogmatik.

Augustinus de civitate dei, Nr. 74.
Compendium theologicae veritatis, Nr. 34.
Textualia Marsilii (sup. Mag. sent.), Nr. 68.
Bonaventura super Magistrum sententiarum, Nr, 37 b. cum aliis libellis, Nr. 37c.
Epistola Rabbi Samuelis, Nr. 37a.
Liber de septem vitiis, Nr. 42.

(Zus. 7 Schriften.)

C. Homiletik.

Sermones super epistolis dominicalibus, Nr. 35,
Sermonicale, Nr. 40a.

(Zus. 2 Schriften, im Ganzen 12 Theologische Schriften.)

III. Medicin.

Algazirah Viaticus transl. per Constantinum Africanum, Nr. 30a.
Ysaak Judaeus de febre, Nr. 30b.
Canones Avicennae. Nr. 46.
Liber medicinalis de natura humanorum corporum, Nr. 27.
Termini medicinales cum plenario Elvetariorum, Nr. 36.
Brunonis Chirurgia, Nr. 31a.
Practica de cura morborum, Nr. 47.
(Bern. de Gordonio) Lilium medicinae, Nr. 46.
De aegritudinibus puerorum, Nr. 31b.

(Zus. 9 Medicinische Schriften.)

Schriften zweifelhaften Inhalts.

Summa de foro poenit. Berengarii, Nr. 43.
Liber teutunicalis, Nr. 44.

(Zus. 2 Schriften.)

Ueberblicken wir das mitgetheilte Verzeichniß, so sehen wir zwar die Werke des Aristoteles an Zahl alle übrigen Schriften überwiegen, im Uebrigen aber mit Ausnahme der Rechtswissenschaft (die beiden unter Nr. 43 und 44 aufgeführten Werke sind ohne Belang) alle drei Facultäten gleichmäßig vertreten. Da uns nun im Album und in den Annalen nirgends eine Angabe über die Anlage einer Theologischen oder Medicinischen Bibliothek berichtet ist, während die Juristische Sammlung wiederholt erwähnt wird, so läßt sich schließen, daß die Bibliothek der Philosophischen Facultät für alle drei Facultäten gemeinsam war. Von den Medicinischen Handschriften, sowie von den Mathematischen sind gar keine mehr erhalten, dagegen finden sich noch einige Philosophische und Theologische auf der Kirchenbibliothek, welche wir jetzt aufzählen wollen.

Philosophische Handschriften.

26. D. I. Verzierter brauner Lederband, Folio, 372 Blätter.

In diesem Bande findet sich f. 228 v.—229 eine Uebersicht der damaligen scholastischen Litteratur, welche im Sinne des Mittelalters nach den Mönchsorden, dem die Gelehrten angehörten, abgetheilt ist.

A. Doctores, ordinis fratrum Minorum.

1. Doctor subtilis, Johannes Schotus (Joh. Duns Scotus † 1308), scripsit super Sententias (Petri Lombardi † 1164).
2. Doctor acutus, Franciscus de Maronia († 1325), collegit flores ex agro Augustini, et super hys scripsit documenta moralia et theologica cum obtentionibus et dubiis acute; super de Trinitate, de Trinitate Dei; confessiones, de doctrina cristiana.
3. Doctor irrefragabilis, Alexander de Hales († 1245), scripsit summam aut (quadri) partitam super sententiis, cujus dicta dicuntur veritate bibliae et rationibus compicta, quod non possunt faciliter frangi aut flecti ad falsi tenorem.
4. Doctor dotatus, Bonaventura, cardinalis, episcopus Albanensis fuit († 1274), plures tractatus scripsit praeter Sententias de vita et passione Christi, de contemplatione. (Vergl. Fabricii bibl. lat. med. et inf. aet. I. p. 694.)
5. Doctor singularis, Wilhelmus Occam († 1347).
6. Doctor refulgens, Petrus de Candia, hic est allapsus quintus Papa (Alexander V, 1410, antea nominatus: Petrus Philaretus Cretensis).
7. Doctor famosus, Bernhardus Cardinalis (Bernardus de Ambasia cardinalis 1364. Fabr. bib. s. v.)
8. Doctor planus, Nicolaus de Lira († 1340).
9. Doctor solidus, Richardus de Media villa. (Rich. de Middleton † 1300), scripsit super quartum Sententiarum, principaliter eximie in Anglia legitur.
10. Doctor scholasticus, Hugo de Novo castro (Hugo de Newcastle Dunelmensis, 1284) pulcre manu ducit studentes ex philosophia naturali et metaphysica in augmentationem virtutis. Placuit

autem mihi, quum legissem de praedestinatione, et praescientia super primum Sententiarum.

11. Doctor summus, Franciscus de Parusio (Franc. Camenus de Perusio. Fabr. s. v. p. 583).
12. Doctor moralis, Geraldus Odonis (Gerardus Odonis † 1349).
13. Doctor facundus, Petrus Aureolus († 1345).
14. Doctor collectus, Ludolphus (Ludolphus Saxo, 1326. Fabr. s. v. p. 847).
15. Doctor profundus, Jacobus de Esculo (Jac. Asculanus, 1464. Fabr. s. v. p. 12).
16. Doctor reverendus, Gotfredus de Fontanis († 1238. Fabr. s. v. p. 196, p. 529.)
17. Doctor concessus, Jacobus de Viterbio (1310).
18. Doctor succinctus, Franciscus de Esculo (Asculanus, 1344).
19. Doctor difficilis, Johannes de Ripa (Fabr. s. v. p. 263).
20. Doctor profundus Warro, (Guillelmus Verus, Guarro sive Warro, 1270. Vergl. Fabr. s. v.).
21. Doctor solidus, Petrus de Aquila. Discipuli Schoti ambo. (Fabr. s. v. p. 718.)
22. Doctor comprehensus, Johannes Scodellus (Mathurinus le Bret, † 1528. Fabr. IV, p. 413 oder Johannes Canon Scotus, 1320. Fabr. s. v. p. 175), conflatus sent. super sententiis, ubi exposuit Johannem Schotum; copiosus est in rationibus; ratio innititur auctoritatibus; subtilior est magistro suo; tenet etiam congruum in multis. Da Petrus Aquitanus ein Buch Scotellus schrieb, so ist vielleicht aus dessen Namen eine zweite Person fingirt unter dem Namen Joh. Scotellus. (Graesse, Litt.-G. II. 2. p. 356.)
23. Doctor ymaginatius, Nicolaus Bonethi (1314).
24. Doctor bonus, Brinkel (Gualterus Brinkel, 1310. Fabr. s. v. p. 326).
25. Doctor dulcissimus et fundatissimus, Anthonius Andreae (dulcifluus, 1320).
26. Doctor strenuus et proficuus, Petrus Thomae (1368. Fabr. s. v. p. 828).
27. Doctor dulcis, Herbertus de Garbo. (Guill. Herbertus Anglus, ord. min. Fabr. s. v. p. 441.)
28. Doctor mirabilis, Robertus Bibon. (Roger Baco, 1284. Fabr. s. v. p. 430).
29. Doctor fertilis, Franciscus de Candia. (Fabric. s. v. p. 583).
30. Doctor notabilis, Petrus de Jnsula (scr. de Sententiis, Fabr. s. v. p. 773).
31. Doctor distinctus, Franciscus de Machia. (Fr. de Marchia, Picenus. Fabr. s. v. p. 587.)
32. Doctor positivus, Wylhelmus Büngheyn. (Guill. Bingham, 1370. Fabr. s. v. p. 411.)
33. Doctor eximius, Hugo david. (david ist vielleicht aus Hugo Withe oder Hugo de Vitonio corrumpirt. Fabr. s. v. p. 843. p. 890.)
34. Doctor irreprehensibilis, Jacobus de Ponte. (Jacoponus de Benedictis, 1306. Fabr. s. v. p. 555.)
35. Doctor sufficiens, David thon. (David de Augusta, Teutonicus, 1272. Fabr. s. v. p. 41.)
36. Doctor ingeniosus, Johannes Pech. (Johannes Peacham, disc. Bonaventurae, 1292. Fabr. s. v. p. 330.)
37. Doctor fortissimus, Heynricus Wufferda. (Guill. Wooford, † 1397.) Disputavit contra hereticos in Anglia.

Hy fratres singuli super Sententiarum libros scripserunt

distincte, acutius, subtilissime; adhuc plures sunt eorum doctores, qui non sunt superius notati, etiam egregii; illorum principes viri speculum et scholastici.

B. Doctores, eximii de ordine praedicatorum.

38. Doctor beatus vel sanctus, Thomas de Aquino († 1274) scripsit partes (summae theologiae) et super sententiis, scripsit super omnes libros viri inclitissimi philosophi sc. Aristotelis; contra gentiles summam, de veritate et malo; super totam bibliam, vetus et novum testamentum; super Boethium de consolatione philosophiae; Tractatum de esse et essentia et plures alios tractatus.
39. Dominus Albertus, episcopus Ratisponensis (Albertus magnus † 1280) scripsit super sententias, ubi subtilissime divina misteria scrutatur, et super Dionysium (Areopagitam), de divinis nominibus et de celesti yerarchia; Super (Nicolaum) Damascenum; Tractatum super: Missus est, (Luc. I. 26), ubi totalem dyspositionem virginis rationibus philosophicis declarat; Tractatum de causis, qui dicitur Lumen luminum, atque profundissime super libros egregii viri Aristotelis et plures alios libros.
40. Rupertus Holkoth, archiepiscopus Cantuariensis († 1349, Fabr. s. v. p. 799).
41. Doctor Petrus de Tarentasio, et hic Jnnocentius papa quintus († 1276).
42. Durandus, doctor scripsit super Sententias, atque tractatum de intentionibus philosophicis et communiter tenet congruum beato Thomae, ut patet in sententiis suis et praecipue super quartum. (Fabr. s. v. p. 204.)
43. Hugo, cardinalis. (Hugo de Billonio oder Hugo de S. Caro. Fabr. s. v. p. 846. p. 849.)
44. Hugo de Argentina. (Hugo de Argentina Fabr. s. v. p. 118; p. 844.) Hy singuli clarissime scripserunt super Sententias. Hy subscripti scripserunt Sermones, postillas super bibliam; practici, ambonistae (i. e. praedicatores ex ambone i. e. cancelli, Kanzel.)
45. Doctor, Raymundus (Raym. de Pennaforte, Barcinonensis † 1275, Panzir. III, 8.) edidit summam juris canonici.
46. Doctor, Jordanus Ambonista (vielleicht Jordanus Saxo. Vergl. Fabr. s. v. p. 515—521.)
47. Doctor, Jacobus de Voragine (1298, ord. pr.)
48. Doctor, Nicolaus de Gorra († 1295, ord. pr.) glossavit bibliam.
49. Doctor, Humbertus (Hub. de Romanis, ord. pr. † 1277. Fabr. s. v. p. 837) librum Officiorum (Augustini glossavit).
50. Doctor, Vincentius (Bellovacensis † 1264. Fabr. s. v. p. 830) in speculo scripsit quatuor specula s. speculum naturale, doctrinale, morale et hystoriale.

C. Doctores, ordinis St. Augustini Heremitarum.

51. Doctor, Gregorius de Arimino (Gregor. Ariminensis, 1357. Fabr. s. v. p. 281), scripsit subtiliter super libros Sententiarum.
52. Doctor, Egidius de Roma. (Aeg. de Columna, Romanus † 1316), scripsit super Sententias, commentiscivit omnes libros Aristotelis. Scripsit tractatus sanctae eucharistiae; de pluritate formarum; de aeternitate; de resurrectione mortuorum; de peccato origenali.

53. Doctor, Thomas de Argentina († 1357), scripsit super Sententias, et compendium theologicae veritatis, quod solitum est communi positione haberi.

54. Doctor, Elevita (Robertus Eliphat, Anglus 1340. Fabr. s. v. p. 275), scripsit super Sententias.

55. Doctor, Symon de Cassia (Symon Fidatus de Cassia † 1348. Fabr. s. v. p. 529), edidit volumen de vita Christi eximium, cujus stilus egregius omni colore verborum sententiarumque decoloratus; cujus scripta Johannes Huss pergere solitus fuit et solebat praedicare: Vidi, legi dulcis in persona et delectabilis.

56. Doctor, Heynricus de Fremaria (Henr. de Vrimaria, 1334. Fabr. s. v. p. 690.), sermones, tractatus bonos compilavit.

Hinc soli Deo honor,
hoc tota mente conor.
O Katharina, virgo Dei,
da Caspar locum requiei!

Der Inhalt des Bandes **26. D. I.** ist folgender:

f. 1—14. 1. De materia conceptuum et de abstractione.

Diese zwiespältige Handschrift beginnt mit einem, in Form eines Quadrats umschriebenen Initial und wurde von Pater Juterbog für den oben erwähnten Magister Theodoricus Steffani de Colberg geschrieben, und zwar i. J. 1446.

f. 11. Et haec breviter dicta sunt de materia conceptuum sub correctione meliori, pro cujus salubris finis adeptione sit laus hodie et imperenni omnium bonorum datori et sic habetur finis juxta materiam conceptuum fructuosam anno domini in studio Lipcziensi 1446 in vigilia sanctae virginis Katherinae etc. —

f. 12v. Finitum per patrem Juterbog reverendo magistro de Collebergh sabbato post festum sanctae Katharinae anno domini 1446 in studio Lipcziensi etc. etc. —

f. 13. Auszug aus mehreren Büchern des Albertus magnus, von anderer Hand:

De intellectu et intelligibili c. 3, 4, 5, 6, 9, 10, 11, 12.
De materia et forma pr.
De formarum distinctione.

f. 14—147. 2. Quaestiones Buridani de Metaphysica Aristotelis.

f. 146. Et sic est finis quaestionum Buridani.

f. 146—147. Jndex. Registrum metaphysicae quaestionum.

f. 148—227. 3. Nicolai Amsterdam quaestiones metaphysicae.

Von dieser Schrift besitzt die Kirchenbibliothek ein Duplicat in D. VIII. f. 1—60. Eine dieser beiden Handschriften ist wahrscheinlich identisch mit der oben im Registrum librorum facultatis artium Nr. 33 angeführten Lectura metaphysicae in papiro.

Diese Handschrift in D. I. f. 148 ist mit großen, alterthümlichen Zügen und rothen Initialen, wahrscheinlich von Prof. Nicolaus Amsterdam aus Rostock [1]) selbst geschrieben, und zwar fortlaufend, zweispältig von f. 148—205. Von f. 205 v.—206 v. tritt eine zweite Hand, dann von f. 207—215 eine dritte und von f. 215 v. — 226 eine vierte Hand ein. Endlich folgt f. 226 v.—227:

Registrum quaestionum metaphysicae Amsterdami

und f. 228 v.—229 die p. 154 mitgetheilte litterarische Uebersicht. Von diesen Abschnitten mögen f. 215 v.—226 vielleicht von Pater Juterbog geschrieben sein, f. 207—215, f. 226 v.—229, sowie die Schrift Nr. 2, f. 32—147 alle von einer anderen Hand, welche sehr flüchtig und unleserlich ist. Von dieser steht auch am Schlusse der Vorlesung des Prof. Amsterdam f. 227 folgende Bemerkung:

Mag. Arnoldus sententiae subtilis,
mag. Petrus Valkendal subtilior,
mag. n. deam subtilissimus.

Das Wort nach Arnoldus enthält nach meiner Lesart folgende Buchstaben snne, welches ich sententiae oder scientiae ergänze; mag. n. deam ist eine Abkürzung für Nic. Amsterdam.

f. 233—292. 4. Quaestiones metaphysicae.

Diese Handschrift ist wahrscheinlich identisch mit der oben im Registrum librorum facultatis artium unter Nr. 58 aufgeführten Expositio metaphysicae, und ist ebenso wie f. 1—14 und f. 215 v.—226 von Pater Juterbog geschrieben.

---

[1]) Vergl. Krabbe, Gesch. der Univ. Rostock, p. 70. Kosegarten I. p. 29, 37. II. p. 206, 293.

f. 293—306 v. **Thomae de Aquino,**

5a. Tractatus de ente et essentia,
sive de quidditatibus entium.

f. 306 v.—317. **5b.** Tractatus de genere.

f. 299 v. Et sic est finis quaestionum super tractatum sancti Thomae de quiddidatibus entium in universitate Coloniensi collectarum.

f. 316. Et haec de quaestione et per consequens de toto tractatu de genere beati Thomae.

Beide Abhandlungen sind zwiespältig von derselben Hand des Pater Juterbog geschrieben, aber mit flüchtigeren Zügen als Nr. 1 und Nr. 4.

f. 317—372. **6.** Positiones disputationis quodlibetariae Lipsiensis.

f. 317. 1. Quaestio principalis: Quaeritur, utrum, sicut in universo datur bonum, quod est principium omnium aliorum et causa bonorum, ita sit dare malum, quod omnium existat principium et causa malorum.

f. 319. 2. Positio magistri Andreae de Gorliz.

Andreas Rudiger de Gorliz war in Leipzig Decan der philosophischen Facultät 1452, Rector 1451. (Vergl. Zarnke, Urkundl. Quellen zur Gesch. d. Univ. Leipz., Abh. d. K. Sächs. Gesch. d. W. 1857. p. 588, p. 804.)

f. 322. 3. Positio magistri Petri Pirner, anno domini 1443.

Petrus Pirner de Novoforo war in Leipzig Decan d. phil. Facultät 1433, Rector 1435. (Vergl. Zarnke a. a. O. p. 586, p. 801.

f. 323. 4. Positio magistri Petri Preczwiircz de Budissin edita per magistrum Andream de Gorliz.

Petrus Presczhewicz de Budissin war in Leipzig Decan d. phil. Facultät 1436, Rector 1447. (Vergl. Zarnke a. a. O. p. 587, d. 802.)

f. 325. Quaestio mihi assignata per venerabilem virum dominum quodlibetarium magistrum meum honorabilem. Sub hoc tenore verborum proposita.[1])

---

[1]) Vergl. über die disputatio de quolibet und den magister quodlibetarius Monum. univ. Prag. I. p. 65, p. 101. Kosegarten I. p. 3, 29, 84, 110, Anm. 6. Kink, Gesch. d. Univ. Wien I. p. 76. Pyl, Histor. Beilagen zum H. Rubenow p. 3.

f. 325 v. 5. Positio magistri Johannis Gedaw de Budissin.

Joh. Gedaw de Budissin war in Leipzig Decan 1458, Rector 1459. (Vergl. Zarnke a. a. O. p. 589, p. 804.)

f. 328. 6. Positio magistri Conradi Wynensis.

Dieser M. Conrad. Wynensis war vielleicht mit Conradus Hildensis oder Conradus Wimpinensis identisch, vergl. Zarnke, a. a. O. p. 786, p. 914.

f. 329. 7. Positio magistri Johannes Schyben.

Johannes Scheibe war Ordinarius bis 1479. (Vergl. Zarnke a. a. O. p. 916.)

f. 330. 8. Positio magistri Nicolai Gerstmann, per eum determinata.

Nicolaus Gerstmann de Lewenberg war in Leipzig Decan der phil. Facultät 1451, Rector 1454. (Zarnke p. 588, p. 803.)

f. 332. 9. Positio Quaestionis principalis.

f. 335 v. 10. Positio magistri Malchiar Galthainner, (vielleicht Nic. Melczer de Glogau. S. Zarnke p. 917.)

f. 337. 11. Positio magistri Andreae Rudyger de Gorliz.

Nr. 11 ist dieselbe Position des schon oben unter Nr. 2 genannten Professors und zwar im Auszuge.

f. 337 v. 12. Positio magistri Bartholomaei Francke.

Barth. Franke de Lipczk war in Leipzig Decan 1448. (Vergl. Zarnke a. a. O. p. 803.)

f. 339 v. 13. Positio magistri Johannis Breslawers.

Joh. Breslaver de Elbing war in Leipzig Decan der phil. Facultät 1453, Rector 1452. (Vergl. Zarnke a. a. O. p. 588, p. 804.)

f. 342. 14. Positio magistri Wilkini de Stendal.

f. 343 v. 15. Positio magistri Nicolai Smyloves.

Nicolaus Smylouw de Hamburg war in Leipzig Decan der phil. Facultät 1451, Rector 1453. (Vergl. Zarnke a. a. O. p. 588, p. 803.)

f. 344 v. 16. Positio magistri Johannis Thymer de Mellirstad, anno domini gratiae 1441.

Dieser Gelehrte ist vielleicht mit Johannes Thymonis de Gobin identisch. (Vergl. Zarnke p. 916.)

f. 346 v. 17. Positio magistri Johannis de Bamberga.

Joh. Heberer de Bamberg war in Leipzig Decan der phil. Facultät 1450, Rector 1452. (Vergl. Zarnke p. 588, p. 803.)

f. 348 v. 18. Positio magistri Lodewici de Brandenburg.

f. 350. 19. Quaestio principalis in quodlibeto baccalariorum, behandelt dasselbe Thema, wie Nr. 9.

f. 350 v. 20. Positio domini decani Magistri Johannis Weyſſse.

Joh. Weisse (Wysse) de Rostock war in Leipzig Decan der phil. Facultät 1447, Rector 1443. (Vergl. Zarnke p. 587, p. 803). Durch diese Angabe ist als Jahr dieser Disputation 1447 bezeichnet.

f. 350 v. 21. Positio magistri Theoderici de Kolberg.

Dieser schon oben erwähnte, später in Greifswald seit 1457 thätige Gelehrte war kurz vor seinem Abgange von Leipzig dort 1457 Decan der phil. Facultät und Vicekanzler (Vergl. Zarnke p. 804). Im Album der Greifswalder Universität I. ist er als:

> Magister Theodericus Steffani de Sundis, sacrae theologiae baccalarius, Lipczensis

inscribirt, heißt aber im Decanatbuch fac. art. f. 4 und 11 Steffani de Colberg. (Vergl. Koseg. I. p. 89, II. p. 204, 213, 269).

f. 352 v. 22. Positio magistri Johannis de Ratispona.

Joh. de Ratispona, welcher entweder den Namen Murmann oder Tortsch führte, war in Leipzig Decan der phil. Facultät 1444, Rector 1450. (Vergl. Zarnke p. 587, p. 803.)

f. 356 v. 23. Positio magistri Caspar Kresse de Norenberga.

Nun folgen die Positionen einer früheren Disputation des Mag. Nicolaus Weigel.

f. 358. 24. **Seq. quaestionum positiones in quodlibeto magistri Nicolai Weigels.**

> Quaestio, mihi assignata per honorabilem dominum quodlibetarium magistrum meum, referenda est etc.

Nicolaus Weigel de Brega war in Leipzig Decan der phil. Facultät 1423, Rector 1427. (Vergl. Zarnke p. 585, p. 800).

f. 362 v. 25. Positio magistri Schimelpfennings rectoris almae universitatis.

Mag. Joh. Schymmelpfennig war in Leipzig Decan der phil. Facultät 1442, Rector 1441. (Zarnke p. 586, p. 802.) Diese Position bezeichnet als Zeit dieser früheren Disputation das Jahr 1441. Unter dem Rectorat von Joh. Schimmelpfennig war Decan der phil. Facultät: Nic. Gareden de Gryfenhagen.

f. 365. 26. Positio magistri Ermelreich.

Joh. Ermelreich de Gorlitz war in Leipzig Decan der phil. Facultät 1434, Rector 1437. (Zarnke p. 586, p. 801.)

f. 366. 27. Positio magistri Peter Pyrners.

Diese Position des schon oben unter Nr. 3 angeführten Gelehrten behandelt ein anderes Thema, als Nr. 3, da sie zu der früheren im Jahr 1441 abgehaltenen Disputation des Mag. Nicolaus Weigel gehört.

f. 367. 28. Positio magistri Steffani de Freyberg.

Mag. Steffanus Fortunae de Freiberg war in Leipzig Decan der phil. Facultät 1450, Rector 1467. (Zarnke p. 589, p. 803.)

f. 367 v. 29. Positio magistri Caspar Weygel.

Caspar Weigel war in Leipzig Decan der phil. Facultät 1439 und 1441, Rector 1442. (Zarnke p. 587, p. 802.)

f. 369. 30. Quaestio magistri Johannis Wyda.

Joh. Weida, welcher vielleicht auch Joh. Schibnitz hieß, war in Leipzig Decan der phil. Facultät 1440 und 1444, Rector 1443. (Zarnke p. 916.)

f. 372 v. 31. Quaestio magistri N. de Sprotavia.

Dieser Gelehrte hieß vielleicht Nicolaus Maschco Spottaviensis. (Vergl. Zarnke, Urk.=Quell. d. Univ. Leipzig, Abh. der K. Sächs. Gesch. d. W. 1857, p. 776.)

Der Schluß fehlt.

Diese Positionen mehrerer Disputationen de quolibet sind zweispältig, wie es scheint, fortlaufend geschrieben und gehörten wahrscheinlich dem unter Nr. 21 erwähnten Mag. Steffani de Colberg. Ob sie ebenso wie Nr. 1—5 von der Hand des Pater Juterbog geschrieben sind, ist zweifelhaft, denn sie enthalten weit regelmäßigere Züge als jene Handschriften zeigen; nur an einigen Stellen f. 333, 340 u. A. tritt bei schnellerer Schrift mehr Uebereinstimmung hervor, f. 363 v. ist eine Lücke. Die Worte der Themata sind mit größerer Fracturschrift geschrieben. Vielleicht waren alle Schriften dieses Bandes in Mag. Steffanis Besitz und wurden von ihm der Universitäts=Bibliothek nach einander zu verschiedenen Zeiten geschenkt, und später zusammengebunden. Nr. 3 hat ein kleineres Format als die übrigen Handschriften.

27. D. II. Verzierter brauner Lederband,

Folio, enthält von f. 1—179 Handschrift, dann f. 1—53 Druckschrift, dann f. 1—24 Handschrift. Vorn und hinten befindet sich ein Pergamentblatt mit Hymnen und dazu gehörigen Noten. Eine größere Pergament=Handschrift am Anfang des Bandes ist ausgeschnitten.

f. 3—166. **7. Magistri Johannis Dorp,**

Commentum Buridani super veterem artem et novam logicam.

f. 166 v. Et tantum de octo tractatibus venerabilis magistri Johannis Dorp commentatoris Buridani.

Nun folgen 3 ausgestrichene Reihen und die Angabe XIIII sexterni [1]), d. h. 168 Blätter, welche die Handschrift mit Ausnahme der beiden ersten enthält, welche fehlen. Dann folgen die Worte:

Liber fratris Johannis Tidrehmi studentis Bononiae anno dominico 1475, quem pro uno ducato a fratre Angelo de provincia Graeciae emit, praesente fratre Raymundo de provincia Curonia. (Tidrehmi i. e. Trithemii.)

Diese Handschrift, welche zwiespältig mit flüchtigen Zügen und mit großen Ueberschriften geschrieben ist, ist wahrscheinlich identisch mit dem im Registrum librorum facultatis artium unter Nr. 60 angeführten: Commentum Dorp in magno volumine rubeo, und ist später als der erste Einband (volumen rubeum) abgenutzt war, mit mehreren anderen zusammengebunden. Sie könnte auch identisch sein mit Nr. 4: Quaestiones Buridani super veterem artem et novam logicam in papiro. Der Anfang fehlt.

Ueber Johannes Dorp und seine Commentare zu Buridans Schriften, vergl. Hain repertorium bibliographicum I. p. 574, II. p. 279; Graesse, Litt.-G. II. 2. p. 696.

f. 167—179. **8. Francisci de Mayronis,**

Prologus primi libri Sententiarum (Petri Lombardi).

f. 179v. Aliam quaestionem fecit magister de unitate scientiae, distinxit enim de unitate, simplicitate et integritate. Primam unitatem habet scientia ex subjecto, sed secundam non. Nec plus actum de ista quaestione et per consequens de toto prologo. Et sic finitur prologus hujus operis primi Sententiarum, editus ab egregio et eximio doctore sacrae paginae (bibliae) Magistro **Francisco de Maronis,** ordinis fratrum minorum, tempore, quo legebat **Parisiis,** scriptus per me fratrem **Nicolaum de Villaco** studentem Bononyae p. provincia Austriae anno domini 1437 in die translationis sanctae Clarae virginis beatae.

Diese Handschrift ist zwiespältig mit kleinen zierlichen Zügen und gemalten Initialen geschrieben. Der erste Initial ist ausgeschnitten.

Nach f. 179 ist ein alter Druck f. 1—53 eingebunden, welcher enthält:

Gasparini Pergamensis clarissimi oratoris epistolarum liber ad exercitationem filii Guiniforti, ep. I—CLXV.

Gasparinus de Bergamo starb 1431 und führte auch den Namen Barzizius. Diese Ausgabe seiner Briefe, welche für seinen Sohn bestimmt war, ist vielleicht im Jahr 1470 gedruckt [2]).

---

[1]) Sexternus bedeutet eine Lage von 12 Blättern, quaternus eine Lage von 8 Blättern, petia oder pecia eine Lage von 4 Blättern. (Savigni, Gesch. d. Röm. R. i. M. III. p. 536.)

[2]) Vergl. Fabr. bibl. VI. p. 65. Anm.

p. 1—24. 9. Compendium logicae.

Diese Handschrift ist wahrscheinlich identisch mit der oben im Registrum librorum facultatis artium unter Nr. 5 angeführten Lectura bona et compendiosa super novam logicam, und ist mit kleinen zierlichen Zügen und großen Ueberschriften geschrieben. Der Anfang, dessen erste Worte in Form eines Quadrats um den Initial geschrieben sind, lautet:

Conspiciens in circuitu librorum magnitudinem studentium, constitue rite interdum in animo nec non et aliorum nostram brevitatem, quibus nulla fere est annexa doctrina, ideo medium volens retinere utriusque naturam extremi, compendium utile construxi juvenibus, pluribus distinui tractatibus, quorum primus est: 1. Singularium tradit notitiam; 2. Suppositionum declarat notitiam; 3. ostendit consequentiarum doctrinam; 4. terminorum instruit vim probativam; 5. regulam docet obligativam; 6. insolubilia solvendi dat artem et viam; 7. contra primum objicit responsivam; 8. vero tertium fortificat per rationum argumentativam.

p. 3. Figurae syllogismorum.
p. 8. Arbor Porphyria praedicamentorum.

Dieser Arbor findet sich in Boethii Commentum ad Porphyrii isagogen (Opera Boethii Basel 1570, p. 70) und giebt folgende Uebersicht:

Corpora	Substantia	Jncorporea
Animatum	Corpus	Jnanimatum
Sensibile	Animatum	Jnsensibile
Rationale	Animal	Jrrationale
Socrates	Homo	Plato
	Phēs.	

Oberhalb des Arbor ist ein Mönch mit Tinte gezeichnet, welcher zwei Bänder in der Hand trägt; auf dem rechten steht: Timor domini initium sapientiae. (Psalm CXI. v. 10); auf dem linken: Ab initio et ante secula creatura sum sapientiae illae. Der Schluß der Handschrift fehlt.

Die am Schluß des arbor stehenden Buchstaben Phēs lassen vermuthen, daß dieses Compendium von Petrus Hispanus herrühre. Phēs wäre dann zu ergänzen: Petr. Hispalensis[1]).

28. D. III. Verzierter, rother Lederband, Folio, 482 Blätter.

10. Vocabularium latinum.

Dieses Lateinisch=Niederdeutsche Lexicon ist wahrscheinlich identisch mit dem oben im Registrum librorum facultatis artium unter Nr. 64 angeführten Vocabularius in papiro und findet

---

1) Vergl. Hain rep. bibl. II. 1. p. 65—71.

sich in einem Duplicat in Band E. V. f. 1—85. Diese Handschrift ist mit großen regelmäßigen Zügen und rothen Initialen zwiespältig geschrieben. Manche Papierlagen sind verkehrt gebunden.

Die Anfangsworte dieses Lexicons lauten:

A a a domine deus nescio loqui quia puer ego sum verum ut fatear verbum illud propheticum meum est nam in scientiis puer existens puerilia et bene usitata vix intelligam latine nescio loqui. —

f. 1—265. a) Vocabularium, alphabetisch (de raritate verborum).

b) Grammatica, alphabetisch geordnet.

f. 265—407. α) De conjugatione verbi, enthält die Ableitungen.

f. 497—451. β) De genere verbi, enthält die Flexionen.

Diese zweite Abtheilung ist als Inhalt der Sibyllinischen Bücher unter Virgilius eingeschaltet und enthält folgende Abschnitte:

f. 407. 1. De genere verbi.
f. 407 v. 2. De modis verbi (Jndicativus, Jmperativus, Optativus, Conjunctivus).
f. 408. 3. De numero verbi.
f. 408 v. 4. De temporibus verbi.
f. 425. 5. De adverbiis interrogativis aliisque modis adverbii.
f. 410. 6. De participiis.
f. 415. 7. De conjunctionibus.
f. 418. 8. De praepositionibus.
f. 437. 9. De interjectionibus.
f. 439. 10. De XXVII speciebus nominum, 1. aequivocum, 2. synonimorum, 3. relativorum etc.
f. 442. 11. De nominibus distributivis.
f. 445. 12. De compositis a quis (quisque, quisquam etc.)
f. 445 v. 13. De nominibus, quae in tribus casibus exstant; IV et V declinationis.
f. 447. 14. De nominibus festorum desc. a nominibus Deorum.
f. 447 v. 15. De declinatione Graecarum dictionum.
f. 451. 16. De dictis absolutis.

f. 454 v. c) Vocabularium Jndeclinabilium, alphabetisch geordnet.

f. 455 v. Remedium contra ebrietatem atque de speciebus luxuriae secundum Boethii disciplinam scholarium, als Einschaltung.

f. 480. Finitus iste liber anno domini MCDLXI quoniam combusta fuit secunda pars Grypeswaldiae per contractum Plateas in parochia sancti Jacobi. Die Abkürzung für contractum ist q͞ct.

Verfasser und Zeit der Abfassung des Lexicons lassen sich aus den citirten Schriftstellern Jsidorus, Papias, Brito et Huigwitius, sowie Cassiodorus, Orosus und Johannes de Garlandria nur annähernd ermitteln. Da Guillelmus Brito, der Verfasser eines Vocabularium latinum, 1356 starb, so würde die Abfassung unseres Lexicons zwischen 1356 und 1400 fallen. (Graesse II. 1. p. 799; 3. p. 664; p. 666 ff. Hain I. 1. p. 286.) Die Nicolaikirchen-Bibliothek in Stralsund (jetzt mit der Rathsbibliothek vereinigt) besitzt nach dem Catalog von Droysen v. J. 1817, Nr. 1, ein ähnliches, handschriftliches Dictionarium.

29. D. IV. Verzierter brauner Halblederband,
Folio, 34 Blätter,
zusammengebunden mit alten Drucken.
(Inventar-Catalog B. III. 16.)

a) **Thomas de Aquino,**
Expositiones textuales in Aristotelis libros de coelo et mundo; de generatione et corruptione; Metherologorum; et parvorum naturalium. (Coloniae off. Quentell.)

b) **Thomas de Aquino,**
tractatus de ente et essentia.

c) **Gerardi de Monte,**
Concordantiae dictorum Thomae de Aquino et Alberti magni atque apologia.

f. 1—34. **11. Alberti magni,** Summae Naturalium,
tractatus IV. de methereologicis impressionibus, cont. XVII capitula [1]).

Diese Handschrift ist einspältig, mit zierlichen, hinterüberliegenden Zügen und großen gemalten und mit Figuren geschmückten Initialen geschrieben, unter ihnen f. 16, 21 Portraits, f. 22 ein Schwert, f. 26 eine Tonne und Schlange.

f. 34. Finitus praesens tractatus in Saxonia civitate Juterbogk per me Joachim V. anno nostrae salutis 1507 in vigilia nativitatis Mariae.

Dann folgt von anderer Hand: frater Joachim Franke scripsit.

30. D. V. Verzierter brauner Lederband,
Folio, 161 Blätter,
zusammengebunden mit alten Drucken.
(Vergl. Inventar-Catalog B. III. 12. 13.)

Lamberti de Monte,

a) Copulata super octo libros Physicorum Aristotelis juxta doctrinam Thomae de Aquino.

---

1) Vergl. Hain repert. bibliogr. I. p. 55.

b) Copulata super tres libros de anima Aristotelis j. d. Thomae de Aquino.

Beide Drucke haben schriftliche Randbemerkungen.

f. 1—132. **12. Textus octo librorum Physicorum Aristotelis.**

f. 1. Jncipit liber primus Arestotilis Strageritae, filii Nycomachi, de auditu physico, qui determinat de principiis subjecti, quod est ens mobile in communi.

f. 132. Finis octo librorum Aristotelis per me P. H. (anno, quo scribebatur 1493 die Veneris mensis Februarii post diem Gregorii) in alma universitate Gripeswaldensi collect.

Sit laus deo omnipotenti.

Diese Handschrift ist von Brockmann im alphabetischen Catalog verzeichnet.

f. 1—29. **13. Textus librorum Aristotelis de anima I et II;**

Vom dritten Buche sind nur die Anfangsworte geschrieben.

Beide Handschriften sind von derselben Hand des unbekannten P. H. mit regelmäßigen Zügen, fortlaufend, einspältig geschrieben. Der Lateinische Text des Aristoteles ist mit Rand- und Zwischenbemerkungen in sehr kleiner Schrift versehen.

Am Anfange der ersten Handschrift ist ein Crucifix f. 1r. und f. 1v. eine Hirschjagd mit der Feder gezeichnet.

31. D. VI. Verzierter brauner Lederband, Folio, 12 Blätter, zusammengebunden mit alten Drucken.

(Vergl. Inventar-Catalog B. III. 14. 15.)

a) Positiones circa libros Physicorum et de anima Aristotelis (Coloniae, 1493).

b) Petri Nigri, clypeus Thomistarum:

LVI quaestiones de arte vetere Aristotelis

LXIII quaestiones de praedicamentis (*κατηγορίαι*) Aristotelis.

(Venetiis per Symonem de Lucre. 1504.)

f. 1—12. **14. Alani de Rupe,**
tractatus de laudibus Thomae de Aquino.

f. 11. Expl. tractatus quidam de laudibus beati Thomae de Aquino, doctoris sancti, collectus per doctorem **Alanum de Rupe**, fratrem ordinis praedicatorum in Rostockiensi universitate promotum, qui obiit circa annos domini 1471.

Als Todesjahr von Alanus de Rupe wird von Jöcher 1475, von Fabricius 1474 angegeben. Vergl. Graesse, Litt.-G. II. 1. p. 398.

Diese Handschrift ist zwiespältig von derselben Hand wie C. I. f. 13—315 geschrieben.

32. D. VII. Folioband,

1863 neu gebunden, 9 Blätter,
zusammengebunden mit alten Drucken.
(Vergl. Inventar-Catalog B. III. 12. 13.)

Lamberti de Monte,

a) Copulata super octo libros Physicorum Aristotelis juxta doctrinam Thomae de Aquino et

b) Copulata super tres libros de anima Aristotelis juxta doctrinam Thomae de Aquino.

Dieses Duplicat von den alten Druckschriften in D. V. hat, außer vielen Randbemerkungen verschiedener Hände, folgende Bemerkung zu Anfang:

Liber conventus Gripeswoldensis ordinis praedicatorum;
Anno domini 1514 in die Valentini ego frater Joachim Franke coepi legere II cap.

Dann folgt von anderer Hand:

Ego frater Cornelius Jacobi de Lapideo monte, conventus Grypeswoldensis, incepi libros physicorum in conventu Gripeswoldensi anno a virgineo partu 1516 in die Gordiani et Epimachi martirum (10. Mai).

Dieser Joachim Franke ist derselbe, welcher die Handschrift in D. IV. f. 1—34 schrieb, und die später folgende Bemerkung in D. VIII. f. 1.

f. 1—9. **15.** Tractatus de intentionibus,
(propositionibus argumentationis).

Diese zwiespältig geschriebene Handschrift ist unvollendet. Der V ſt vielleicht Durandus. (Siehe o. p. 156, Nr. 42.)
erf. i

33. D. VIII. Verzierter brauner Lederband,
Folio, 68 Blätter,
zusammengebunden mit alten Drucken.
(Vergl. Inventar-Catalog B. III. 10. 11.)

a) Alberti magni Physicorum libri octo (Venetiis per Johannem de Forlivio et Gregorium, fratres 1494).

b) Antonii Andreae quaestiones de arte vetere Aristotelis et de divisionibus Boethii.

1. De libro praedicabilium (Porphyrii isagoge).
2. De libro praedicamentorum (categoriae).
3. De libro sex principiorum (Gilberti Porretani).
4. De libro perihermenias (de interpretatione).
5. De libro divisionum Boethii (ed. per Joh. Mariam Mapellum Vicentinum Venetiis 1492).

(Antonii Andreae quaestiones de XII libris metaphysicae Aristotelis ed. per Lucam de Subereto, impressae arte M. Bonethi Locatelli Bergomensis, impensis d. Octaviani Scoti Modoetiensis, 1491).

Zu Anfang dieser Druckschriften steht außer anderen Randbemerkungen ff.:

Jstum librum studiorum perfectu suorum appretiatus est venerabilis artium magister **Johannes Weteken de Hamburga**, quondam gymnasii Gripeswaldensis rector, mellea redolens eloquentia ac doctrinarum refulgens scientia; atque ad instantiam fratris Joachim Vranken pro libraria conventus Gripeswaldensis eundem cum benevolentia dedit nunquam a quocunque quovis jure repetendum (Orate pro eo fideliter) anno domini 1508. (Der Name Vranke ist V'nȝ geschrieben).

Vergl. über Joh. Weteken, welcher hier Professor und 1505 Rector (gymnasii i. e. universitatis) war, Koseg. I. p. 169.

Eine andere Randbemerkung giebt den Kaufpreis an: Emi totum X s (olidis) Lubecens.

f. 1—58. **16. Nicolai Amsterdam,**

Quaestiones de Aristotelis XII libris metaphysice.

f. 1. Liber iste coeptus a Conr. S. fin. Math. Berkhus.

f. 48. Et sic est finis decimi (libri). Undecimus (liber) non disputatur in nostra universitate Rostockiensi.

f. 58. Expl. quaestiones metaphysicae collectae in studio Rostockcensi et finitae anno domini 1429 die 21 mensis Aprilis a Conrado Snaken de Reynstorpe et disputatae ibidem a reverendo magistro **Nycolao Amstelredam** viro ingenioso et scientiis ornato.

f. 59—60. **17.** Quaestiones Buridani de libris Aristotelis de anima.

f. 60. Hoc determinat Buridanus dè anima.

Diese beiden Handschriften sind zwiespältig, mit kleinen regelmäßigen Zügen, von derselben Hand geschrieben und enthält Nr. 16 ein Duplicat derselben Handschrift, welche sich in D. I. f. 148—227 findet und wohl identisch mit der im Registrum librorum fac. art. unter Nr. 33 angeführten lectura metaphysicae in papiro ist.

f. 61—63. **18.** Pauli epistola ad Romanos, c. I, II, III, 1—13. cum quaestionibus III.

Diese zwiespältig, mit regelmäßigen Zügen geschriebene Handschrift ist unvollendet.

f. 65 – 68. **19.** Tabulae Alphonsii,

cum canonibus ex ejusdem et magistri Johannis de Lineriis aliorumque tabulis collectae.

f. 65—66. Canones. Expl. canon.
f. 66. Tabula medii motus omnium planetarum in annis Christi collectis.
f. 66 v. Tabula medii motus planetarum in diebus.
f. 67. Tabula medii motus planetarum in horis.
f. 67 v. Tabula de mediis motibus omnium planetarum in annis Christi expansis.
f. 68. Tabula medii motus planetarum in mensibus.
f. 68 v. Tabula conjunctionum et oppositionum in mensibus. Expl. tabulae bonae de motu omnium planetarum et de conjunctione solis et lunae possibilitateque eclipsium.

Diese einspältige Handschrift hat rothe Initialen; die Zahlen der Tabellen sind abwechselnd mit rother und schwarzer Tinte geschrieben. Sie ist vielleicht identisch mit der oben im Registrum librorum fac. art. unter Nr. 13 e. angeführten Handschrift: Tabulae Alfonsii cum canonibus. Sie trägt die Ueberschrift: Fratre coeptus ex cella; dies terminatur in medio sui.

Ueber den muthmaßlichen Verfasser dieser nach den Tabulae Alphonsii und Joh. de Lineriis bearbeiteten Tafeln vergl. Fabr. bibl. s. v. Alphons; u. Graesse, Litt.-G. II. II. 2. p. 810—827. Vielleicht war der Verfasser Johannes Blanchinus (1466). (Vgl. Graesse a. a. O. p. 817.)

34. D. IX. Verzierter brauner Lederband, Quart, 404 Blätter, zusammengebunden mit alten Drucken.

(Vergl. Inventar=Catalog B. III. 28.)

f. 22—33. a) Theoreumata domini Aegidii de Roma de esse et essentia cum notatis per magistrum Johannem Rudiger de Creussen.

f. 296—349. b) Auctoritates Aristotelis, Senecae, Boethii, Platonis, Apuleji Africani, Porphyrii et Gilberti Porretani anno 1498, mit einem Holzschnitte, welcher einen gewölbten Hörsaal vorstellt, in welchem ein Professor auf einem Katheder vor vier Schülern Vorträge hält.

f. 1—20. 20. Tractatus de vetere arte Aristotelis, (praedicabilibus et praedicamentis).

Diese Handschrift ist einspältig, mit kleiner zierlicher Schrift, und großen Ueberschriften geschrieben; sie enthält f. 5 — 7, f. 12, f. 18 leere Blätter und ist unvollendet. Diese Handschrift ist wahrscheinlich identisch mit dem im Registrum librorum fac. art. [unter Nr. 17 angeführten Compendium: Accurtata super veterem artem.

f. 34—60. 21. Thomas de Aquino, de ente et essentia vel de quidditate.

f. 58v. Expl. scriptum super de ente et essentia St. Thomae doctoris de Aquino et sequitur tabula ad idem scriptum.

f. 59v. Expl. tituli scripti super de ente et essentia fratris **Thomae de Aquino** sancti doctoris, conscripti anno domini 1428 statim post festum Gregorii sanctissimi doctoris per fratrem **Matthaeum Ymbrisarcus de Gdanczk** apud Florentiam in conventu fratrum praedicatorum sanctae Mariae Novellae.

Sanctae Mariae ecclesiae frater Ymbrisarcus dat conventui Grypesw.

Diese Handschrift ist zwiespältig, mit kleinen, regelmäßigen Zügen und rothen Initialen geschrieben und führt auch f. 39v. die Beischrift: conventus Gripswaldensis.

Sie gehörte dem schwarzen Kloster in Greifswald und wurde mit den Handschriften der Universitäts = Sammlung zusammengebunden.

f. 60—104. **22.** Posteriorum libri duo c. not. Thomae Aquinatis.

f. 60. Circa initium libri Posteriorum est primo notandum et quaeritur, quis sit secundus liber novae logicae; de quo libro Posteriorum notandum, quod sanctus Thomas scrib. circa hunc librum.

f. 89. Et sic est finis primi libri Posteriorum, sequitur secundus.

f. 103. Et sic est finis secundi libri Posteriorum.

Diese Handschrift ist einspältig, abwechselnd regelmäßig und flüchtig, mit rothen Initialen geschrieben. Diese Handschrift ist wahrscheinlich identisch mit der im Registrum librorum fac. art. unter Nr. 15 angeführten Lectura Posteriorum.

f. 104—127 v. **23. Petri de Rivo.** Posteriorum libri duo.

f. 104. Analetica seu logica judicativa, sicut dictum est circa initium novae logicae.

f. 120. Quaestiones sunt aequales numero hys, incipit secundus liber Posteriorum.

f. 127 v. Expl. secundus liber Posteriorum magistri Petri de Rivo [1]).

Diese Handschrift ist zwiespältig, mit außerordentlich kleinen und regelmäßigen Zügen, mit 50 Reihen auf der Quartseite, und großen Ueberschriften geschrieben. Diese Ueberschrift ist wohl identisch mit der im Reg. libr. fac. art. unter Nr. 16 angeführten Lectura cum quaestionibus Posteriorum.

f. 127 v.—134. **24.** Tractatus de laudibus Thomae Aquinatis.

Diese Handschrift ist zwiespältig, mit denselben flüchtigen Zügen, wie Nr. 22 geschrieben und ist unvollständig.

f. 134—154. **25. Petrus de Rivo,** super primum librum Topicorum Aristotelis.

f. 148. Explicit primus liber Topicorum Aristotelis.

f. 149. Nota, ubi sit ens rationis. f. 150. Notae ad III—VII.

f. 153 v. **De Rivo** super primum librum Topicorum Aristotelis. (Conventus Kalkariensis)

Liber conventus Gripeswaldensis ordinis praedicatorum.

---

[1]) Vergl. über Petrus de Rivo Hain rep. bibl. II. 2. p. 91. Fabr. bibl. med. et inf. aet. I. p. 1236.

Diese Handschrift ist von f. 134—149 zwiespältig, von f. 150—153 einspältig, abwechselnd von mehreren Händen, mit außerordentlich kleinen Zügen geschrieben. Sie gehörte ursprünglich dem Kloster zu Calcar bei Cleve und später dem schwarzen Kloster zu Greifswald, und wurde später mit den Handschriften der Universitäts-Sammlung zusammengebunden.

f. 154—166. 26. Tractatus de libris Physicorum prim. et secund.

Diese Handschrift ist einspältig, mit regelmäßigen, mittelgroßen Zügen geschrieben und wahrscheinlich identisch mit dem im Registrum librorum fac. art. unter Nr. 52 angeführten Exercitium Physicorum cum lectura, in papiro.

f. 166—266. 27. Commentum Physicorum, lib. I—VIII.

f. 166. Sicut habetur sexto metaphysicae tres sunt partes theoreticae vel speculantiae sc. mathematica, physica et theologia.

f. 183. Expl. liber primus Physicorum.

f. 183 lib. II.; f. 196 lib. III.; f. 205 lib. IV.; f. 223 lib. V.

f. 232. Expl. quintus Physicorum per manus fratris Hermanni de Huyswerden anno dominicae incarnationis 1467, pridie Jdus Junii sive ipso die Adulphi, presbyteri et confratris, hora completorii.

f. 233 lib. VI.; f. 242 lib. VII.; f. 249 lib. VIII.

f. 265. Et sic est finis octo librorum Physicorum scriptorum per manus fratris Hermanni de Huyswerden, ordinis praedicatorum, finitorum secunda die post nativitatem virginis gloriosae, pertinentium conventui Kalkerensi.

Diese Handschrift ist zwiespältig, mit sehr kleinen, regelmäßigen Zügen und großen, rothen, verzierten Initialen geschrieben und wahrscheinlich identisch mit dem im Registrum librorum fac. art. unter Nr. 59 angeführten Commentum super Physicorum.

f. 266—288. 28. Commentum librorum de Anima, lib. I—III.

f. 268v. Et haec de primo libro de anima per me fratrem Everhardum Laen, ordinis praedicatorum, conventus Kalkerensis, in conventu Hallensi tempore dyaconatus ejusdem.

f. 268v. Jste est secundus liber de anima Aristotelis, fratris Everhardi Laen.

f. 279. Et hoc de secundo libro de anima. Scriptus est liber iste et completus per manus fratris Everhardi Laen (conventus Kalkerensis filius nativus ordinis praedicatorum) in conventu Hallensi, tempore diaconatus ejusdem fratris sub anno domini 1479 in profesto beati Thomae apostoli post completorium horaque sexta pro utilitate (Kalkerensis c.)[1].

f. 279. Frater Everhardus Laen hunc librum (III) pro conventu Kalkerensi servavit.

f. 288. Et in hoc finitur tertius liber de anima Aristotelis, scriptus per me fratrem Everhardum Laen in conventu Hallensi anno domini 1480 in vigilia translationis beati Thomae, hora V vespertina, pro utilitate conventus Kalkerensis.

f. 289—293. **29.** De sensu et sensato Aristotelis.

f. 293. Et in hoc finitur liber de sensu et sensato Aristotelis ipso die oct. beati Vincentii martyris in conventu Hallensi anno domini 1480.

Diese beiden Handschriften Nr. 28 und 29 sind zwiespältig, mit kleinen, unregelmäßigen Zügen, jedoch mit großen, zierlich gemalten, rothen und blauen Initialen geschrieben und vielleicht identisch mit der im Registrum librorum fac. art. unter Nr. 62 angeführten Handschrift.

f. 350—353. **30.** Oratio de princ. in philosophia naturali.

Diese einspältig, mit sehr flüchtigen Zügen geschriebene Rede giebt eine Uebersicht über die scholastische Philosophie mit vielen Citaten aus Aristoteles, Boethius, Albertus Magnus u. A. und mehrere Leoninische Verse. Sie wurde vielleicht pro magisterio in artibus gehalten.

f. 353—403. **31.** Compendium terminorum philosophicorum.

Diese Handschrift, welche einspältig, mit rothen Initialen geschrieben ist, enthält ein alphabetisch geordnetes Lexicon philosophischer Termini, beginnt mit Abstrahere und schließt mit Veritas und Ymago. Von f. 353—379 ist die Handschrift gleichmäßig, von f. 380—403 beginnen unregelmäßige Züge. Am Schluß steht wohl als Tag der Vollendung:

f. 403. De diebus secundum ordinem alphabeti in IV festivis ultimus.

---

1) Die eingeklammerten Worte sind durchstrichen.

Auf zwei Pergamentblättern am Anfange und Schlusse dieses Bandes stehen außer religiösen Sprüchen folgende Notizen: Hans Zegheberg, vielleicht ein Verwandter des Freundes von Rubenow [1]); ferner: Jtem incepit text. de anima post festum Galli T. S. hora octava; Jtem incepit exercitium de philosophia prim. legens hora tertia; Jtem incepit text. in papiro in metaphysica J. K. septima; Jtem inc. partem principium secunda feria ante Elizabeth. El. s. de Cracewicze dat 4 s. Diese Worte enthalten vielleicht Notizen über das Abschreiben von philosophischen Büchern im Kloster.

35. D. X. Brauner Lederband,

Quart, 260 Blätter, von denen viele ausgeschnitten.

Zu Anfang dieses Quartbandes sind 4 Blätter Papier und 5 Blätter Pergament eingeklebt. Von diesen enthalten die ersten 8 Blätter practische Theologie, das 9. Blatt und ein Pergamentblatt am Schluß des Bandes Computualia (vergl. das Registrum librorum fac. art. Nr. 67.) Auf dem 9. Blatt steht:

Liber Gripswaldensis conventus fratri Nicolao ad usum est concessus.

f. 1—260. **32. Alexandri Galli de Villa Dei,**

Doctrinale p. I et II, cum notabilibus.

f. 1 enthält Uebersichten des Inhalts und der Eintheilung der Grammatik;

f. 2—256 folgt der erste und zweite Theil der in Versen geschriebenen Grammatik mit Commentar in Prosa [2]).

f. 2. Circa initium primae partis doctrinalis ad perfectionem clericorum.

f. 256. Anno domini 1478 finitus nec non perfectus de mane hora septima in festo St. Lamberti episcopi. Clericus monasterii tertio loco, diligentiam adhibens perfecit hunc librum patria Frisiae, qui de natus civitate Luekis, appellatus de Nanno tempore, perfectionis tempore Nicolaus hujus operis nominatus.

---

1) Vergl. Koseg. I. p. 88.

2) Vergl. über Alexander Gallus de Villa Dei: Mon. un. Prag. I. 1. p. 77. Hain rep. bibl. I. 1. p. 74—85 und die alten Ausgaben von Ludov. de Guaschis Ven. 1482 und Ant. Coburger Nor. 1498, welche auch den 3. und 4. Theil und einen anderen kürzeren Commentar enthalten.

Diese Handschrift ist gleichmäßig, von Anfang bis zu Ende von derselben Hand, die Grammatik mit sehr großen, die Erklärung mit sehr kleinen Zügen geschrieben. Die Handschrift enthielt viele, sehr zierlich mit Figuren ausgemalte Initialen, von denen aber die meisten ausgeschnitten sind. Erhalten sind die Initialen f. 2, 119, 126, 161; f. 119 steht in dem Initial S. Nanno Luekis; f. 259. Liber conventus Gripeswaldensis. Viele Blätter sind ausgerissen, und die Handschrift daher sehr lückenhaft.

Schließlich sind noch einige philosophische Handschriften zu erwähnen, welche mit juristischen und theologischen Handschriften zusammengebunden sind:

Meilof'sche Sammlung. B. X. f. 480.
Scriptum de poetica per manum magistri Enwaldi Klene u. j. bacc. et collegiati.

Rubenow'sche Sammlung. C. II. f. 189—272.
Gavidonis de Columpna, historia Trojana.

Rubenow'sche Sammlung. C. VI. f. 190—199.
Tractatus de Rhetorica.

Theologische Sammlung. 25. E. 71. f. 43. Eintheilung der Wissenschaften und 7 freien Künste. (Siehe oben am Schluß der Juristischen Sammlungen p. 125.)

36. E. 5. Rother Lederband,

Folio, hat jetzt 129 Blätter; vorn und hinten Pergamentblätter mit practischer Theologie und ein Papierblatt mit Federzeichnungen von Thieren und Schriftproben.

f. 1—83. Ein Duplicat des Vocabularium, welches in Band D. III. enthalten ist und zwar von f. 1 — 262, bis Uncia. Die folgenden Blätter, welche den Schluß des Vocabularium und die Grammatik enthielten, sind ausgeschnitten.

Diese Handschrift ist zwiespältig, mit kleinen, sehr schönen, regelmäßigen Zügen, durchgängig von derselben Hand, mit rothen Initialen geschrieben. Manche Abschnitte sind kürzer als in D. III. behandelt.

f. 95. Historia Josephi in Aegypto.
f. 89. Bonaventura de imagine vitae.
f. 119. Pictura peccati mortalis et amoris.

Alle drei Handschriften sind einspältig, schön, mit rothen Initialen geschrieben.

37. E. 47. Quartband in grauem Leder,

94 Blätter, davon einige Pergament.

f. 1— 9. De regulis et miraculis St. Francisci, von verschiedenen Händen, einspältig geschrieben.

f. 10—65. Compendium de vita St. Francisci et de indulgentia St. Mariae de Angelis.

f. 65. Ultra non potui scribere. Scriptor se inclinabat.

f. 66—72. De peccatis mortalibus.

f. 73. **Mag. Theobaldi, episcopi,**

tractatus de natura animalium;

eine Beschreibung von dreizehn Thieren in Versen, mit allegorischen Erklärungen in Prosa [1]).

f. 73. De leone. f. 74. De aquila. f. 75. De serpente. f. 76. De formica. f. 77. De vulpe; De cervo. f. 78. De vermi araneo. f. 79. De equo. f. 80. De Syrenibus; De onocentauris; De elephanto. f. 81. De turture. f. 82. De panthere.

Diese Handschrift ist einspältig, von einer Hand geschrieben.

f. 83—94. Sermones.

Theologische Handschriften.

Die Theologischen Handschriften der Kirchenbibliothek umfassen 60 Bände, die wir in zwei Abtheilungen sondern und in dieser Beziehung dem Inventar-Catalog folgen, der p. 2 die gedruckten Libri Theologici in Patres und Sermones abtheilt. Jene enthalten systematische, wissenschaftlich bearbeitete Theologie, deren hervorragenden Theil die Schriften der Kirchenväter (Patres) bilden, diese practische Theologie und vorzugsweise Predigten (Sermones). Auf diese Art unterscheiden wir die Handschriften auch nach ihrem Ursprung, indem die meisten der systematischen Theologie angehörenden Werke wohl auf die Universitäts-Sammlung, die practischen Schriften dagegen auf die Klostersammlungen zurückzuführen sind.

Aehnliche theologische Sammlungen finden sich in der

1) Vergl. Fabr. bibl. s. v. Hain rep. bibl. II, 2, p. 408.

Nicolaikirchen-Bibliothek zu Stralsund, jetzt mit der Raths-Bibliothek vereinigt: (S. Catalog v. Droysen v. J. 1817, p. 17:)

1. Dictionarium. **2.** Buridani qu. physic.. **3.** Arist. ethica. **4.** Boethius, de cons. phil. **5. 6.** Leghenitz s. epist. dom. **7.** Spec. Mariae; Auct. div. **8.** C. fals. gloss. **9.** Auct. **10.** L. s. officium missae; Tr. de conf.; s. cant. cant.; Auct. **11.** Bertr. med. (Jöch. I. 414.) **12.** Origines in cant. cant.; s. de sacram. 1446. **13. 14. 15.** Sermones de temp. et de sanct. **16. 17.** Gl. s. evang. **18. 19.** L. s. Psalm. 1449. **20.** Aug. de Anc. s. Math. **21.** Aug. s. Joh. **22.** Hugo s. apoc.; Henr. de Fremaria, serm. **23.** Jnterpr. nom. hebr.; Vocab. teut.; quodl. M. de Leghenitz. **24.** Gloss. **25.** Sermones 1414. **26.** Leg. St. Brig. **27.** III pars s. Thomae. **28.** Ars Prisciani;

und in der Marienkirche zu Stargard:

Siehe Oelrichs, Hist.-diplom. Beiträge zur Gesch. der Gelahrtheit, besond. im Herzogth. Pommern; Berlin, 1767; Th. I. p. 122—134; Nr. 6.: Catalogus codicum manuscriptorum bibliothecae Marianae Stargardiensis, eine Uebersicht über 51 Bände, 43 in Folio und 8 in Quart, mit 152 Werken, von denen 137 Theologie, 10 Rechtswissenschaft, 3 Medicin und Naturwissenschaft, 2 Philosophie und Philologie enthalten:

Die **Juristischen Handschriften** in Stargard sind folgende:

1. Cod. II. 1. Tabula Martiniana, sive margarita decreti.
2. Cod. VII. 2. Fragm. praeceptorum juris canonici de sacerdotibus.
3. Cod. IX. 4. Tabula auctoritatum bibliae in decretis et decretalibus (tab. Calderina).
4. Cod. XIV. Breviarium seu summa Decreti (Joh. Calderini) 1472.

5, 6. Cod. XVIII. 1. Pars decreti. 2. Tractatus juridicus.

7. Cod. XXII. 3. Tractatus de interdicto.
8. Cod. XXXIX. 1. Decisiones juris canonici atque casuum conscientiae.
9. Cod. LXII. 1. De differentiis casuum fori contentiosi et conscientiae.
10. Cod. LXII. 9. Fragmentum libri juridici.

Die **Naturwissenschaftlichen Handschriften** sind folgende:

1. Cod. II. 4. Jntroductorium sive janua ad opus practicum medicinae compilatum per mag. Christophorum de Barziziis, 1443. (Vergl. Fabr. s. v. Hain s. v.)
2. Cod. XVI. Liber medicophilosophicus ex medicis et philosophis in Lexici formam compilatus, intitulatus: Lumen animae. (Vergl. Hain rep. bibl. II. 1. p. 301.)
3. Cod. XLV. Tractatus physicomathematicus lib. I—IV.

Die **Philosophischen Handschriften** sind folgende:

1. Cod. XXVIII. Commentum logicum fin. Rostock 1432 a Nic. Scherwe.
2. Cod. XXXVIII. 15. Fragmentum versuum Ovidianorum de amore.

Außerdem erwähnt Oelrichs **5 Urkunden** auf Pergament, welche auf dem Deckel der Einbände befindlich sind:

1. Cod. III. Testamentum Jacobi Petershagen subscr. a Conr. Wilde et Greg. Boddeker. (S. Koseg. II, p. 206.)
2. Cod. XVIII. Diploma germanicum.
3. Cod. XXII. Martini ep. mandatum ad decanum eccl. Marianae in rebus Nicolai Schulze et fratrum de Guntersberghe.
4. Cod. XXII. Mandatum ad eundem in rebus Herm. Florin et Joh. Kusenower.
5. Cod. XXXII. Jnstrumentum de anno 1428, testibus Lamberti Wingsmit et Henning de Wedel.

Die Theologischen Handschriften enthalten vorzugsweise die Schriften des Augustinus, Bernhardus, Aegidius de Roma, Thomas de Aquino, Petrus Lombardus, Nicolaus de Lyra, Hugo de St. Victor und Hugo de Prato, des Jsidorus u. A. auch das Buch des Pseudoseneca de quatuor virtutibus. Ich werde bei der jetzt folgenden Beschreibung der Theologischen Handschriften der Kirchenbibliothek zu Greifswald jedesmal bemerken, ob dieselben Werke im Cataloge der Kirchenbibliothek zu Stargard erwähnt sind.

A. Systematische Theologie.

I. E. 14. Verzierter Pergamentband, Folio, 541 Blätter.

Dieser Band ist durchgängig von der Hand des Professor Wychmann Kruse geschrieben, welcher in Greifswald von 1486—1500 in der Philosophischen, von 1500—1534 in der Theologischen Facultät lehrte. Er führte wiederholt das Decanat und Rectorat, das letztere auch als Stellvertreter des Abtes Enwaldus Schinkel von Eldena im Jahr 1513 [1]).

f. 1—5 u. f. 9—11. **1.** Commendatio pro aggressu libri Sententiarum etc. (Petri Lombardi).

f. 3. Jstam quaestionem habui in vespertinis meis (Abendvorlesungen).

f. 6—9. **2.** Commendatio domini Abbatis in Eldena Enwaldi (Schinkel).

f. 9v. Anno 1510 ista oratio fuit habita in monasterio Hildensi pro recommendatione Abbatis Enwaldi ibidem.

f. 15—25. **3.** Quatuor puncta in examine pro licentia in sacra theologia habita etc.

---

1) Vergl. Kosegarten I. p. 155, p. 166, p. 168, p. 179.

f. 27—31. 4. Quaestio extraordinaria a W. Kruse disputata de castitate sacerdotum.

f. 43—40. 5. Quaestio ista a W. Kruse habita pro licentia in sacra theologia de sacramento.

f. 38v. Argumenta quaedam, utrum procedentes conclusiones correctae.

f. 41—44. 6. Quaestio a W. Kruse disputata in aula doctorali feria secunda post laetare 1515.

Diese bisher aufgezählten Schriften gehören zur Promotion des Professor Wychmann Kruse in den verschiedenen Theologischen Würden. Die folgenden enthalten die von ihm in Greifswald vorgetragenen Collegienhefte:

f. 49—42. 7. Recommendatio libri Psalmorum.

f. 53—54. 8. Recommendatio sacrae theologiae etc. anno 1515 die Georgii.

f. 59 (f. 1—481). 9. Lectura super Psalterium. Ps. 1—90.

Diese Handschrift ist von W. Kruse selbst foliirt f. 1—481, beginnt mit einem Prooemium und schließt nach dem 90. Psalm mit den Worten: Sequitur Ps. 91, qui in alio compendio usque ad finem libri habetur. Diesen zweiten Theil habe ich aber nicht auffinden können. Sodann folgt eine alphabetische Uebersicht des Inhalts der Psalmen, welche mit folgenden Worten schließt:

> Expl. Registrum primae partis Psalterii, quod ego Wychmanuus Kruse laboriose collegi anno 1518.

Eine Repetitio pro licentia ass. (Decret. II. c.) von W. Kruses eigener Handschrift ist zusammengebunden mit dem Homeliarius doctorum. Vergl. oben p. 8, Nr. 56.

II. E. 64. Pergamentband,

Folio, 354 Blätter, enthält:

Opera plurima St. Augustini.

Diese Handschrift ist zwiespältig, sehr schön, mit großen, regelmäßigen Zügen und rothen Initialen von derselben Hand geschrieben, nur von f. 96 — 119 tritt auf kürzere Zeit eine flüchtigere Handschrift ein. Von f. 1 — 96 ist diese Handschrift mit

Randbemerkungen von Prof. Wychmann Kruse versehen, und läßt sich daraus der Schluß machen, daß dieselbe der Universitäts-Sammlung angehörte.

St. Augustini opera extant in hoc volumine haec:

f. 1. **1.** De bono conjugali.
f. 10. **2.** Epistola Augustini ad Bonifacium.
f. 11. **3.** De bono virginali sive de sancta virginitate.
f. 24. **4.** De viduitate sive de bono viduali.
f. 32v. **5.** De poenitentia.
f. 38v. **6.** De oratione dominica.
f. 43. **7.** De symbolo.
f. 45. **8.** De cognitione verae vitae ad fratres lucis.
f. 50. **9.** Epistola Augustini ad Volusianum.
f. 55. **10.** Epistola Augustini ad Vincentium.
f. 56v. Expl. epistola St. Augustini episcopi ad Vincentium per manus satis bene finita ipso die beati Remigii hora prandii in custodia ecclesiae St. Clementis anno ab incarnatione domini nostri Jesu Christi 1444.
Jnc. Sermones beati Augustini episcopi ad fratres in Heremo. (ff. von W. Kruses Hand): Et est primus de modo quaerendi Christum, qui est in Epiphania indict. et est sermo XLIII in ordine.
f. 66v. **11.** Sermones Augustini ad fratres in Heremo XXV cum indice f. 95.
f. 96. **12.** Liber, LXXXIII quaestionum, Augustini Aurelii sanctissimi doctoris (91 quaest.).
f. 129. **13.** Liber Soliloquiorum beati Augustini episcopi Jpponensis Regii. (35 quaest.)
(catal. bibl. Marian. Starg. Oelrichs Hist.-dipl. Beitr. I. Cod. XXXVIII. 6.)
f. 150v. **14.** Liber de vita christiana ad quandam devotam dominam (Oelrichs Cod. X. 4.)
f. 158v. **15.** Liber de disciplina christiana, sive de domo disciplinae.
f. 162. **16.** De decem cordis praeceptis.
f. 166v. **17.** Epistola Augustini ad Aegidiam viduam deo dilectam et devotam.
f. 171. **18.** Encheiridion Augustini ad Laurentium c. ind. f. 171—173, cap. 1—125. (Hain s. v.)
f. 201v. **19.** Epistola Augustini de fide vel de ecclesiasticis dogmatibus ad Petrum diaconum.
f. 216. **20.** De vera innocentia.
f. 236. **21.** De vera poenitentia hominis. (Vergl. Oelrichs a. a. O. Cod. XXIV. 5.
f. 246, **22.** De vera religione.
f. 270. **23.** De libro arbitrio. Lib. I—III.
f. 321. **24.** De spiritu et anima. (Vergl. Oelrichs Cod. XXXVIII. 4.)
f. 341v. **25.** De diffinitionibus rectae fidei et ecclesiasticis dogmatibus, c. 1—54.
f. 346v. **26.** De singularitate clericorum. f. 354. Der Schluß scheint zu fehlen.

Diese Handschrift ist von Brockmann im alphabetischen Catalog verzeichnet.

III. E. 49. Quartband in rothem Leder, 215 Blätter, enthält in einspältiger Schrift:

Opera **Jsidori.**

f. 1—98. **1.** De summo bono, lib. I—III, cum indicibus capitulorum f. 1, 26, 57.

f. 97. Expl. Ysidorus de summo bono, primanus Nestorianus [1]).

Dann folgt ein Recept eines Mittels gegen Kopfweh. Die Handschrift ist einspältig, von derselben Hand, mit rothen Initialen und Ueberschriften geschrieben.

f. 98. **2.** Liber Officiorum Jsidori, cum indice f. 98, von anderer Hand.

f. 122. **3.** Liber Testimoniorum Jsidori contra Judaeos, cum indice f. 122, von anderer Hand.

f. 157. **4.** Jsidori Synonima (Soliloquia), von anderer Hand [2]).

f. 184. **5.** Jsidori de norma vivendi optimus liber, von anderer Hand.

f. 189. **6.** **Augustini** liber de contemptu ad clericos, von derselben Hand wie f. 184—189 geschrieben.

Zwischen f. 195 und 196 fehlen mehrere Blätter, welche wahrscheinlich folgende Bücher enthielten, die in einem Index dieses Bandes f. 1v. stehen:

Ysidorus de divinis nominibus;
Boethius de trinitate; de summo bono; de ebdomatibus; de duabus naturis.

f. 196. **7.** Liber divini amoris, mit regelmäßigen Zügen und rothen Initialen.

IV. E. 65. Brauner Lederband, Folio, 134 Blätter.

p. 1. **1.** Monita de verbis beati **Jsidori,** extracta ad instruendum hominem, qualiter vilia valeat evitare et in bonis moribus se debeat informare; Mon. 1—38.

---

1) Vergl. Oelrichs a. a. O. Cod. VI. 1.; Cod. XXVII. 2.; Cod. XXXIV. 1.; Cod. XXXVIII. 2.

2) Vergl. Oelrichs a. a. O. Cod. VI. 2.; Cod. XXXIV. 1. Cod. XXXVIII. 2.

Diese Handschrift ist zwiespältig, mit sehr regelmäßigen, großen Zügen und rothen Ueberschriften geschrieben. Der Initial ist herausgeschnitten.

p. 15. **2.** Sermones fratris G. Herliacensis de dominica oratione,

de anno 1390, cum tabula alphabetica f. 10—14.

p. 15. Reverendo in Christo patri, domino G. divina providentia Laudenensi episcopo, frater G. humilis monachus abbatiae Herliacensis — pridie Nonas Maji anno domini 1390.

Diese Handschrift ist zwiespältig, von derselben Hand, wie f. 1—9, mit sehr regelmäßigen, großen Zügen und sehr zierlich blau und roth gemalten Initialen geschrieben und enthält Predigten über das Vaterunser. Der alphabetische Index f. 10—14 ist von späterer Hand geschrieben, die Handschrift selbst von f. 1—127 ist alt paginirt. Herliacensis ist vielleicht auf Erlach oder Herlisheim zu beziehen.

V. E. 72. Verzierter Pergamentband,

Quart, 114 Quartblätter, hat hinten und vorn auf dem Deckel Pergamentblätter, die sermones enthalten.

f. 1—25. **1. St. Bernhardi**, carmen de contemptu mundanorum et appetitu coelestium bonorum.

f. 25v. Anno domini 1460 in octava Epiphaniae domini per me Georgium Lugduni in Frankia. Deo gratias.

Die Verse des St. Bernhard sind mit großer Schrift, die prosaischen Erklärungen mit kleineren Zügen geschrieben.

f. 26—114. **2. Gesta Romanorum**, cum applicationibus moralizatis et mysticis;

enthalten: Historiae et legendae, mit allegorischer Erklärung [1]).

Beide Handschriften dieses Bandes sind von derselben Hand mit großen, regelmäßigen Zügen, großen Ueberschriften und rothen Initialen geschrieben. Zu Anfang und Ende dieses Buches steht: Christianus Sten est possessor hujus libri, darunter von der Hand des Jacobus Zambow:

Quem (librum) mihi domino Jacobo Zambow tradidit in testamentum, qui et obiit (Christian Sten) anno 1503 ipsa die sanctae Barbarae, quae erat feria secunda et sepultus est in Ecclesia St. Ottonis, cujus erat pastor. R. i. p.

---

1) Vergl. Hain I. 2. p. 477.

VI. E. 85. Quartband in rothem Leder,

144 Blätter; viele Blätter fehlen; vorn und hinten auf dem Deckel Pergament mit canonischem Recht. Das erste Blatt fehlt.

f. 2—89. 1. **Augustini,** liber Confessionum [1]).

f. 80 v. Ab hoc loco extraxit Anselmus, quod in principio suarum Meditationum posuit [2]).

f. 89—107. 2. **Bernhardi,** Sermones. f. 90—91 Lücke.

f. 89. De passione domini.
f. 99. De ascensione domini.
f. 104. De omnibus sanctis.
f. 105. De angelis. f. 107—122 Lücke.

f. 122—126. 3. Excerpta libri Confessionum **Augustini.**

f. 127—129. 4. Sermo beati **Bernhardi.** f. 130—131 Lücke.

f. 132—136. 5. Sermo beati **Augustini.**

f. 136—141. 6. **St. Anselmi** capellani, sermones de dolore et compassione Mariae.

f. 141—144. 7. Oratio beati **Augustini.**

f. 150. Liber fratris Westphal.

Diese Handschrift ist von f. 2—107 von derselben Hand geschrieben, dann folgt f. 122—139 eine größere Handschrift, von 140—141 flüchtige Züge und von f. 141—144 eine dritte regelmäßige Hand. Diese Handschrift hat überall rothe Initialen und rothe Ueberschriften.

VI b. E. 87. Folioband,

enthält außer mehreren Sermones auch **Bonaventura** de imagine vitae, **Eusebii** epistola ad Damasum Portuensem et Theodorum Rom. senatorem de morte St. Hieronymi confessoris et **Augustini** epistola ad Cyrillum.

---

1) Vergl. Oelrichs a. a. O. Cod. XXXVIII, 6.
2) Vergl. Hain s. v.

VII. E. 77. Pergamentband,
Folio, 175 Blätter.

1. Conradi Zoltow,

f. 1—153. Quaestiones super quatuor libros Sententiarum **Petri Lombardi**, c. tab. quaestionum f. 149.

f. 149v. Tabula quaestionum magistri Cunradi Zoltow super Sententiarum (libros) Petri Lombardi, quas praedictus magister disputavit circa lecturam ejusdem.

Diese Handschrift ist zwiespältig, von derselben Hand, mit großen Ueberschriften und rothen Initialen geschrieben. Der genannte Mag. Cunradus Zoltow ist wohl nicht identisch mit Conradus Soltau Verdensis, über den Fabricius s. v. berichtet, sondern mit dem Conr. Soltow, welcher 1368 in Prag Magister und 1372 dec. fac. art. wird. (Mon. un. Prag. I. p. 136, 153).

f. 154—175. **2. Jordani** expositio orationis dominicae.

f. 173v. Expl. expositio orationis dominicae, edita per fratrem Jordanum, ordinis Heremitarum sancti Augustini.

Diese Handschrift ist zwiespältig, mit regelmäßigen Zügen, großen Ueberschriften und roth und grün gemalten Initialen geschrieben. Ueber die Schriften des Jordanus Saxo de Quedlinburg vergl. Hain rep. bibl. und den Inventar-Catalog A. 101, 108, B. 70. ob. p. 4, p. 8.

Auf dem Deckel des Buchs steht: Anno domini 1450 in anno jubileo in die St. Nicolai obiit dominus et magister Johannes Nienkerke, presbiter, ipso die beati Nicolai episcopi in meridie hora XII.

VIII. E. 38. Verzierter, rother Lederband,
Folio, 279 Blätter.

Opera **Bonaventurae.**

f. 1—37. 1. Liber profectuum religiosorum cum tabula f. 1.[1])

f 37v. Expl. liber profectuum religiosorum, sequitur libellus, in quo studeat, qui vult se ipsum abnegare et Christum sequi, et hunc imitetur.

---

[1]) Vergl. Hain I. 1. p. 481.

f. 38—67. 2. Liber de decem praeceptis [1]).

f. 68—87. 3. De ymagine vitae. (Dieselbe Schrift findet sich in E. 8, 24 und E. 86.)

f. 87. Expl. Bonaventura de ymagine vitae; mentes carnales liber hic dat spirituales, quod bene notatur, si saepius inspiciatur.

f. 87 v.—96. 4. **Bonaventurae** Lignum vita cum arbore f. 91.

f. 96. Expl. Bonaventura de ligno vitae, pro cujus fine deus sit benedictus sine fine.

Diese vier Handschriften sind einspaltig, von derselben Hand, mit sehr regelmäßigen Zügen und rothen Ueberschriften geschrieben. Von f. 96 beginnen die schon oben erwähnten Juristischen Handschriften von derselben Hand, jedoch zwiespältig.

f. 97—170. 5. Tabula **Calderini**, de anno 1405.

f. 170—171. 6. Tituli decretalium, dreispaltig.

f. 171—173. 7. Registrum dierum dominicalium.

f. 173 v.—192. 8. Tractatus de gaudio beatorum; Der Schluß folgt f. 278.

Diese Handschrift ist zwiespältig von derselben Hand geschrieben, die Züge sind sehr verblichen. Vielleicht ist sie identisch mit Bernardi Floretus ad gaudia paradisi [2]).

f. 193—216. 9. **Petri Thomae**, lectoris fratrum Minorum in conventu Brachmonensi, liber de originali innocentia virginis Mariae.

f. 215. Expl. liber de origenali innocentia beatissimae virginis Mariae, matris domini nostri Jesu Christi, editus a fratre Petro Thomae de ordine fratrum Minorum.

Dieses Buch ist gewidmet: Regalis celsitudinis inclitissimo principi, domino Johanni infanti, serenissimi principis domini Jacobi, regis Arragoniae filio.

Ueber Petrus Thomae vergl. D. I. f. 228, Nr. 26, p. 155.

Diese Handschrift ist zwiespältig, mit rothen Initialen, sehr regelmäßig geschrieben.

---

1) Vergl. Hain I. 1. p. 476.
2) Vergl. Hain rep. bibl. I. 1. p. 377.

f. 216—241. **10.** Sermones de cantico canticorum.

f. 242—277. **11.** Sermones cum historiis et legendis.

Beide Handschriften sind sehr regelmäßig, zwiespältig, mit rothen Initialen geschrieben.

f. 277 Nihil canitur suavius — Auditur nihil jucundius — Nihil cogitatur dulcius — quam Jhesus dei filius.

Fratris Martini lectoris de conventu Gripeswoldensis.

Diese Handschriften sind mit Opera Bonaventurae zusammengebunden.

IX. E. 30. Weißer Lederband mit Knöpfen und Klammern, Folio, 133 Blätter; am Schlusse sind 30 Blätter (darunter 2 von Pergament) ausgeschnitten; vorn und hinten auf dem Deckel Pergament mit Theologicis.

f. 1—124. **1. Johannis Wallensis** (Guallensis),

Communiloquium, sive Summa collationum de regimine vitae humanae, sive Margarita doctorum [1]).

Auf dem Deckel steht: Communiloquium fratris Johannis Wallensis, ordinis minorum, de republica universali.

f. 1 fehlt, f. 2—4 tabula septem partium communiloquii de republica universali a fratre Johanne Wallense de ordine fratrum Minorum compilatum.

f. 124. Expl. communeloquium per manus autem (von anderer Hand: hujus arator Andreas hic nominatur).

Diese Handschrift ist einspältig, mit rothen Ueberschriften und Initialen, regelmäßig geschrieben, jedoch so, daß sie gegen das Ende immer kleiner wird.

2. Sermones habiti in concilio Constantiensi:

f. 125—127. a) Sermo fratris **Matthaei de Aula regia,** ordinis Cisterciensium, sacrae theologiae professoris (Pragensis) factus dominica IV post festum trinitatis [2]).

f. 127—129. b) Collatio facta per magistrum **Jacobum Laudensem** episcopum super condempnationem **Jeronimi de Praga** haeretici etc. [3]).

---

1) Vergl. Hain I. 2. p. 432.
2) Vergl. Monum. univ. Prag. I. p. 406—409. Fabr. s. v.
3) Vergl. Fabr. s. v.

f. 129—130. c) Collatio domini Laudensis in condempnatione **Johannis Huss**, in praesentia sacri concilii facta [1]).

f. 130—132. d) Sermo Laudensis factus in exsequiis cardinalis **Barensis** in Constantia [2]).

f. 132—133. e) Sermo Laudensis de beato Augustino.

Diese Handschriften sind einspältig, regelmäßig von derselben Hand, mit rothen Initialen geschrieben.

X. E. 37 a. Quartband in grauem Leder,

143 Blätter, hinten und vorn Pergament mit moralischen Versen, altfoliirt.

f. 1—143. Vitae Sanctorum, sociorum St. Francisci.

f. 1. Vita St. Bernardi. f. 12. Petri Cathanii. f. 14. Leonis. f. 23. Mallei. f. 30. Silvestri. f. 32. Aegidii. f. 41. Lodewici, regis Franciae. f. 45. Johannis simplicis. f. 48. Ruffini. f. 53. Regini et Richeri. f. 56. Johannis de Penna. f. 60. Caesarii. f. 66. Joh. de Plano, Carpini. f. 71. Nicolai. f. 82. Johannis de Osterwych. f. 87. Heydenrici. f. 90. Lefardi. f. 94. Bertoldi. f. 95. Rogerii. f. 105. Angeli. f. 111. Morici. f. 112. Joh. de Alverna. f. 122. Conradi. f. 125. Petri de Monticulo. f. 126. Bonaventurae. f. 127. Adolphi. f. 128. Junіperi. f. 131. Cunradi. f. 137. Roberti. f. 141. Tabula.

Diese vitae sanctorum sind vielleicht von Johannes Eremita verfaßt [3]).

Diese Handschrift ist einspältig, von derselben Hand, mit großen, regelmäßigen Zügen und rothen Ueberschriften und Initialen geschrieben.

XI. E. 37 b. Brauner Lederband,

Folio, 215 Blätter, altfoliirt.

f. 1—215. **Nicolai de Gorra,**

Dicta super Lucam Evangelistam;

f. 215. Comparata per Hermannum Sthuppelenbergh anno domini 1383.

---

1) Vergl. v. d. Hardt hist. conc. Constantiensis.
2) Vergl. v. d. Hardt. Fabr. s. v. Bartholom. Barensis.
3) Vergl. den Inventar-Catalog I. 40, p. 3. Fabr. s. v.

Vergl. über Nicol. de Gorra D. I. f. 229, über Herm. Sthuppellenberg Meilofsche Sammlung XI. f. 326 und Lisch, Urk. u. Forsch. z. Gesch. d. Geschl. Behr II., 1862, p. 149, Nr. 241 u. 242, und Gest. Beitr. z. G. d. St. G., p. 53, Nr. 120, wo der Name Schuppelenbergh gelesen wird.

Diese Handschrift ist zwiespältig, von derselben Hand mit gleichmäßigen Zügen und großen Ueberschriften und rothen Initialen geschrieben. Der Commentar zum Evangelium Lucae beginnt mit den Worten: (Ecclesiast. (Jes. Sirach) 38. 3.) Disciplina medici exaltabit. Zu Anfang und am Schluß sind Pergamentblätter mit Versen, welche Computualia enthalten.

XII. E. 78. Aus derselben Zeit stammt auch ein Folioband, in weißem Leder, 280 Blätter, der

1. Gesta Romanorum, c. applic. moralizatis;

2. Legendae et vitae Sanctorum,

enthält, die mit der vita beati Ottonis schließen. Diese Handschrift ist mit regelmäßigen Zügen zwiespältig, mit großen Ueberschriften und rothen Initialen geschrieben, hat aber so sehr gelitten, daß die Hälfte der Schrift unlesbar ist.

f. 1 steht: Liber Hinrici Hoghehus.

f. 99 steht: Fratris Hinrici Hoghehus vestiti in Gripeswaldis anno domini 1391 (liber).

Die Tabulae alphabeticae gestorum Rom. f. 92 sind dreispältig geschrieben.

XIII. E. 76. Verzierter, rother Lederband, Folio, 250 Blätter.

Opera **Johannis Gersonis.**

f. 1. **1.** Tractatulus venerabilis doctoris, quondam magistri, Johannis Jarsonis, cancellarii Parisiensis, de laude scriptorum salubr. ad Carthusienses et Celestinos, ymo ad totam ecclesiam generaliter ordinatus, Lugduni, anno domini 1423 (Hain I. 2. p. 471).

f. 5. **2.** Tractatus de praeparatione ad missam, egregii sacrae theologiae professoris, domini Johannis Gersonis, Cancellarii ecclesiae Parisiensis.

f. 10. **3.** Tractatus de cognitione castitatis, sive de pollutionibus, quae contingunt in vigilia.

f. 15. **4.** Tractatus de arte audiendi confessiones.

f. 19. **5.** Tractatulus de remediis contra recidivum peccandi a confessoribus dandis.

f. 21. **6.** Liber de monte contemplationis, in quo discitur, qualiter homo etiam simplex possit ad altitudinem contemplationis pervenire, ab egregio sacrae theologiae professore, domino Johanne Jarson, cancellario Parisiensi pro sororibus suis germanicis in ydeomate proprio, hoc est in Gallico, editus, sed propter alios in Latinum eo modo, ut sequitur, reductus.

f. 36. **7.** Tractatus parvulus, testamentum peregrini, intitulatus.

f. 38. **8.** Tractatus de vita animae; Prologus et sex lectiones.

f. 77. **9.** Regulae seu considerationes aut certae doctrinae de diversis materiis moralibus, utiles valde, positae a Joh. Jerson.

De VII vitiis: I. de vana gloria et superbia; II invidia; III. ira; IV. accidia; V. avaritia; VI. gula; VII. luxuria.

De VII sacramentis: I. baptismi; II. eukaristiae; III. confessionis; IV. absolutionis; V. extremae unctionis; VI. ordinis; VII. matrimonii.

f. 92. **10.** Tractatus de contractibus ad instantiam Cartusiensium, editus in conc. Const.

f. 106. **11.** Quaestio utilis de custodia linguae.

f. 107. **12.** Tractatulus de praeparatione ad orationem, quem eximius sacrae theologiae professor, magister Johannes Gersonis, cancellarius Parisiensis scripsit suo germano et fratri monacho de ordine celestinorum, eumque sibi sub forma et nomine epistolae de Constantiensi concilio ad Gallias mittendo, anno 1416.

f. 109. **13.** Tractatus sive epistola de oratione ejusque valore, concionatione et intentione.

f. 114. **14.** Tractatus de sollicitudine ecclesiasticorum circa res temporales et officium divinum, ante quem tractatum praemittentur sedecim dubia, quibus consequenter per tractatum per particulas 73 respondetur.

f. 125. **15.** Propositiones de symoniatis et symoniata.

f. 126. **16.** Opusculum de scismate editum in concilio Constantiensi.

f. 128. **17.** Tractatus de potestate ecclesiastica et de origine juris et legum, productus in concilio Constantiensi.

f. 147. **18.** Tractatus **Petri de Eliaco**, episcopi Cameratensis, pronunc autem Cardinalis, doctoris sacrae theologiae Parisiensis (Petri de Alliaco) deinde **Johannis Gersonis**, atque **Arnoldi de Villa nova**, magistri de fratrum Carthusiensium, de abstinentia ab esu carnium.

f. 160. Expl. tractatus magistri **Arnoldi de Villa nova**, magni medici, pro Carthusiensibus, amore Christi, esu carnium semper carentibus, quem et allegat in novella **Johannes Andreae**, summus canonista.

f. 160. **19.** Johannis Gersonis dialogus de perfectione cordis.

f. 166. **20.** Tractatulus de meditatione cordis.

f. 168. **21.** Tractatulus de simplificatione, stabilitione et mundificatione cordis.

f. 174. **22.** Tractatus de divisione cordis, editus in concilio Constantiensi, 1417.

f. 181. **23.** Tractatulus de illuminatione cordis.

f. 182. 24. **Tractatus speculativus de mystica theologia et occulta.**

f. 182. Prologus et pars I.; f. 201. pars II practica. f. 213v. Annotatio doctorum aliquorum, qui de contemplatione locuti sunt.

1. Magnus Dionysius, edoctus a Paulo, primus videtur hanc theologiam speculative tradidisse in sua: de mystica theologia; et in aliis libris suis saepius interserit.
2. Hugho (de St. Victore), in arrha animae et in tractatu de oratione de arrha Noaeh et super Ecclesiasticen, praesertim in prologo et super coelestem ierarchiam, praecipue cap. VII et alibi.
3. Venerabilis Richardus (de St. Victore), sequax et discipulus Hugonis, ambo de St. Victore dicti, materiam hanc ab aliis sub collaudatione vel admonitione traditam reducit ad modum artis et doctrinae in suo de arrha mystica, cujus insuper scripta fere omnia nihil nisi contemplatione sapiunt ac resonant.
4. Cassianus (Joh. anno 410), in collationibus patrum, nominatim in illa de caritate.
5. Augustinus, in: de vera religione et confessionibus et de diligendo Deum et de trinitate et alibi pluries, ut per totum psalterium.
6. (Johannes) Climachus, in suo libro de XXX gradibus scalae.
7. Gregorius, in suis moralibus sparsim, specialiter in sexto et in 3 homeliis super Ezechielem.
8. Bernardus, super cantica et de diligendo deum et ad fratres Carthusienses de monte dei et alibi.
9. Bonaventura, autor de spiritu et anima in suo itinerario totum miro et compendioso artificio complexus est et in suo stimulo amoris (reg. conscient.)

Sunt alii tractatus compilati a novellis, ut stimulus amoris ad Christi passionem; et alter liber de triplici via ad deum, cujus initium est: Vie Syon lugent, quem **Hugo de Balvia** (de Dina. Fabr. s. v.) composuit; et alius de novo saeculo; et alter de septem itineribus aeternitatis. Scripta sunt denique aliqua super hoc in vulgari et in sermonibus quibusdam ad clerum et parvulis tractatulis, quae omnia denominare non est necessarium.

Expl. annotatio doctoris magistri Johannis Gerson ad suum de mystica theologia.

f. 214. Opusculum ad elucidationem scholasticam mysticae theologiae sub XII considerationibus a Johanne, cancellario Parisiensi compositum, Lugduni 1424 prima Junii.

Nota. **Hugo de Balvia** fuit doctor theologiae profundissimae contemplationis monachus professus denique montis Rivi de ordine Carthusiensium et hic composuit unum libellum de triplici via perveniendi ad deum, et initium libelli iste: Vie Syon lugent etc. et illius doctoris hic memoratur.

f. 217. **25.** Meditatio perutilis et brevis, edita per eundem dom. Joh. G. canc. Par.

f. 218. **26.** Epistola de perfectione religionis et moderamine, edita per reverendum magistrum, dominum Johannem Jarson, cancellarium Parisiensem, directa ad Carthusiam majorem, Guillelmo Aymand' ejusdem domus monacho, olim medico reverendissimi patris, domini Cardinalis Saluciar.

f. 224. **27.** Opusculum tripartitum immediate subsequens sc. de praeceptis, de confessione, de scientia mortis, ed. in gallico ydeomate, deinde translatum in Latinum.

Tr. I. f. 232. Expl. tractatulus de elucidatione divinorum praeceptorum hujus operis tripartiti.

Tr. II. Tractatus seu tabula de confessione, alias de examine conscientiae pro parte secunda hujus operis tripartiti.

f. 233. De superbia, invidia, ira, avaritia, accidia, luxuria, gula.

f. 235. Expl. tabula utilis pro examinatione conscientiae simplicium, et facit praefata tabula pro parte secunda opusculi tripartiti superius in prologo incipiente Christianitati praemissi.

Tr. III. Tractatulus de scientia mortis seu de arte moriendi, faciens pro tertia parte opusculi tripartiti superius allegati.

f. 237. **28.** Tractatus de differentia peccatorum venialium et mortalium, editus in Gallico ydeomate, deinde translatus in Latinum; cum tabula Rubricarum considerationum f. 251 v.

f. 248. **29.** Tractatus ad excitandum viventes, ut orent pro mortuis, qui sunt in purgatorio, sive planctus vel lamentatio in persona defunctorum morte igitur ad viventes.

f. 249. **30.** Decretum concilii Basiliensis.

f. 250. Omnia praefata sunt dicta domini Johannis Gersonis, cancellarii ecclesiae Parisiensis, antequam de ista materia determinaretur aliquid in concilio Basiliensi. Obiit dominus Johannes Gersonis, cancellarius ecclesiae Parisiensis anno domini 1429 in civitate Lugduni Galliae in die Margaretae virginis, cum occurreret annus nativitatis ejus 66, (quo eodem anno natus est. Zusatz späterer Hand).

Sämmtliche 30 Handschriften der Werke des Joh. Gerson sind einspältig von derselben Hand mit sehr schönen, großen, regelmäßigen Zügen und rothen Initialen geschrieben.

XIV. E. 62. Verzierter schwarzer Lederband mit der Inschrift I. N. N. I., Folio, 280 Blätter, Anfang fehlt.

f. 3—35. **1.** Sermones de passione Christi, einspältig, schlecht geschrieben.

f. 55—58. 2. Quaestiones sex de ymagine Christi.

Diese Handschrift ist zwiespältig, mit sehr großen, regelmäßigen Zügen geschrieben.

f. 58—61. 3. Sermones, einspältig von derselben Hand, wie f. 3—55.

f. 62—66. 4. Urk. 277. Bulla Pii II, Romae 1464, XI Cal. Nov.

Diese Bulle ist ins Niederdeutsche übersetzt, und einspältig von derselben Hand, wie Nr. 1 und 3 geschrieben.

f. 67—75. 5. **Evangelium Nicodemi** [1]).

Gesta salvatoris Jesu Christi, quem invenit Theodosius, magnus imperator in praetorio Pontii Pilati in codicibus publicis. Actum est in anno XXIX Tyberii, Caesaris Romanorum, et Herodis, filii Herodis, regis Galileae, anno IX principatus ejus, VIII cal. April, qui fuit XXI mensis Martii, sub principatu sacerdotum Annae et Caiphae. Historianus est Nichodemus.

Die Erzählung beginnt mit den Worten:

Annas et Caiphas, Symon, Datan, Gamaliel, Judas, Levi, Neptalim, Alexander Syrus et reliqui Judaeorum venerunt ad Pilatum.

f. 75—76. 6. De denariis triginta, pro quibus Christus fuit venditus [2]).

Beide Handschriften, Nr. 5 und 6, sind einspältig, von derselben Hand geschrieben, und mit Anmerkungen f. 76—78 versehen.

f. 79—101. 7. Sermones de passione et resurrectione Christi secundum evangelium Matthaei c. 26—28.

Diese Handschrift ist zwiespältig, mit denselben großen, regelmäßigen Zügen, wie f. 55—58 geschrieben.

f. 102—280. 8. Gazophylacia spiritualia de canticis canticorum.

Diese Handschrift ist zwiespältig, mit großen, regelmäßigen Zügen, durchgängig von derselben Hand geschrieben. Sie enthält

---

1) Vergl. Thilo, cod. apocr. p. 487—795.
2) Vergl. Jacob. de Voragine, legenda aurea ed. Graesse c. 45, p. 185 ff.

einen Commentar zum hohen Liede Salamonis und zu Anfang eine Uebersicht über sämmtliche, dem Salamo zugeschriebene Bücher. Die Worte des Textes sind mit größerer Schrift geschrieben. Diese Handschrift ist vielleicht identisch mit der im Registrum librorum facultatis artium oben p. 144 unter Nr. 41 angeführten Expositio super Cantica, cum plenario in coopertorio ligatus.

Vorn auf den Deckel der Handschrift ist Pergament mit Theologischen Versen geklebt.

XV. E. 67. Verzierter brauner Lederband, Folio, 254 Blätter; auf dem Deckel ein Pergamentblatt, theologischen Inhalts.

f. 1—210. 1. **M. Mathiae de Legenitz,** th. prof.

Postillae super epistolas dominicales.

f. 210. Anno domini 1405 in vigilia conceptionis sanctissimae Mariae virginis completus est liber iste.

Hoc opus exegi — fistulam saepissime fregi;
Nomen scriptoris — si tu cognoscere velis:
Heyn — tibi sit primum, medium ry — cusque sit ymum.
Nil canitur suavius — Auditur nil jucundius —
Nil cogitatur dulcius — quam Jesus dei filius.

Fratris Martini lectoris de conventu Gripelwoldensi.

Diese Erklärung der Episteln ist von Mathias de Legenitz in Prag an der Universität vorgetragen worden und im Jahr 1405 von einem Studenten Heynricus niedergeschrieben, dessen Namen wir nicht näher angeben können, da nach den Mon. un. Prag. in dieser Zeit mehrere Personen mit demselben Vornamen studirten. Ueber Mathias de Legenitz geben die Mon. un. Prag. sehr genaue Nachrichten. Er wurde im Jahr 1373 baccalarius artium, 1379 licentiatus, 1389 decanus f. a. und wird 1400 als sacrae theologiae professor erwähnt [1]).

Diese Handschrift ist einspältig, von derselben Hand, mit rothen Initialen geschrieben.

f. 211—254. 2. Sermones quadragesimales.

f. 254. Et sic est finis sermonum quadragesimalium, qui finiti sunt per manus et non per pedes sub annis incarnationis domini 1409 in vigilia sancti Jacobi apostoli.

---

1) Vergl. Mon. un. Prag. I. 1. p. 159, 184, 19, 35, 97, 101, 265, 352. Von ihm hat die Stralsunder Bibl. mehrere Handschriften. Siehe oben p. 178, Catal. v. Droysen v. J. 1817, Nr. 5, 6, 23.

Diese Handschrift ist mit sehr großen, regelmäßigen, schönen Zügen und sehr schwarzer Dinte, einspältig geschrieben. Solche Absonderlichkeiten wie per manus et non per pedes kommen damals häufig vor.

XVI. E. 11. Quartband.

Expl. decalogi per Magistrum **Kannemann**, ord. min., sacrae theologiae professorem.

Magistri **Johannis Margenwarder** expositio symboli apostolorum cum tabula et annexis, per Paulum Haberland in novo Treptow 1464 [1]).

Joh. Marienwerder wurde 1367 auf der Universität zu Prag baccalarius, fing dann 1369 an, Vorlesungen zu halten und wurde 1374 Decan fac. art. (Mon. un. Prag. I. p. 135, 139, 160, 18); Margenwarder ist eine provincialistische Umbildung für Marienwerder. Für Johannis Kannemann ist auch die Lesart Hannemann möglich.

VXII. E. 19. Expositio psalterii, 1389.

XVIII. E. 41. Sermonista **Johannis Contracti** (Joh. Kortz) i. e. explicationes per totum annum cum quadragesimali per manus fratris Johannis Bömer ord. min. in conventu Parchim [2]).

XIX. E. 42. Lectura super epistolas Pauli per fratrem **Martinum Middeldorv**, Berlyn per manus Heynrici de Alsveldia et Clementem de Wittenberg.

XX. E. 55. Excerpta moralium **beati Gregorii** et tractatus doctoris S. Calva.

XXI. E. 73. Glossae **Nicolai Teutonici** super evangelistas (Fabr. s. v.)

XXII. E. 87. Augustini de Anchona [3]) (Triumphi) scripta.

---

[1]) Vergl. Oelrichs catal. codic. bibl. Marianae Starg. cod. XXIII. 1. Hist.-dipl. Beitr. p. 127. Fabr. bibl. s. v. Kannemann und Joh. Marienwerder.

[2]) Vergl. Hain rep. bibl. I. 2. p. 195.

[3]) Von Augustinus de Anchona hat die Stralf. Bibl. auch eine Handschrift. Siehe oben p. 178, Nr. 20.

B. Practische Theologie (Sermones).

Die Handschriften, welche die Sermones enthalten, bestehen aus 25 Foliobänden, 4 Quartbänden und einem Octavbande[1]). Sie haben für den Zweck dieser Schrift nur geringen Werth und erwähne ich nur: E. 8. Sermones Jacobi de Voragine, 1409; E. 16. Sermones et tabulae paschales c. indice 1440—1460, Johannis Merce; E. 20. Postilla super evangelia; E. 26 u. E. 75. Brandani Passionale; E. 4, welches außer Predigten über das Vater Unser ein liber de cognatione spirituali und einen arbor consanguinitatis enthält; E. 27, 28, 29 Predigten über das Evang. Matthäi; E. 58. Postillae evangeliorum per Emerardum, Pragae collect.

Mehrere Handschriften sind auch mit alten Drucken zusammengebunden, unter ihnen Quadragesimale collectum ex Januensi et sermonibus Dominici de St. Geminiano, Jordani, St. Thomae, Bonaventurae et Schoti. Mehrere der gedruckten Theologischen Bücher haben auch handschriftliche Randbemerkungen über Besitz und Ankauf, wie Sermones Discipuli, dedit Joh. Papenhagen, vicarius ecclesiae Malchin. ord. praed. conv. Gryph. 1520. — Augustini opera dedit M. Joh. Lange conv. ord. min. — Margarita Poetica Alberti de Eyb, lib. Chr. Camp. Liber Egardi Bukow u. A. Schließlich ist noch die auffallende Wahrnehmung zu bemerken, daß, obwohl die Niederdeutsche Mundart, wie wir aus den Urkunden entnehmen, damals ebenso Schriftsprache war, wie die Lateinische, dennoch nur in einem einzigen Bande der theologischen Sammlung Predigten in Niederdeutscher Sprache verzeichnet stehn.

Th. Pyl.

---

1) Vergl. den Inventar-Catalog f. 8, oben p. 6, Nr. IV., wo berichtet wird, daß sich unter den Manuscripten der aus dem grauen Kloster in die Nicolaikirche gebrachten Bücher 6 in Quart u. 1 in Octav befunden haben.

Druck von F. Hessenland.

CPSIA information can be obtained
at www.ICGtesting.com
Printed in the USA
LVHW040424110522
718423LV00002B/471

9 783375 009465